높은 중국
낮은 중국

높은 중국
낮은 중국

김정현 지음

황금물고기

● 작가의 말

누구나 중국을 말한다. 그럴 만도 하다. 가만히 있어도 하루라도 중국에 관한 소식을 듣지 않는 날이 없으니 말이다. 바로 이웃인데다가, 높낮이도 천차만별이니 한 번쯤 값싸게나마 중국 땅을 밟아보지 않은 사람도 거의 없다. 하다못해 서울에서 제주까지 전국 곳곳에서 요우커(遊客 : 관광객)라도 마주친다. 그런데 시선과 감정은 묘하다. 아니, 사람마다 다르다. 그러나 공통점은 있다. 긍정적이기보다는 부정적, 우호적이기보다는 못내 떨떠름한 부분이 더 많다는 것이다. 수시로 역사의 상처를 더듬어보게 되는 까닭이리라. 그럼에도 함께해야 하는 운명이라는 것은 부인할 사람도, 도리도 없다. 결국은 제대로 알아야 한다는 사실만 분명하다.

10년을 넘게 중국에 머무르고 있다. 중국 역사와 문화 현장을 두 눈으로 직접 보고 몸뚱이로 체현하기 위한 주숙(住宿)이니 그들과 부대끼지 않을 수 없다. 시장의 상인에서 자주 가는 식당 종업원, 세 얻은 집주인, 아파트 경비원, 한 마디라도 주워듣기 위해 마주하는 시골 촌로, 학자, 관료 등등. 개중에는 스쳐 지나가는 인연도 있고, 서로 펑요우(朋友 : 친구)라며 술잔을 기울이는 이도 있다. 마음을 닫는 이도 있고, 반쯤 여는 이도 있고, 속내를 털어놓는 이도 있다. 그러나 결론은 도무지 알 수 없다는 것이다. 어떤 건 그의 말이 옳고, 다른 건 저이의 생각이 옳기 때문이다. 너무 넓다. 죽도록 파봐야 그저 겉만 알고 마는 게 아닌가, 두렵다. 그래서 누가 물으면 점점 모른다가 대답이 된다.

다행히 『월간조선』이 지면을 내줘 지난 1년 동안 여기저기 들쑤시고 다녔다. 꽤 높은 곳에서 바닥까지. 『월간조선』이 아니면 만날 수 없는 이를 만나는 기쁨과 보람도 있었다. 모두가 속을 다 드러낸 것은 아닐 테다. 그래도 그저 차만 마신 사람도 있지만 통음한 사람도 적지 않다. 어쨌거나 넓은 땅을 동서와 남북으로 누비느라 고생깨나 했다. 고생한 만큼 속살을 들여다볼 수 있었기에 비행기삯이나 숙박비가 아깝지도 않다. 중국을 알고 싶어하는 이들에게 다양하기에, 직접 토로한 이야기이기에 작은 도움은 되리라 여긴다. 특히 중국에 거주하는 교민 중 몇 사람을 인터뷰해 글을 추가하며 독자들에게 긍정의 계기를 줄 수 있게 되어 마음 놓인다. 혹여 막연한 불안으로 부정적 시각이었던 것은 아닌지 돌아볼 일이다. 제대로 알아가면 두려울 리 없고, 우호의 마음이면 이웃과 친구 되기는 수월하지 않겠는가. 청년창업과 장년창업의 실마리를 제시할 수 있게 된 것도 아주 기쁘다.

지면을 내준 『월간조선』에 다시 한 번 감사드린다. 1년의 취재 동안 섭외와 통역의 수고를 아끼지 않은 베이징대 문화산업학 박사과정의 신영숙 님과 김윤미, 신주호에게도 고마운 마음을 글로 전한다.

갑오년 봄을 맞으며

김정현

● 차례

제3장 다스리는 힘, 보살피는 자

제4장 너무 오랜 역사, 새로운 문화

제1장
쩐의 나라, 욕망의 땅

중국 내륙 최고의 부자 쫑칭허우를 만나다

— 삼성 이건희 회장을 뛰어넘는 부를 식음료사업으로 일궈내다

— 웃음소리 '와하하'를 브랜드로 날개 달아

— "세금 제대로 내는데 기부가 왜 필요한가"

— 중용의 자세로 뚝심을 지켜간다

세계적 경제 잡지 『포브스(FORBES)』 선정 2010년, 2012년, 2013년 중국 본토 최고의 부호. 홍콩 재벌 리카싱(李嘉誠, 84세), 인도 타타그룹 라탄(75세) 회장을 뒤이은 아시아 3위의 부자. 보유 주식 가치 820억 위안(약15조원). 추정 몸값 116억 달러(약12조원)…… 인터뷰를 요청한 지 3개월 만에 그에게서 연락이 왔다. 그것도 다음 날 오후로 시간을 못 박아서.

중국 최고 음료기업의 본사는 허름한 6층

항저우와하하그룹(杭州娃哈哈集團) 동사장(董社長) 겸 총경리(總經理) 쫑칭허우(宗慶後). 1945년 10월생이니 68세이고, 저장(浙江)성 항저우 출신이다. 1981년부터 1988년까지 저장성과 항저우의 대학에서 공부한

것으로 공식 기록되어 있으나 중학교는 1963년에 졸업했다. 그의 이력 중 특히 눈에 띄는 것은 조부(祖父)가 만주군벌 장쭤린(張作霖)의 재정부장을 지냈다는 것과 부친이 국민당 정부에서 일했다는 사실이다. 중학교를 졸업하고 오랜 세월 동안 비어있는 학업, 농촌과 공장을 전전했던 고단한 청년시절의 까닭이 어렴풋이 짐작된다.

초고속열차가 막 개통된 항저우동(東)역에서 내려 택시를 탔다. 그런데 택시기사는 항저우와하하그룹 본사 위치를 모른단다. 아마 시진핑(習近平) 국가 주석은 몰라도 '와하하' 는 중국 인민이라면 어린 아이들까지 모두가 알 터이다. '와하하' 라는 상표가 붙은 정수한 물부터 광천수, 각종 차(茶) 음료수 등 중국 최대 식품음료회사 와하하에서 생산되는 먹거리는 인민의 친구이고 일상이기 때문이다. 더구나 그냥 '와하하' 도 아니고 '항저우와하하' 인데 말이다. 택시기사가 다른 도시에서 흘러 들어온 초보자인가 했는데 그도 아니었다. 회사 측의 전화통화 안내로 어렵게 본사를 찾아가서야 그 까닭을 알았다.

항저우 구시가지 허름한 동네. 바로 코앞에는 오래된 고가도로가 시야를 가로막고 있는 곳의, 지은 지 아주 오래되었음을 단박에 알아 볼 수 있는 6층짜리 건물이 수십조 원 기업 가치를 지닌 항저우와하하그룹의 본사였다. 너도나도 하늘 높이 치솟는 건물로 부의 위세를 자랑하기 바쁜 세태에 뜻밖이다. 마중 나온 대외연락판공실 부주임 샨치닝(單啓寧)을 따라 건물 안으로 들어서니 섭씨 38~39도를 오르내리는 폭염에 에어컨 없는 복도는 찜통이다. 접견대기실에도 십 년은 된 듯한 중국산 에어컨이 덜덜거린다. 내놓은 음료수는 뜨뜻미지근한 와하하 물 한 병, 시중

와하하그룹 본사 전경

판매가격으로 1~2위안(약 180~360원)짜리다. 짓궂은 장난기가 발동해 커피 한 잔을 부탁하자 독일산 다비도프(Davidoff) 상표의 인스턴트 커피를 병째 들고 와 동사장만 마시는 커피인데 괜찮겠냐고 묻는다. 절약이 부(富)의 기본이라고는 하지만 혀를 내두르지 않을 수 없다. 쭝칭허우 이 사람, 점점 더 궁금해진다.

20년 넘게 그의 대외창구를 맡고 있는 샨치닝이 비행기 연착으로 30분 정도 늦는다고 알려준다. 전용비행기는 없는지 물었더니 자동차도 10년을 넘게 타다가 올해 신형으로 바꿨다는 대답이 돌아왔다. 쭝칭허우가 사는 집을 물어봤다. 아무리 절약이 몸에 배었더라도 사는 집만은 번듯한 저택이리라 상상하며. 그러나 부인이 와하하에 재직하는 동안은 직원숙소용 아파트에 살았고, 4년 전 그녀가 퇴직하고서야 인근에 비슷한 규모의 일반 아파트를 구입해 이사했다는 이야기에는 아예 말문이 막힌다.

마침내 그가 도착했다는 연락이 오자 집무실로 안내한다. 대략 100제곱미터 남짓의 공간이 조금 넓기는 하다. 하지만 책상과 낡은 천 소파 세트, 텔레비전 한 대, 회의용 테이블과 벽면을 채운 책장이 집기의 전부이다. 별도의 장식용이라 할 건 조금 큰 크기의 어항 하나가 고작이고.

■ 항공 체증이 점점 심해질 텐데 전용비행기가 있어야 하지 않을까요.

"구입할 돈이 없는 건 아니지만 굳이 그렇게 많은 돈을 들일 필요가 있을까 싶네요."

■ 어린 시절에 고생이 심했던 것 같습니다.

"원래는 부유한 집안이었다고 하는데 내 나이 4살 때 해방이 되고 나서는 어려워졌다고 합니다. 항저우에서 중학교를 졸업하고는 샤오싱(紹興), 저우산(舟山)시 등지에서 농사와 염전 일을 했습니다. 문화대혁명에 따른 일종의 하방(下放)이었고, 어머니가 학교 선생님이셨어요."

■ 심정이 어땠나요.

"농촌 생활을 15년쯤 했는데 그냥 천직이라 생각하며 순응했습니다."

■ 그래도 꿈은 있었을 것 같은데요.

"머릿속에서야 각종 꿈들이 섞여 있었지요. 그렇지만 내가 잘할 수 있는 일을 찾을 수 있기를 바랐습니다."

■ 인고의 시간이었겠습니다. 어떻게 견뎌냈습니까.

"유일한 위안이 책을 읽는 것이었습니다. 아무거나 닥치는 대로 읽었지요."

■ 그래도 가장 즐겨 읽던 책이 있다면.

"역사책이었습니다. 역사 이야기에는 많은 교훈이 들어있으니까요."

■ 중국 역사에서 특별히 존경하는 인물이 있다면요.

"매 시대마다 훌륭한 인물이 있으니 특별히 누구를 꼽을 수는 없지요."

신중하다. 역사 속 한 인물에 대한 존경심은 그의 정치 · 사상적 성향의 표출이 될 수도 있으니 그에 따른 해석을 경계하는 것이라면 조심스러움이 몸에 배어 있는 것이다. 그렇지 않아도 인터뷰 전 대외담당자로부터 에둘러 말하거나 화려한 수사는 피해달라는 주문을 받았었다. 번지르르한 말재주는 없거나 싫어한다는 뜻으로 받아들였는데 직문직답은 오해의 여지를 줄이는 방법이기도 하다.

■ 서른이 넘어서 직장생활을 시작했더군요.

"1978년, 어머니께서 교사직을 퇴직하며 항저우로 돌아왔어요. 내가 가장이 된 것이니 고향인 도시에서 직장생활을 시작했지요. 광명전기회사의 영업직을 시작으로 승리전기 등의 회사에서 일했습니다. 주로 영업직이었는데 요즘과는 달리, 삼륜차로 밤늦도록 물건을 배달하는 일까지 했지요, 그때가 가장 힘든 시기였습니다. 그러다가 1987년, 와하하영양식품공장이라는 상호로 사업을 시작했어요."

■ 42세의 나이였으니 각오가 남달랐겠습니다.

"항상 홍콩의 리카싱을 생각했습니다. 언젠가 내가 사업을 한다면 반드시 항저우의 리카싱이 되겠다, 그가 20년에 이룬 걸 나는 15년 내에 이루겠다, 하고 말입니다."

■ 왜 하필 리카싱인가요.

"그가 중국인 최고의 부자니까요."

하루 담배 두 갑이 지출의 전부

■ 당신에게 부, 즉 돈은 어떤 의미입니까.

"일종의 가치죠. 인생에서 가치를 평가 받는 데는 여러 기준이 있겠지만 나로서는 부의 길밖에 찾을 수 없었습니다."

■ 그렇지만 소유한 부가 생활에 연결되는 것 같지는 않더군요. 하루에 개인적인 지출은 얼마나 되나요.

"내 일상의 대부분이 회사 일을 보는 것이기에 공적인 것을 제외하면 하루에 담배 두어 갑 사는 게 내가 쓰는 돈의 전부일 겁니다. 아내도 줄곧 회사에서 일을 했고, 딸도 지금 일을 하고 있으니 달리 돈을 쓸 곳은 없어요."

인터뷰 중에도 연신 담배를 꺼내 무는 그는 거의 체인스모커 수준이다. 애용한다는 담배는 독일산 다비도프였다.

■ 담배가 건강에 지장을 줄 것 같은데요.

"하루에 두어 갑 넘게 피우는 때가 많지만 특별히 술을 즐기는 것

쭝칭허우 동사장

도 아니고, 별 문제는 없어요."

■ 특별히 건강을 챙기는 비결이 있나요.

"제때 식사하는 것 외에는 종합비타민을 잊지 않고 챙겨먹는 정도지요."

다시 한 번 그를 살펴봤다. 소매를 걷어 올려 반팔이 된 노타이 와이셔츠는 구깃구깃하고, 검은색 바지는 무릎이 튀어나왔다. 반백의 머리카락은 자른 그대로 푸석하고, 쉽게 열리지 않을 것 같은 굳게 다문 입술 외에는 그저 수수한 이웃의 아저씨다. 마주한 그의 앞에 놓인 것도 큼지막한 찻잔에 담긴 항저우 룽징(龍井)차와 재떨이, 그러고 보니 라이터도 1회용이다. 내친 김에 하나 더 물어봤다.

소박한 찻잔, 재털이, 1회용 라이터

■ 특별히 아끼는 애장품은 있나요.

한참을 생각하던 그가 고개를 가로젓는다.

"없네요."

■ 그럼 삶에서 뭐가 가장 재미있나요.

"그저 일하는 거죠. 취미도 일이니 내게는 휴일이 없어요."

망설임 없는 대답에 워커홀릭이라는 그에 대한 평가가 실감된다.

■ 사업은 다니던 직장에서의 일과는 다른 식품업입니다. 어떤 계기였나요.

"오랫동안 농사일을 했으니 식품에 관심이 있었지요. 처음에는 막대아이스크림을 만들어 집집마다 배달하는 장사였습니다. 첫 해에 10만 위안쯤을 벌었어요. 그런데 그때는 식품의 위생 때문에 탈이 나는 일이 많았어요. 또 대부분의 아이들은 편식으로 영양불균형이 심했고요. 그래서 아이들의 영양과 성장에 도움이 될 상품을 개발하고자 저장의대 교수를 중심으로 연구진을 구성했어요. 자금도 빠듯했지만 어쨌거나 연구진은 일류였고, 중의학 원리에 따라 개발한 것이 아동영양음료였습니다."

■ 성공했나요.

"국가과학기술 2등상을 받았으니 기술적으로도 인정받은 것이고, 출시한 첫해에 500만 위안쯤의 매출을 올렸어요. 이듬해에는 2700

만 위안의 매출을 올렸고요."

■ 사람의 웃음소리인 '와하하' 라는 상표개발은 아주 탁월했던 것 같습니다.

"본래 '와하하' 는 신장위구르(新疆維吾爾)자치구 소수민족 동요인데 브랜드 공모로 개발했습니다. 그 와하하를 줄곧 키워온 게 내 성공의 가장 첫 번째 요인일 겁니다."

중국판 봉이 김선달

대중의 입에 착 달라붙는 브랜드 개발은 그의 어깨에 날개를 달아줬다. 출시하는 제품의 공급이 수요를 따라가지 못할 정도였다. 국영기업으로 적자에 허덕이던 통조림 공장을 2000여 명의 종업원까지 안고 인수하는 결단을 내렸다. 우려와 질시의 시선이 많았지만 과즙우유를 개발해 공장 가동률을 끌어올렸다. 불과 3개월 만에 적자기업이 흑자로 돌아섰다. 전혀 기발하지 않아 보이는 평범한 아이디어의 성공이기도 했다. 1996년, 그는 다시 평범하지만 기발한 아이디어를 냈다. 바로 순정수 '와하하' 의 출시였다. 순정수는 광천수도 아닌 말 그대로 정수한 물, 즉 깨끗한 물이다. 봉이 김선달 같은 발상이지만 전통적으로 깨끗한 물에 목말라 했던 중국인들에게는 획기적인 상품이었다. 그 순정수 와하하는 현재도 중국 전역에서 남녀노소를 불문하고 애용하는 음료수이다.

■ 순정수 생산은 어떻게 생각하게 됐나요.

"개혁 · 개방이 되며 무분별한 개발이 시작되었지요. 자연환경의

쭝칭허우 회장의 집무실. 그는 아시아 세 번째 부호다

파괴는 필연이었습니다. 게다가 노후화된 수도관 등으로 마음 놓고 마실 물이 점점 적어졌습니다. 물을 끓여 차를 마시는 전통이 있지만 도시화되고 생활이 바빠지면서 그 마저도 수월하지 않은 경우가 많아지니 사람들의 건강을 생각한 깨끗한 물이 있어야겠다고 생각했습니다. 광천수는 비싼데다가 성분에 따라 논란이 있기도 하고, 그래서 생각해냈지요."

어떤 경제학자는 와하하 순정수의 출현을 그의 상업제국 건설에 가장 중요한 역할이었다고 평하기도 한다. 그는 최근까지도 음료와 식품사업에만 전념했다. 한때 중국인 한 사람에게 상품 하나씩을 팔아 1원씩만 남겨도 13억을 번다는 순진한 꿈이 회자되던 시절이 있었다. 어찌 보면 와하하의 성공은 그 13억 인구를 바탕으로 한 가장 평범한 성공인지도 모른다. 그러나 꿈에서 그치는 것과 성과를 거두는 것은 하늘과 땅의 차이다. 그의 성공에는 그만한 까닭이 있었다. 바로 조밀한 유통망이다.

와하하는 현재 중국 29개 성, 시, 자치구에 66개의 생산기지와 170여 개의 자회사를 두고 있다. 이들 자회사가 약 6000개에 이르는 1차 대리점에 상품을 공급한다. 1차 대리점의 상품은 다시 4만여 개에 이르는 2차 대리점을 통해 전국 100만 소매상으로 공급되는 구조이다. 그렇다고 그저 넓은 공급 망에만 의존하는 것은 아니다. 대리점으로부터 받은 보증금은 은행 금리보다 높은 이율로 계산해 제품 값 정산에 반영한다. 연말에는 수익금의 일부를 인센티브로 나눠준다. 대리점으로서는 가장 많은 이익을 볼 수 있는 와하하 제품 영업에 우선 노력할 수밖에 없는 구조이니, 최고급백화점에서 산골 오지 작은 구멍가게까지 와하하 전 제품이 퍼져있는 비결이다.

신공장 건설 위해 중국 땅 절반을 돌아다녀

■ 기업가로서 당신의 제일 목표는 무엇인가요.

"이윤의 창출입니다. 기업이나 기업가에게 이윤 창출이 없다면 아무런 의미가 없는 것이죠."

■ 와하하의 경영 이익은 어느 정도인가요.

"어림짐작으로 이야기하자면 순수이익이 연간 100억 위안은 되니 3일에 1억 위안(약185억 원)정도는 버는 것으로 생각하면 되겠지요."

■ 이윤 창출을 위해 기업주이자 경영자인 당신은 어떤 일을 하나요.

"나는 매년 3분지 2 이상의 시간을 일선에서 보냅니다. 공장의 생산을 감독하고 영업을 독려하면서 말입니다. 그동안 여러 신공장 건설지 물색을 위해 돌아다닌 곳이 중국의 절반은 될 겁니다. 또 항상 신제품 구상에 몰두하고요."

■ 경영철학이 있다면요.

"신념과 고집입니다. 의지라고도 할 수 있겠지요. 이것이 회사와 소비자를 위해서, 나아가 중국인민과 나라를 위해서 필요하다는 판단이 들면 반드시 생산하고 성공하기 위해 끝까지 밀어붙입니다."

그는 코카콜라와 펩시콜라가 중국을 장악하자 1998년 '페이창(非常)'이라는 상호로 토종 콜라를 출시했다. 물론 강점은 그의 넓은 유통망일 것이다. 현재도 30퍼센트 대의 시장점유율을 유지하며 두 외국계 제품을 견제하는 것은 콜라 시장을 온전히 외국계에 내어주지 않겠다는 의지의 결실일 것이다.

■ 와하하 순정수의 광고모델이 10년째 바뀌지 않은 것으로 압니다.

"예, 미국 국적의 타이완 가수 겸 배우 왕리훙(王力宏, 37세)인데 건강하고 밝은 이미지에 변함이 없으니 바꿔야 할 이유가 없지요."

■ 광고에 관한 생각도 독특합니다.

"단순 소비재 광고는 소비자의 구매 욕구를 유인할 수 있는 게 제일이라고 생각합니다. 굳이 문화성이나 예술성을 염두에 둬야할 이유가 없지요."

■ 혹시 식음료와 같은 단순 소비재가 아닌 다른 상품이라면요.

"그때는 다를 수 있겠지요. 상품에 따라서는 이미지 광고가 더 큰 효과를 거둘 수도 있을 테니까요."

내 가치를 존중받는 게 가장 중요하다

■ 골프도 안 친다고 들었습니다.

"일하는 자체가 운동인데 굳이 따로 운동을 찾아서 할 필요가 있을까요?"

■ 그렇지만 그런 운동이나 문화적 활동을 통해서 인간관계의 유지와 새로운 사업의 아이디어를 얻을 수도 있을 것 같은데요.

"그럴 수도 있겠지요. 그렇지만 어차피 일을 하다가보면 여러 사람을 만나고, 그런 만남에서 여러 이야기를 듣고 생각하게 되니 굳이 따로는……."

■ 아주 가까운 친구는 있나요.

"깊은 관계의 지기(知己)도 없지만 나쁜 친구도 없는 정도입니다."

■ 그럼 당신의 인생에서 가장 소중한 것은 무엇인가요.

2012년 10월에 발간된 중국판 『포브스』 표지 가운데가 최고 부자 쭝칭허우다

그는 한참을 생각한 뒤 답을 했다.

"가치죠, 내 가치를 존중받는 것."

깊은 사무침이 느껴지지만 더 잇지는 않았다.

■ 가족은 어떤가요.

"소중하죠. 그렇지만 아내는 몇 년 전까지 회사 일을 했고, 딸은 여전히 제 일을 하는 중이니 서로가 바빴고 바쁘죠."

■ 따님의 현재 경영능력은 마음에 드나요.

"……."

가족에 대한 질문은 삼가달라는 사전 요구가 있었는데 역시 침묵이다. 쫑칭허우를 비롯한 그들 가족은 매스컴을 멀리하기로 유명하다. 4년 전 퇴직한 부인 스유전(施幼珍)은 얼굴을 거의 드러낸 바 없고, 1982년생인 딸 쫑푸리(宗馥莉)는 현재 와하하 일부 계열사 사장으로 경영에 참여하고 있다. 음료 및 식품 소재와 아동복, 화장품, 신제품 관련 사업 등을 관장하는데 미래를 지향한 수업이고 경영인 셈이다. 그들 세 사람이 가진 와하하그룹 주식은 60% 이상인 것으로 알려져 있다.

■ 거대 그룹인데 주식시장에 상장하지는 않았더군요.

"보유한 현금이 넉넉합니다. 외부자금을 끌어와야 할 필요가 없으니 상장할 이유가 없지요."

선뜻 이해할 수 없는 이야기다. 아마 와하하그룹을 상장한다면 그의 보유주식 가치는 지금보다 훨씬 커질 것이다. 어쩌면 리카싱의 자산 규모를 상회할 것이라는 추정도 있다. 또한 기업가라면 누구나 더 넓은 시

아버지와 함께 한 쫑푸리

장과 영역으로의 확장을 꿈꿀 텐데, 소박한 것일까?

세금 다 내는데 별도의 기부 필요 없어

■ 미래 전략을 듣고 싶습니다.

"5년 후, 10년 후 계획이라는 건 공허한 것이라는 생각이 듭니다. 세상의 변화가 너무 빠르기 때문이죠. 물론 그에 상응하는 기업도 있지만 그것은 정확한 예측이나 전략보다는 운이 따른 경우가 더 많은 것 같아요. 그래서 오늘과 내일에 충실하고 최선을 다하자는 게 내 기본 방침입니다. 그렇다고 전략이 아주 없는 건 아닙니다. 큰 개념의 전략은 있어요."

■ 큰 개념의 전략이라면 어떤 것인지 듣고 싶습니다.

"우선은 기술투자입니다. 식음료뿐만 아니라 여러 생활용품에 대한 연구개발이죠. 우선은 친환경이어야 하겠지요. 이를 테면 비오염 전자제품 같은 것 말입니다. 절전도 생각해야 할 거고요. 인터넷을 통한 유통사업을 극복할 수 있는 방법에 관해서도 연구 중입니다. 바이오와 저탄소에너지 관련 사업 다각화에 대한 연구와 구상도 있습니다."

■ 그동안은 식음료에만 전념했는데 최근 아동복, 화장품 등으로 사업 영역을 넓혀가고 있더군요.

"그렇습니다."

그의 딸 쭝푸리는 유일한 자녀이기도 하지만 신규 사업 대부분을 관장하고 있으니 후계자가 될 것임이 분명하다. 그녀는 2008년 자신의 이름을 딴 '푸리자선기금'을 설립해 빈곤한 대학생과 초등학생 등을 지원하고 있다. 그러나 현재까지 모금된 기금의 규모는 96만 위안(약 1억 8천 원)으로 그리 크지 않은 편이다.

■ 중국 내륙 최고의 부자이니 자선 요청도 많겠습니다.

"내 부는 투기를 하거나 부정의 개입 없이 음료수 한 병, 한 병을 팔아 모은 돈입니다. 나라에서 내라는 세금도 다 냈습니다. 그런데 왜 별도의 기부를 또 해야 합니까. 또한 나는 기본적으로 자선이나 기부에 그리 큰 의미를 두지 않습니다. 기업가는 기업을 성공적으로 운영하는 것이 최고의 사회적 환원이고 기부라는 생각입니다. 우리 회사의 임직원만 6만여 명입니다. 그 가족만 포함해도 20만 명이 넘는 사람의 생계와 희망을 책임지는 것이죠. 그러니 기업의 성공적 운영보다 더 우선하는 가치는 없는 것이기에 저의 관심은 오직 회사의 안정과 지속, 그리고 성장입니다. 중국을 개혁·개방으로 이끈 덩샤오핑(鄧小平) 동지께서도 인민이 배부르게 먹고 사는 것을 최고의 목표와 가치로 여겼습니다. 우리 와하하는 중국 인민이 안전하고, 영양 있는 먹거리를 값싸게 먹을 수 있도록 해왔습니다. 또한 정직하게 세금을 내 국가 재정에 기여하고요."

고 스티브 잡스(Steve Jobs)가 생각나는 대목이기도 하지만, 더구나 중국에서는 감히 상상할 수 없는 당당함이고 독특한 철학이다. 물론 그의 이야기에도 일리는 있지만 너무 인색한 것이 아니냐는 생각도 들 것이다. 그렇지만 공공에 대한 인색으로 개인의 영화만을 추구한다면 비난할 수 있겠지만 쫑칭허우에게는 가당치 않은 이야기다. 그룹 본사 사옥이 그 증명인 셈이다.

사업에서 가장 중요한 것은 인내심

■ 그룹 규모에 비해서 본사 사옥은 너무 검소한 것 같습니다.

"생산직원들이 근무하는 공장은 모두 현대식 시설을 갖추고 있습니다. 그렇지만 남에게 과시하기 위해 별 필요도 없이 커다란 사옥이나 짓는 건 하고 싶지 않습니다."

■ 부동산 개발도 나름 수익성이 높은 사업일 텐데요.

"부동산 개발 사업에는 여러 특혜가 따를 수밖에 없는데 그건 내 철학과 맞지 않는 일입니다."

그의 당당함의 배경을 읽을 수 있는 대목이다.

■ 아무래도 기업은 사람일 텐데, 사람 경영은 어떻게 하나요.

"내가 휴일이 없으니 직원들도 고달픈 면이 있을 겁니다. 그러나 나는 인정과 의리를 중시합니다. 우리 직원들 모두가 집과 자동차, 회사 주식을 보유하고 있으니 각자가 직원이고 사장인 셈입니다. 덩샤오핑 동지께서도 일부 사람이 먼저 부자가 된 뒤 다른 사람들을 끌어 모든 사람들이 부자가 되도록 해야 한다는 선부론(先富論)을 말씀하셨습니다. 저는 그렇게 중국 인민 모두가 잘 먹고 잘 사는데 기여하고 싶습니다. 또 회사의 지속과 성장을 위해서 수시로 젊은 피를 수혈합니다."

■ 요즘 중국 상황을 보면 기업은 물론이고 정부에서까지 모두 젊은 층 우선의 경향을 보이는데 경륜의 지혜도 필요한 게 아닐까요.

"발전 중인 국가에서는 선진적인 지식과 마인드가 필요하니 어쩔 수 없는 현상이라고 생각합니다."

그를 두고 사람들은 쉽게 전형적인 중국 부자라고 평가한다. 외양에는 아무런 관심 없이 그저 부만 축척하는 전형 말이다. 그러나 쫑칭허우를 돈만 그러모으는 부자로 평가할 수는 없는 일이다. 무엇보다 기업경영에 대한 뚜렷한 철학과 지향하는 가치, 탈법이나 특혜에는 관심조차 두지 않는 원칙이 있기 때문이다. 일부에서는 기껏 소비재로 이익을 추구하는 상인으로 폄훼하는 시선도 있다. 하지만 식음료 사업은 순간적인 아이디어로 소비자를 유혹하는데 그칠 수 없는, 지속되어야 이익을 보장받을 수 있는 제조업이다. 그의 제품이 그저 반짝 아이디어였거나 문제가 있었다면 결코 그처럼 지속적인 성장으로 최고의 부를 일궈내지는 못했을

순정수 와하하

것이다. 그의 뚝심과 의지가 돋보이는 부분이다. 또한 그는 스스로의 힘으로 그 넓은 대륙을 아우르는, 쉽사리 흔들이지 않을 철옹성의 유통망을 구축했다. 그는 이제 백화점, 복합쇼핑몰 등으로 더욱 큰 유통제국을 건설할 계획이다. 세계적 유명 상품을 자신의 유통망을 통해 전국에 공급하는 신규 사업도 시작했다. 2박 3일의 짧은 일정이지만 한국 방문 계획을 세운 것도 그 때문이다. 어쩌면 그의 방한은 한국 상품이 14억 인구의 중국 시장에 제대로 퍼질 수 있는 절호의 기회가 될지도 모른다.

또 하나 주목해야 할 것은 '항저우와하하' 라는 기업 이름이다. 그는 자신의 고향, 자신이 꿈을 키우고 일군 터전인 '항저우' 를 기어이 놓지 않고 있다. 말로만 인정과 의리를 내세우는 것이 아니라 고집스럽게 지켜가고 있는 것이다. 지기도 없지만 나쁜 친구도 없다는 그의 처신은 중용이리라. 중용으로 고집을 지켜가는 사람이라면 기꺼이 손을 잡아도 되지 않을까 싶다.

■ 마지막으로 사업을 하려는 사람들에게 들려줄 충고가 있다면요.
"창의와 혁신, 인내심입니다. 모든 것이 넘쳐나는 세상이니 더욱 앞선 창의력이 필요합니다. 지속적인 혁신이 있어야 하고요, 가장 중요한 것은 인내심입니다. 성공의 결과만 중시하고 과정을 소홀히 보면 결코 성공할 수 없습니다."

가장 단순한 진리이지만 그는 몸소 실천한 사람이기에 더욱 새겨듣게 된다. 꿈을 꾸는 사람이라면 반드시 명심해야 할 충고이다.

중국 1, 2위 갑부도시의 변화 몸부림

— 개혁 · 개방 20년이 넘자 극과 극으로 편중된 중국의 부(富)

— 180억 원대 갑부만 7,000명이 넘고 벤틀리 자동차 수백 대가 팔린 중국 최고 갑부 도시 어얼둬스

— 경제발전은 이뤘지만 문화는 황량…… "한국과 교류하고 싶다"

높고 낮음의 대비는 경제로 치자면 갑부와 홈리스(homeless)의 차이를 떠올리기 십상이지만 반드시 그렇게만 여길 일은 아닐 것이다. 같거나 비슷한 길을 가지만 다른, 오직 크기나 성과의 차이가 아니라 시작과 나아가려는 방향, 추구하는 바의 다름에서 또 다른 차이를 읽을 수 있는 것이니 말이다. 다만 그 다름에서 높고 낮음의 판단은 각자의 주관에 맡길 따름이고.

경제의 속살을 제대로 읽어낼 수 있는 내공은 아무렇게나 쌓여지는 것이 아니다. 그러니 섣불리 중국 경제를 말하려는 생각은 없다. 다만, 경제 역시 그 시작과 끝에는 사람이 있기에 그들의 속심을 읽어보고 싶다는 생각은 내내 품고 있었다.

내몽고자치구 어얼둬스(鄂爾多斯)시의 젊은 갑부 한 사람을 지인의 소개로 만난 얼마 뒤, '중국 최고 부자도시는 어얼둬스' 제하의 특파원 르포(조선일보 2012.8.29자)를 읽고 그를 다시 떠올렸다. 인연이 있음인지 11월 초, 생각지 않은 내몽고 여행 일정이 잡혔다. 부리나케 어얼둬스의 젊은 갑부와 연락을 취하며 내친 김에 바오토우(包斗)시 경제인들을 만날 길도 수소문했다.

희토류의 도시 바오떠우

바오토우시에 들어서면 먼저 눈에 띄는 것은 '희토지도(稀土之都)' 현판이다. 현대 첨단산업의 비타민으로 불리는 '희토류 도시' 라는 뜻이니 경제적 위상과 공해가 한꺼번에 떠오른다. 과연 바오토우의 경제적 위상은 대단하다. 인구 250만여 명에 2011년 기준 총생산액(GDP) 3005억 4천만 위안(시 공식 통계). 인구수로 계산하면 1인당 12만 위안 가량이니 2만 달러 가까운 간단치 않은 수치이다.

그럴 만도 하다. 희토류를 비롯하여 철광석, 석탄, 금, 동, 망간, 알루미늄, 티타늄 등의 매장량 풍부한 지하자원을 기반으로 한 희토류 등 유색금속업, 철강업 등의 발전은 관련 산업의 확산으로 이어진다. 또 기본적인 제련업, 야금업, 각종 기계제조업은 다시 전력산업, 중장비 계통의 자동차업, 철도 등의 운수업은 물론 군수산업으로도 이어졌다. 대표적인 바오토우강철그룹의 경우만 하더라도 철강, 희토류를 주력으로 항공기 및 인공위성 부품제작, 부동산 개발까지 다각적인 사업 확장으로 2011년 기준 자산총액 998억 위안에 이른다.

바오토우는 본래 몽골어인 '바오커투(包克圖)'의 음역으로 '사슴이 있는 지방'이라는 뜻이다. 그래서 지금도 '루청(鹿城 : 사슴 성)'이라 부르기도 한다. 시 남쪽을 흐르는 폭넓은 황허와 그 풍부한 수량의 축복으로 드넓게 펼쳐졌을 옛 초원을 생각하면 충분히 상상되는 일이다. 그래서 지금도 주요 생산품에는 유제품과 캐시미어를 위주로 한 방직물이 포함된다. '멍뉴(蒙牛)' 브랜드의 중국 최대 유제품 생산회사 본사도 바오토우에서 멀지 않은 내몽고자치구 성도(省都) 후허하오터(呼和浩特)시에 있다. 이런 자연의 도시가 광공업의 중심지가 된 것은 언제부터일까?

중국을 이해하려면 마오쩌둥 정신을 이해하라

서울 한 대학의 경제학 교수가 주선해준 약속장소에서 바오토우시 총상회(總商會) 안(安) 주석과 희토류 회사 대표인 지(冀) 대표, 부동산 개발업체 류(劉) 대표, 그밖에 중장비 제조업체, 투자회사 대표 등 주요 경제인들을 만날 수 있었다. 뜻밖인 것은 궁금한 점에 대한 답변은 얼마든지 해줄 수 있지만 자신들의 신분은 밝히지 말아달라는 것이었다. 이해할 수 있는 일이다. 중국 경제인 중 언론에 거명되어 조명받은 이들치고 그 끝이 편한 사람이 별로 없었으니 말이다. 필요하면 얼마든지 만나고 사람을 연결해줄 수 있으니 명함조차 주고받지 말자며 술잔부터 돌기 시작하는데 한 사람이 나서 아주 진지하게 말한다.

"중국을 이해하려면 마오쩌둥(毛澤東) 주석의 정신과 처세부터 알고 이해해야합니다. 마오 주석께는 부인이 네 사람이나 있었지만 그들은 서로 다툰 적이 없고 모두 마오 주석의 성공을 위해 헌신했습니다. 남자는

바오토우시 총상회 안 주석

그렇게 여자를 잘 다루고 활용할 줄 알아야 합니다."

뜬금없는 소리에 황당하기까지 했다. 아무리 소수민족 지역에서 태어나 자란 한족(漢族)이고 마오쩌둥의 정치 세례를 받은 50대의 장년들이라지만 개혁 · 개방을 한 지 벌써 몇 년인데 여태도 마오라니. 그러나 조금 더 자연스레 오고가는 이야기를 듣자니 비로소 그들의 사고(思考)가 이해된다.

초원의 루청은 이름만으로는 낭만적 상상으로 유인한다. 하지만 아직 대규모 유제업(乳製業)이 시작되기 전의 목축은 영세했고, 양모를 이용한 캐시미어 산업도 가내공업 차원이었으니 초원의 그 삶이 얼마나 신고(辛苦)했을지 쉽게 짐작된다. 그런 1948년, 중화인민공화국 건국을 이끈 마오쩌둥은 중국경제의 부흥을 꿈꾸며 중공업 발전을 도모한다. 그리고 중공업 발전의 근간이 되는 석탄, 철광 등의 매장량 풍부한 바오토우를 공업 발전 중점 지역의 하나로 지정하여 국가적 차원의 개발을 시도한다. 한 마디로 정부의 벼락 투자가 쏟아진 것이었다.

물론 그런 투자로 개발되는 산업은 모두 국유기업이 주체였고 개인은 그저 노동자일 뿐이었다. 그래도 태어나 처음으로 맛보는 역동적 삶이었고, 선전선동술에 뛰어난 공산당의 세련된 정치 수사는 젊은이들의 가슴에 벅찬 그 무엇을 심어주기에 충분했다. 그러나 사실상 홍위병 세대인 그들이지만 문화대혁명이 끝나고 개혁개방의 세상이 닥쳐온 뒤에도 변방에서 느끼는 정치적 변동의 충격은 미미했다. 오히려 기왕의 국유기업에 불어 닥친 소유와 경영의 변화 기미는 눈치 빠르고, 소위 '관시(關係)'를 활용할 수 있는 이들에게는 절호가 기회가 되었다.

이제 그 개혁개방은 20년을 더 지났고 국유기업의 소유주체 변화, 이윤 추구의 자본주의적 기업 활동은 예전에는 상상하지 못했던 여러 개발사업으로 이어져 전반적인 생활수준 향상과 더불어 부의 집중을 가져왔다. 아마 필자가 만난 이들도 그런 격동의 파고 속에서 기회를 잡아 특별한 성공을 일궈낸 이들일 것이다.

혹여 그들의 성공에 다소 공정하지 못한 부분이 있었다고 할지라도 우리가 그것을 문제 삼거나 비난할 까닭은 없을 것 같다. 어차피 급격한 변동의 세상에서 공정을 기대하기는 어려운 일이다. 만약 공정을 최우선으로 삼는 변동이라면 결코 '변동'이라는 이름에 걸맞은 결과는 얻을 수 없거나, 최소한 수십 년은 더 뒤에 마주할 수 있을 테니 말이다.

가장 관심을 끈 사람은 안 주석이었다. 총상회라면 우리의 경제인회나 상공회의소 성격을 띤 단체이다. 그 총상회를 이끄는 안 주석은 내몽고자치구 인근 산시(山西)성 출신의 바오토우시 부시장급 현직 공무원으로 두 성 간의 교류와 협력에 지대한 공을 세워온 이다. 그의 자리는 정부와 기업 간의 실질적 대화 창구로써 각종 허가는 물론 정부의 발전계획과 기업의 참여를 조정하는 요직이다. 막강한 힘과 함께 책임도 수반될 것이다. 그런 안 주석의 최근 공적은 15만 평방미터에 이르는 총상회 건물 건축이라며 동석한 기업인 모두가 입이 마르도록 찬사를 보냈다.

바오토우와 한국 포항시는 자매결연

문득 북한이 떠올랐다. 기본적인 정치개혁이 우선되고 수반되어야 할 일이기는 하지만, 국유기업의 소유주체 변동과 실질적인 기업화에서 중국 기업들이 걸어온 행로는 시사하는 바 크다. 특히 안 주석과 같은 지위에서의 역할은 정부 정책과 기업 주체간의 불협화음을 조절하고, 때로는 자율적(?) 통제를 기대할 수 있는 방편도 될 것이니 말이다. 또 안 주석의 자리는 기득권 박탈이 불안한 세력에게 새로운 세상에서 변화된 권한으로 다른 기득권을 구축할 수 있는 기대도 줄 것이니 변화에 대한 반발도 누그러트릴 수 있지 않을까 하는 생각에서였다.

필자의 생각이 지나치게 수동적이라 비난할지 모르겠으나 변화를 가로막는 가장 큰 장애가 기득권에의 집착이라면, 최우선적 과제인 굶주림 극복과 인권 개선을 위해서라도 일정부분 기득권을 보장해주는 것도 반드시 회피할 방법은 아니라는 생각이다.

아무튼 필자는 7~8년 전에도 바오토우를 방문한 적이 있었다. 밤늦어

바오토우의 만남은 대낮 술자리로 시작됐다

도착한 그때의 첫인상은 제대로 눈조차 뜰 수 없고 목이 따가운 공해였던 게 지금도 기억에 선명하다. 그러나 오늘 바오토우는 오히려 더 들어선 대규모 공업시설과 복잡한 교통에도 훨씬 쾌적한 환경이다.

쏟아진 개발 세례에 도시 외곽은 사방천지가 생생하게 눈부신 성장을 증명한다. 번듯하고 산뜻한 고층 아파트나 상업시설만 그런 것이 아니다. 도심 곳곳에 녹지가 조성되어 있고 공장지대도 나름 그린(Green) 환경에 공을 들인 흔적이 엿보인다. 물론 바오토우에도 세계적 경기 침체의 그림자는 드리워져 있다. 가장 대표적인 것이 부동산개발 사업이다. 도심 곳곳에 미분양 아파트가 산재하고 대형 상가 건물도 문을 열지 않은 곳이 적지 않다. 그렇지만 어쨌든 산업 현장은 돌아가고 노동자는 급여를 받는다. 무엇보다 한 시도 멈출 수 없는 여러 산업의 근간이 바오토우의 산업이기 때문이다. 또한 그것은 세계경제의 회복이 이루어지면 혜택 또한 가장 먼저 누릴 것이라는 약속이기도 하다.

바오토우시는 우리 포항시와 결연한 도시이다. 희토류 회사의 지 대표나 중장비 생산업체 대표 등은 당연히 이미 한국과 적잖은 교류를 하고 있다. 그럼에도 자리한 모든 이가 업종을 불문하고 한국의 투자와 협력, 특히 문화산업에서의 진출을 간곡히 원한다. 그저 하는 립 서비스가 아닌 것은 확실하다. 그렇다고 현금투자나 앞서 있는 기술에 대한 목마름만도 아닌 듯 보인다. 일단 어얼둬스를 마저 돌아본 뒤 한꺼번에 이야기하도록 하겠다.

광물 위의 도시 어얼둬스

바오토우시와 남쪽으로 경계를 면한 어얼둬스시가 경제 분야에서 주목을 받은 것은 불과 10여 년 전부터이다. 그렇지만 그 사이 어얼둬스가 이뤄낸 위상은 '중국 최고 갑부도시' 라는 믿기 어려운 수사이다. 일단 한 번 수치로 체감해보자.

면적 87,000제곱미터. 한반도 남쪽 대한민국 전체 면적이 99,720제곱미터이니 일 개 시라는 말이 무색하다. 시 공식 통계에 따르면 그 넓은 땅에 인구는 유동인구를 포함해도 200만 명 미만. 2011년 기준 GDP 3200억 위안으로 1인당으로 환산하면 약 16만 위안, 2만 6천 달러에 달한다. 지난 2년간 세계 경제성장률 상위 도시 조사에서도 당당히 1위(바오토우시가 2위다). 특파원 리포트를 추가하자면 180억 원(1억 위안)대 갑부 7,000명. 최고급 승용차 벤틀리 수백 대, 영국제 SUV 레인지로버와 최

옥수수를 수확하는 바오토우시 한적한 농가 골목에도 고급차가 즐비하다

고급 스포츠카 페라리 3,000여 대가 거리를 씽씽 달리는…… 그야말로 혀를 내두르게 한다.

물론 그 모든 밑바탕은 지하자원이다. 석탄 매장량, 중국 전체의 6분의 1인 1,496억 톤. 시 전체 면적 70%의 지표면 아래에 석탄이 묻혀 있다. 천연가스 매장량, 전국 3분의 1인 1,880억 입방미터. 65억 톤에 이르는 세계 최대 매장량의 희토류. 그밖에도 석유, 7천 억 톤에 이르는 중탄산 소다석(수화된 나트륨중탄산염인 트로나Trona), 3천만 톤이 넘는 유황, 석회암, 대리석 등 그야말로 무궁무진한 지하자원이다. 그뿐인가. 전국 생산량의 3분의 1, 세계 생산량의 4분의 1에 달하는 캐시미어(양모). 가히 손 짚고 헤엄치기일 것 같다.

그러나 지하자원 개발 산업에만 멈춰 있는 것은 아니다. 지하자원을 가공한 각종 에너지 산업, 미국 GTA 등과 합작한 장비 제조업, 자동차 산업, 액정화면, 레이저 설비 등 산업 다각화에도 심혈을 기울이고 있다.

어얼둬스는 우리에게 신석기유적지 오로도스로 더 익숙하다. 오로도스는 '많은 궁전의 무리' 라는 몽골어의 음역이다. 전해지는 이야기에 따르면 서정(西征)에 나선 칭기즈칸이 이 지역을 지나다가 수려한 경치에 흡족해 시를 읊고, 훗날 자신이 죽으면 이곳에 유해를 묻어달라고 했다. 칭기즈칸이 죽은 뒤 실제 8동의 백색 궁장(宫庄)을 지었는데 그로 인해 오로도스라는 이름이 생겼다니, 지하자원이라는 후대의 황금을 덮은 푸른 초원 위에 눈부신 백색 궁전을 펼쳤던 것이다.

그렇지만 북쪽의 바오토우시가 아니라 동쪽의 후오하오터시에서 퉈커퉈(托克托)현의 황허(黃河)를 건너 어얼둬스로 향하다가 시 중심에 못 미쳐 톨게이트를 빠져나가면 지옥으로 향하는 길인가 싶을 만치 시커먼 하늘과 매캐한 공기가 황급히 방향을 돌리게 한다. 그러나 조금 더 서쪽으로 차를 달려 시 중심이 가까워지면 언제 그랬냐는 듯 하늘빛은 초원의 쾌청함으로 바뀐다. 초원의 도시여서가 아니라 녹색환경 개념을 도입한 도시개발 덕분이다.

자동차에 16억 쓰는 청년 부자

류종(劉總 : 상대의 성에 대표를 뜻하는 총재의 '총' 자를 붙여 부르는 약칭)으로만 밝히기로 한 올해 27세의 청년 재벌은 우리 일행을 위해 예약해두었다는 호텔에 먼저 도착해 기다리고 있었다. 일단 그의 승용차는 10억 원

어얼둬스 청년기업자 류종. 매사에 진지하고 겸손하다

대의 벤틀리. 소유한 여러 기업 중 그의 명함에 올린 대표 회사는 '투자기금관리주식회사'다. 간단히 말해 투자회사를 통해 어얼둬스 대형 자원 관련 기업에 투자하고 수익을 얻는 것이니 그의 부 축척은 경제 흐름에 대한 정확한 판단력과 기민한 대응력인 셈이다.

그는 재벌 2세가 아니다. 교육자였던 아버지의 엄격한 가정교육을 받았는데 사적 욕심보다 이웃을 배려하라는 도가(道家)적 가르침이었다. 금융학을 전공한 그가 대학을 졸업하기 몇 해 전, 아버지가 먼저 어얼둬스 개발 바람을 읽고 투자회사를 만들기는 했지만 큰 도움을 받지는 않았다. 자세한 성공 스토리는 우선 그에게 화가 되어 돌아갈 수도 있지만, 당시 도시 중심의 인구라야 수십만에 불과한 변방 도시에서 제대로 대학 교육을 받고 비슷한 자질과 능력을 가진 친구들과 우호적 관계가 형성되면 – 그것이 곧 '관시'가 되는 것이지만 – 돈을 굴릴 특별한 기회와 판단력은 보다 우월하게 얻어지는 것이니 각자의 상상에 맡기겠다.

어쨌거나 그가 함구하는 재산 규모에 관심을 두자 가까운 지인이 들려주는 이야기가 재미있다. '그의 개인승용차 벤틀리 10억 원, 비포장의 도심 외곽을 운행할 때 이용하는 SUV 벤츠 4억 원, 베이징 사무실에서 이용하는 벤츠 2억 원. 딱 그것만 계산해도 16억 원 규모이다. 한량으로 빈둥거리는 졸부가 아닌, 성실하고 열심히 일하는 27살의 청년 사업가가 일상적으로 이용하는 차량에 그만한 돈을 쓰자면 재산 규모가 얼마일지 상상해보라'는 것이다. 얼핏 생각해도 순재산의 10퍼센트 넘는 돈을 일상용 차량에 쓸 기업가는 없을 것 같다, 더구나 중국에서는.

그런데 필자가 류종에게 관심을 둔 것은 재산보다 생각하는 바 – 나름의 철학 – 의 대견함이었다. 이제 27살이고 앞으로도 열심히 일해 회사를 키우겠다고 해 최종 목표가 무엇이냐고 물었더니, 돌아온 대답이 '내가 아는 이웃이 모두 잘살도록 돕고 싶다'였다. 쉽게 생각하면 기부가 떠오르지만 그의 포부와 계획은 달랐다.

우선 그는 가까운 친구 몇과 함께 어얼둬스에 이미 3만 제곱미터 규모의 미술관을 열었다. 처음에는 유명한 중국 화가들의 작품을 구입해 전시회를 열었다. 문화적으로 낙후한 변방 도시 사람들에게 최고의 문화와 예술을 접할 기회를 주고 싶었던 것이다. 그러나 중국 미술의 4대 금강(金剛)으로 불리는 장샤오강(張曉剛), 왕광이(王廣義), 웨민쥔(岳敏君), 팡리쥔(方力鈞)이나 쩡판즈(曾梵志) 같은 유명 화가의 그림은 한 점에 100억 원이 훌쩍 넘어서기도 하자 길을 바꿨다. 이제는 단순히 미술품을

어얼둬스박물관. 초원에 착륙한 우주선을 상징하기도 한다

전시하는 것만이 아니라 전국에서 자질 있는 화가와 지망생을 추천받아 2년 동안 숙식 및 작품 활동에 관한 모든 것을 지원해주고 있다. 조건은 단 하나, 미술관을 떠날 때 자신의 작품 두 점을 기부하는 것이다.

그밖에도 류종은 지역 경제와 문화발전을 위해 중국 국내는 물론이고 외국 중요 인사들과의 교류도 적극 주선하고 있다. 그를 위해 베이징에 상당한 규모의 개인 클럽을 만들어 국제회의장 등으로 운영하고 있기도 하다.

바오토우의 장년 인사들은 필자가 어얼둬스를 입에 올리자 단박에 못마땅한 기색이었다. 자신들의 전통과 경륜의 입장에서 보면 어얼둬스에서의 행태는 졸부의 돈 놀음 같다는 것이었다. 시기심 같기도 하지만 자신들이 생각하지 못한 행보에 대한 당혹스러움일 것이다.

사실 어얼둬스의 변화는 혀를 내두르게 할 정도이다. 도심 곳곳을 시원스럽게 가로지르는 10차선 이상의 도로들, 번듯하고 쾌적하게 조성된 아파트 단지, 엄청난 위용으로 이방인을 주눅 들게 하는 각종 관공서. 그뿐이 아니다. 2012년 5월 개관한 어얼둬스박물관은 그 건축비만 물경 5억 위안, 약 900억 원 가까이 든 데다 '영원히 지지 않는 초원 위의 태양'을 상징하는 조금 낯선 디자인이다. 신석기유적지 인근에 황허를 끌어들여 대형 호수와 함께 조성한 어얼둬스광장은 약 63만 평방미터(19만여 평)의 면적에 34억 위안(6,100억 원 이상)을 투입했다. 106만 평방미터 면적에 주성된 F-1급 국제자동차경기장…… 모두가 인구 200만 명의 단일 시가 조성하기에는 엄두가 나지 않는 것들이니 어얼둬스 시정부의 재정능력을 저절로 알게 한다.

그렇지만 어두운 이면도 있다. 역시 세계적 경기침체의 여파다. 당초 2020년까지 70만 명 이상을 입주시킬 계획으로 건설한 아파트 입주율은 현재 20퍼센트 대에 머물고 있다. 각종 기업들의 생산규모가 줄어들면서 유입 인구도 줄어든 것이다. 중국 전체의 문제이기도 하지만 부의 편중도 심각하다. 게다가 일부 계층에서 보이는 과도한 소비행태는 바오토우 인사들의 노골적 멸시의 빌미가 되기도 한다. 이를 테면 포르쉐, 람보르기니 등 스포츠카를 소유한 이들의 행태다.

사실 어얼둬스의 도로 사정이 아무리 시원스럽다고 해도 그것은 도심 일원일 뿐인데다 기본적으로 화물차의 운행이 많아 스포츠카의 스피드를 안전하게 즐길 만한 여건은 아니다. 수억 원대를 호가하는 그들의 스포츠카는 평소에는 집안 차고에 주차되어 있다가 가끔씩 트럭 위에 실려

나와 자동차경기장이나 한가한 고속도로 위에서 맘껏 스피드를 뽐낸다. 밑바닥 삶을 사는 사람들보다도, 주연(酒宴)이나 뒤늦게 유행한 골프 정도를 최고 오락으로 여가는 장년의 기득권들에게 더욱 마뜩찮은 행태인 것이다. 할 수 없어서가 아니라 여건은 되면서도 상상하지 못한 것이기에 더욱.

어쨌거나 바오토우와 어얼둬스는 비슷하면서도 아주 다른 모습을 보인다. 여전히 마오쩌둥을 흠모하며 그 과거의 행태에 익숙한 장년, 그러한 장년들에게서 수완을 배우고 아직 결정권을 쥐고 있는 그들과 손을 맞잡으면서도 다른 꿈을 꾸는 신진. 아직은 어느 쪽에도 높고 낮음의 패찰을 붙일 수 없지만 그 다름, 특히 미래의 차이는 각자의 판단에 따른 나눔을 할 수 있을 것이다.

가장 귀가 솔깃한 것은 하나같이 말하는 한국에 대한 기대였다. 두 도시 모두 앞으로도 여전히 일정한 경제적 성과를 누릴 것은 틀림없어 보인다. 그런 도시에서 나름 주축이 되는 사람들이 한결 같이 문화 방면에서의 한국의 관심과 투자, 혹은 합작을 원하고 있다.

중국, 문화발전은 아직……

중국에 거주하다 보면 경제적 성장과 상관없이 삶 곳곳에서 불협화음을 느껴 불편한 구석이 많다. 겉은 멀쩡한데 맥없이 뒤틀리거나 망가져 일상의 리듬을 깨고 짜증을 돋우는 것에서, 눈이 어찔할 정도로 화려한 외양에도 불구하고 2퍼센트가 아니라 5퍼센트쯤 부족한 어색함까지. 미국 유학을 갖다온 엘리트 부자가 굳이 중국어를 두고 유창한 영어를 구

벤틀리 어얼둬스 매장. 지방도시에 매장을 연 것은 벤틀리 사상 처음이라는 게 종업원의 말이다

사하며 최고급 자재로 치장한 자신의 집으로 안내해 과시하는데, 바닥에 깔린 하늘색 타일과 새빨간 벽지라니. 사흘만 살면 머리가 어떻게 될 것 같아 서둘러 나오는데 그쪽은 아주 흡족한 표정이었다.

문화, 특히 생활 속에서 자연스럽게 우러나는 문화적 행태는 하루아침에 배우거나 익혀서 되는 일이 아니라는 것을 수시로 실감한다. 그렇다고 그들을 무시하려는 것은 아니다. 솔직히 말하자면 우리에게도 아직 그런 면이 있지 않은가? 쉽게 말하자면 어쩔 수 없는 졸부 취향 말이다.

중국에 발을 담근 지 10년쯤이 되니 어렴풋이 그 까닭이 짐작된다. 문화 발전 단계를 거스른 급성장. 예를 들어보겠다. 우리는 흑백, 칼라, 채널방식을 거쳐 리모컨으로 텔레비전을 시청하며 여러 방식의 VTR을 사용한 뒤 DVD 세상으로 넘어왔다. 그런데 중국인들은 텔레비전조차 귀하다가 어느 날 갑자기 DVD와 함께 방송 문화를 소나기 세례처럼 받았다. 그게 무슨 큰 차이냐고? 아니다, 엄청난 차이다.

사진을 예로 들면 더욱 쉽게 이해갈 것이다. 잘 알려진 현대 사진가 대부분은 흑백을 시작으로 칼라시대에 들어와서도 필름뿐 아니라 여러 종류의 카메라를 사용하며, 그 기계적 특성에 맞는 대상을 찾아 숨 쉬는 인간과 자연의 체취를, 순간의 의미를 담은 사진을 만들어냈다. 그것은 단순히 기계적 메커니즘에 의존하는 것이 아니라 카메라라는 기계에 그가 축적한 문화적 혼과 감각을 불어넣어 숨을 쉬게 했기에 가능한 것이었다. 그런 이들은 같은 디지털카메라를 사용해도 일반인들과는 다른, 생동하는 사진으로 '작품'을 만들어낸다. 바로 그것이 문화발전 단계를 거치고 거스른 차이인 것이다.

지금 중국인들의 삐걱거림 역시 시간이 흐르면 언젠가는 극복될 것이다. 그렇지만 그동안은 우리에게 기회가 된다. 더구나 그들이, 특히 한국인에게 문화적 협력을 진심으로 말하는 것은 비슷한 정서를 가진 까닭이다. 하지만 그 문화적 선도가 어떤 것인지 꼭 집어 말하기는 어렵다. 그래도 어렴풋이 방향은 짐작 간다.

어얼둬스, 바오토우만 두고 말하자면 우선 그들의 소비행태에서 방향을 찾을 수 있을 것이다. 두 도시 상류층의 소비는 주로 베이징과 상하이, 그리고 외국에서 이뤄진다. 그것을 현지에서 붙잡은 게 수제승용차 벤틀리 어얼둬스 매장이다. 어지간한 중산층 역시 작심한 쇼핑은 최소한 성도인 후오하오터로는 나가서 한다. 다양성은 떨어지지만 쓸 만한 브랜드는 대부분 다 있는데도 불구하고. 다름 아닌 마음먹고 나선 쇼핑에 따르는 다른 즐길 거리가 빈약하기 때문이다, 뭔가 새롭고 고급스럽게 여길 수 있는 먹거리까지.

그런 소비의 외부 이동은 두 도시로의 인구 유입을 가로막는 가장 큰 장애가 되고 있다. 시정부나 주축 경제 인사들도 그런 사정을 모르지는 않는다. 그래서 만든 것이 앞에서 든 박물관, 광장, 자동차경기장 같은 것들이다. 심지어 어얼둬스의 경우 미스유니버스대회까지 유치하면서. 하지만 그것들은 그저 보기만 하는 것이지 스스로 즐길 수 있는 것이 아니다. 몇 가지 전통적인 유희시설이 있기는 하다. 몽골파오 체험, 초원의 말 타기 등등. 그렇지만 그마저도 세련되지 못해 황량하거나, 그저 베껴 돈만 퍼부어 허접하다. 한두 번만 찾아보면 금방 시들해진다.

최고의 갑부 도시 두 개가 나란히 붙어 있다. 각 도시의 면적은 엄청 크지만 도심을 기준으로 하면 자동차로 기껏 1시간 정도의 거리이다. 그런 두 도시의 인구는 우리나라 부산시 인구를 넘는 450만 명쯤이다. 자원의 도시라니 그저 자원만 쫓는다면 경쟁이 너무 치열하지 않겠는가. 아니, 경쟁이 치열할수록 사람 냄새로 마음을 움직이고 얻을 수 있는 다른 길도 더불어 모색해야 하는 게 아닌가 싶다.

청년실업 조기퇴직, 창업으로 뛰어 넘다

— 중국에서 남은 종잣돈 1,000만원으로 5년 만에 매출 400억 원 달성한 청년 동업자들

— 태백시를 책 마을로, 전라도 앞바다에서 폐그물 수거하는 게 마지막 꿈

— 20년 중국 주재원 마감하고 창업, 5년 만에 'CHO(행복담당)'로

— 돈을 버는 것이 아니라 사람을 버는 것이 사업가다

이제 청년실업은 의식으로서의 문제가 아니라 절박한 현실이고 위기이다.

아마 수많은 청년이 긍정보다는 부정을, 동의보다는 반대를, 귀 기울이기보다는 코웃음부터 치는 현상의 뿌리는 희망을 가질 수 없는 까닭일 것이다. 그렇지만 기성에 대한 차가운 냉소와는 달리, 제대로 검증조차 되지 않은 뿌연 안개 속일지언정 새로운 가능성에 대해서는 무조건에 가까운 기대를 보이는 것은 희망을 찾기 위한 발버둥일 것이다.

그렇다. 인간이, 더구나 청년이 희망을 품을 수 없다면 분노하고 새로운 변화를 기대하는 것은 당연한 노릇이다. 그렇다고 그들이 바라는 희망

이란 게 아주 어렵고 대단한 것도 아니다. 사회생활을 시작해 20~30년쯤 즐겁게 일할 수 있고, 그렇게 열심히 살고 난 끝은 사랑하는 가족과 함께 탈 없는 노후가 보장되는 일정 공간의 집, 연금 정도이다. 하지만 그 평범하고도 당연한 희망이 지금 우리 현실에서는 실현불가능에 가깝다. 20~30년은커녕 허리가 휠 때까지 일해도 정상적인 노력만으로는 천정부지의 집 한 채 마련하기 어렵고, 마련되어 있는 각종 연금제도도 굳건히 신뢰하기에는 불안하거나 후대들의 짐이 되기 십상인 게 뻔히 보이기에 말이다. 하긴, 그것도 배부른 걱정이다. 노후나 내일은커녕 오늘 당장 할 일조차 없으니 희망이라는 단어는 생각조차 나지 않는다.

그렇다고 아예 길이 없는 것은 아니다. 스스로 일자리를 만들어 희망을 가꾸는 창업이라는 길이 있다. '당돌함' 정도로 해석할 수 있는 후츠파 정신에 기반한 이스라엘의 청년창업은 이미 세계적으로 잘 알려진 바이다. 중국의 청년창업도 정부의 인큐베이터 지원에 힘입어 도전과 성장이 지속되고 있다. 그런데 중국에서, 어느 누구의 지원도 없이 선후배끼리 힘을 뭉쳐 창업에 성공한 우리 청년들이 있어 그들 중 한 사람을 만났다.

대학 선배들의 엔젤투자가 종잣돈

강철용(姜哲龍), 1980년 생으로 강원도 태백시에서 태어나고 자라 2006년 아주대학교 경영학과를 졸업한, 우리 주변에서 흔히 만날 수 있는 청년이다. 그가 경영자로 있는 상하이(上海) 소재 에코메이트(ACCOMMATE)는 창업 5년 만인 2012년, 400억 원대의 매출을 올린 것으로 알려진다.

강철용 사장

■ 중국과는 언제 어떤 계기로 인연이 닿았나요.

"2005년 중국 수저우(蘇州)에서 어학연수를 하며 인연이 시작되었고, 졸업 후에 상하이로 들어왔습니다.

■ 중국에서의 창업은 일찍부터 생각한 일인가요.

"아닙니다. 대학에서 경영학을 공부하며 처음에는 마케팅광고 일을 하고 싶었습니다. 연장선상에서 재학 중에 중견 광고대행사에서 1년 반 정도 인턴사원으로 근무하기도 했고요. 그때의 수입으로 어학연수를 하며 중국을 체험해보니 갈수록 커져가는 이 나라에 상당한 메리트가 있겠구나 하는 생각이 들었습니다. 그래서 졸업하고 얼마 뒤 들어온 겁니다."

■ 처음부터 창업을 생각했나요.

ACCOMMATE는 이제 중국을 넘어 동남아 경략에 나선다

"직접적인 계기는 먼저 상하이에 들어와 무역업을 하고 있던 대학 1년 선배의 함께해보자는 권유였습니다. 그렇지만 그 선배도 자리가 잡혔던 건 아니어서 어떤 확신이 있었던 건 아니고 일종의 모험이었습니다. 솔직히 잘 안되면 돌아가면 된다는 생각도 있었고요."

■ 그럼 무역업으로 시작한 건가요.

"전자상거래였습니다. 한국 의류를 웹사이트 마케팅으로 중국 사람들에게 판매하는 일이죠."

■ 자금은 어떻게 마련했나요.

"1년 선배도 다른 선배들에게서 1억 원을 엔젤투자 받았는데 이미 무역업으로 3천만 원 정도의 손실을 본 상태였습니다. 그래도 7천만 원은 남아있었으니 다른 선배 한 명 등 세 사람이 힘을 합쳐 시작하기로 했습니다. 그때까지는 언어 구사도 자유롭지 않고 해서 웹디자인 등 기술 부분은 한족(漢族) 프로그래머 세 명을 월 2,000위안의 급여로 고용해 2007년 7월 사이트를 열었습니다."

■ 곧바로 성과가 나오던가요.

"아닙니다. 저희는 처음부터 대표도 정하지도 않고 월급도 똑같이 최소한으로 가져가며 애를 썼는데도 1년이 넘도록 적자가 계속됐습니다. 그때 월 2,000위안 정도를 집 월세를 포함한 생활비와 교통비로 썼으니 거의 밑바닥 생활이었습니다. 그래도 2008년 11월에 보니 자본금은 겨우 1,000만 원 정도 남아 있었습니다."

좌절 뒤의 모험이 성공 가져와

■ 허망했겠네요.

"말할 것도 없죠. 그래서 세 사람이 남은 돈 1,000만원을 공평하게 나눠 여행이라도 제대로 해보고 돌아가자는 합의까지 봤습니다. 그런데 아무래도 억울하더군요. 저만 그런 게 아니라 다들 꼭 같은 마음이어서 남은 1,000만원으로 다시 한 번 해보자는데 선뜻 동의했습니다. 그렇다고 이전과 같은 방법을 답습해서는 안 될 게 뻔하니 다른 비즈니스 모델을 찾기로 했는데, 고객에게 등급을 줘서 우수고객에게는 최고 20퍼센트까지 할인해주는 것이었습니다. 저희 수익은 그만큼 적어지지만 할인해준 20퍼센트로 구매한 상품을 되파는, 이를테면 중국인 중간상인이 생길 수도 있겠다는 계산이었죠."

■ 획기적이기는 하지만 위험 요인은 더 큰 방법이었네요.

"어차피 여행이나 하고 되돌아가려던 사람들이었으니 겁날 것도 없었죠. 그런데 그 방법이 곧바로 효과가 나와 매출이 급상승하기 시작했습니다. 불과 두세 달 뒤인 2009년 1월 매출이 7억 원에 이를 정도로요. 매출이 늘어나니 한국의 유명 브랜드 여러 곳의 상품을 취급할 수 있어 더욱 성장할 수 있었고요."

■ 패션 상품 위주였나요.

"그렇습니다. 주로 중국 20대를 타깃으로 한 'thejamy.com' 등 저희 사이트를 확장하고, 미국 블랙프라이데이 세일 때 구매를 대행해주는 사이트, G마켓 중국어 버전을 운영하는 등 사업의 다각화도 시도했습니다. 현재는 중국 최대 전자상거래업체 알리바바 T몰의 삼성 빈폴, 코오롱스포츠, 필라, 신원 등 여러 한국기업의 온라인 서비스를 공식적으로 대행하기도 합니다."

■ 현재 회사 규모는 어느 정도인가요.

"직원은 240여 명에 이르고, 2013년 매출은 약 500억 원에 이를 것으로 예상됩니다."

■ 직원 구성과 급여는 어느 정도인가요.

"일부 관리직을 포함해 95퍼센트의 직원이 중국인입니다. 급여는 5대 보험료를 포함해 월 평균 5,000위안 정도 되고요. 근무는 오전 8시 30분부터 오후 5시 30분까지 하는데 상하이 인근의 소도시에 24시간 교대 근무하는 서비스센터도 별도 운영하고 있습니다."

■ 직원들은 업무능력은 어떤가요.

"중국직원들은 창의적인 면에서는 다소 능력이 떨어지지만 지시한 부분에 대한 완성도는 높고 인내심도 있습니다. 다만 약간의 급여 차이에도 이직률이 높은 건 아쉬운 점입니다."

■ 중국에서 사업하는데 법률이나 정책면에서 어려움은 없나요.

"아무래도 외국기업이니 어려움이 있겠지만 따르고 적응해야죠,

특히 상하이는 중국 내 어느 곳보다 외국기업이 사업하기에 좋은 도시입니다."

말을 조심하는 모습이 역력해 더 이상의 질문은 삼갔다.

■ 경영학을 전공했으니 경제와 기업에 대한 지식은 어느 정도 갖췄겠네요.

"대학교 재학 중에 증권연구회 같은 동아리 활동도 했지만 그런 정도로 뭘 알았다고 할 수 있겠습니까. 선배의 경우도 한국에서 의류를 사다가 오프라인에서 배달하는 걸로 시작했으니까요. 앞에서 말씀드린 것과 같이 무얼 알고 치밀한 계획으로 시작한 게 아니라 그야말로 무모한 모험으로 도전했던 겁니다."

성공 확신 드는 것만 붙들고 포기하지 말아야

■ 이만큼 성공하고 나니 사업은 어떤 거라는 생각이 드나요.

"솔직히 어떤 사업이든 가능성은 1퍼센트 미만이라고 생각합니다. 그래서 막연한 창업에는 반대합니다. 어떤 가능성이 보이더라도 그걸 아주 작게 쪼개서 성공에 대한 확신이 드는 것만 붙들고 늘어져야 되는 게 아닌가 합니다. 더욱 중요한 건 운이고요."

■ 운이라면?

"저희의 경우에는 미국 발 서브프라임 모기지 사태가 행운이 되었습니다. 미국 달러가치의 폭락은 중국 위안화 가치의 폭등을 가져왔고, 그에 따른 중국인의 구매 증가가 활로가 된 겁니다."

■ 그런 운도 누구에게나 오는 건 아니죠.

"그런 면은 있습니다. 처절했지만 끝까지 포기하지 않고 버티며 노력한 덕분이 아닌가 생각합니다. 사실 그때 남은 천만 원을 각자 나눠서 여행을 하고 돌아갔다면 오늘은 없는 거죠(웃음)."

■ 요즘은 급여를 얼마쯤 받나요.

"연봉으로 7만 위안쯤 받습니다."

■ 수익에 비하면 의외로 적은 액수네요.

"회사가 살아남지 않으면 사장이나 주주 역시 살아남지 못하니까요. 급여는 생활비를 위해서 가져가는 것인데 조금 여유가 있어지니 이전보다는 문화생활을 하는데 소비가 늘어난 정도입니다."

■ 사업에 따른 스트레스가 적지 않을 텐데요.

"주로 노래를 듣거나 요리하는 걸로 마음을 안정시킵니다. 주말에는 자전거를 20~30킬로미터 타며 막힌 속을 풀기도 하고요."

■ 골프나 술은 하지 않나요.

"술은 가끔 마시지만 폭음은 피합니다. 골프는 시간이 아까워서도 큰 흥미는 없습니다."

■ 그래도 부(富)가 넘치는 도시가 상하이인데 다른 사람들의 소비나 사치를 보면 갖고 싶은 게 있을 법한데요.

"나중에 제 손에 현금이 100억 원쯤 있다면 페라리 베를리네타를 타고 싶다는 생각은 합니다(웃음)."

■ 결혼은 중국에서 했나요.

"예, 신입직원 면접심사 때 지원한 중국동포가 마음에 들어 2012년 결혼했습니다. 지금 장인, 장모님을 모시고 딸까지 얻어 행복하게 살고 있습니다."

■ 남 다른 점이 있는 만큼 특별히 이루고 싶은 꿈이 있을 것 같은데요.

"사업적으로는 저희 회사를 나스닥에 상장하는 글로벌기업으로 키우고 싶은 거고, 개인적으로는 제 고향인 태백을 책 마을로 만들고 싶은 꿈이 있습니다."

■ 책 마을이라면?

"태백은 이전에 탄광촌이었다가 폐광 이후 지금은 죽은 도시에 가깝습니다. 영국 웨일스 지역의 헤이 온 와이(Hay – on – wye) 마을도 이전에는 탄광촌이었다가 세계적으로 유명한 책 마을로 변신했는데, 저는 태백을 그런 도시로 만들고 싶습니다. 넉넉하지 않은 환경에서 4남 2녀의 막내로 자랐지만 고향은 저를 키워준 곳이고 언제라도 돌아갈 수 있는 곳이어야 하니까요."

■ 참 기특한 꿈입니다.

"저와 함께 하는 선배는 전라도 바닷가가 고향인데 훗날 사업적인 꿈이 이뤄지면 고향 앞바다 속의 폐그물 걷는 일을 하고 싶다는 꿈을 갖고 있습니다."

아름다운 청년들의 꿈에 가슴이 뭉클했다. 강철용 씨가 대표로 인터뷰했지만 그의 아내나 함께 사업을 일군 다른 이들은 얼굴 드러내기를 싫어했다. 결코 작지 않은 성공임에도 더욱 조심하며 내일을 가꾸는 이들이라면, 청년창업을 꿈꾸는 이들에게 타산지석으로 삼을 조언이 있을 것 같았다.

미래 창업은 디자인과 생산을 아우르는 방식으로

■ 청년창업을 꿈꾸는 이들에게 한 마디쯤은 해줘야할 것 같습니다.

"창업이 직장생활보다 더 큰돈을 벌게 될 것이라는 막연한 생각은 그야말로 허황한 꿈입니다. 경영자가 마음으로 포기하는 순간 회사는 문을 닫고 모든 것을 잃게 되기에 한 순간도 방심하지 말고 끈질겨야 됩니다. 특히 중국에서 사업하겠다는 사람들 중에 안일한 생각으로 덤비는 이들을 많이 봅니다. 미국과 같은 선진국에서라면 미리 영어를 마스터하고 비즈니스에 대한 철저한 사전 탐구도 하면서 중국에서는 대충해도 될 거라는 자세 말입니다. 성공과 실패의 차이는 바로 그런 자세에서 비롯된다는 생각입니다."

■ 사업 종목에 대해 조언한다면요.

"구체적으로 말할 수는 없지만 앞으로는 디자인과 생산을 아울러야 할 것 같다는 생각을 합니다. 변화의 속도가 빠르니까요."

짧은 인터뷰로는 다 들을 수 없는 많은 고난이 있었을 것이다. 그리고 그것을 이겨내는 데는 엄청난 끈기가 필요했을 것이다. 강 대표는 캐나다에서 영어연수를 하던 시절 연어잡이 배를 타 돈을 벌며 공부하기도 했다. 지금 그가 쓰는 한 달 생활비는 우리 돈 100만원 남짓이다. 그럼에도 세상 누구보다 아름다운 꿈을 품고 있다. 우리 청년들 중에 그런 자세와 꿈을 가진 청년이 그들만 일까. 결코 아닐 것이다. 여전히 용기가 부족하기는 하지만, 시작할 수만 있다면 또 어떤 결실을 낼지는 아무도 모르는 일이다.

240여 명의 직원이 모니터를 통해 실시간 주문을 처리한다

이스라엘은 말할 것도 없고 중국도 청년창업을 위한 지원을 아끼지 않고 있다. 문득 이런 생각을 해봤다. 대한민국의 새파란 청년이 겨우 5천만 원이나 1억 원 정도의 돈에 인생을 내던지려할까. 있더라도 그건 아주 소수일 테고 사전에 걸러낼 수도 있을 것이다. 모험심이든 혹은 끈질김이든, 다소 무모하더라도 1퍼센트의 성공가능성이라도 보이는 아이디어를 제시하는 청년 둘 이상에게 1억 원쯤의 자금을, 그들의 젊음을 담보로 장기거치 저리의 지원을 할 수는 없을까. 더하여 그들이 일할 저렴한 공간과 체계적인 경영 및 개발 지원체제까지 갖춘다면, 몰라도 절반은 작은 성공이라도 이룰 수 있을 것이고, 완전한 실패로 자금을 잠식하는 경우는 1퍼센트도 되지 않을 것 같다. 그럴 경우 당장 창업하는 회사당 동업자인 두 사람의 청년실업이 해소되는 것이고, 반드시 직원을 채용하게 될 테니 그만큼의 실

업이 더 해소되는 셈이다. 자금 또한 1년에 10,000개의 창업을 지원하려면 1조원의 돈이 필요하지만 사회적 책무 소홀로 비난받는 금융기관과 대기업의 엔젤 출연이라면 그리 어렵지는 않을 것이다. 거치 기간을 거쳐 이자와 원금이 들어오는 시간까지 5년쯤으로 본다면, 전체 규모 5조원이면 가능한 일인데…….

장년 창업 4년 만에 400억 매출 일궈

청년실업만 시급한 문제인 것도 아니다. 너무 오래 살아 불행한 세대가 되어버린 장년의 실업도 발등의 불이다. 더구나 그들은 오늘처럼 마구잡이로 내몰리는 세상이 오리라고는 예상하지 못했기에 오직 소속된 직장만을 전부로 여기며 별다른 대책을 마련하지 않았다. 그리고 덜컥 다른 세상이 찾아오자 뒤늦게 허둥거려보지만 성공보다는 실패가 더 많은 게 사실이다. 그들에게 실패는 재기의 기회마저 없는 나락이다. 광속으로 변하는 세상을 따라잡을 DNA가 형성되지 않았기에, 이제는 별 희망도 되지 못하는 경험이라는 과거에서 벗어날 수 없기에 더욱 그렇다. 그래도 그런 아슬아슬한 변곡점에서 재기의 성공을 일군 장년이 있어 찾아봤다.

박상윤(朴相潤)은 1963년 전북 익산시에서 태어나 전북대학교 무역학과를 졸업하고 1988년 1월, SK케미컬에 입사했다.

■ 언제부터 중국 업무를 보았나요.

"입사하면서부터 중국시장을 담당했습니다. 당시는 수교 전이었기에 대부분 홍콩을 통한 거래였는데 폴리에스텔 섬유관련 제품을 주로 취급했습니다. 그러다가 1990년 처음으로 중국 땅 광저우(廣州)를 밟았고, 수교 후인 1994년에는 회사의 배려로 베이징 어언 학원(北京語言學院)에서 1년 동안 어학연수를 했습니다."

■ 퇴직은 언제 왜 했나요.

"2000년에 SK케미컬과 삼양사의 폴리에스텔 단섬유 부분이 합병해 (주)휴비스를 세웠습니다. 저는 (주)휴비스에 소속되어 상하이사무소장으로 계속 일했고요. 2005년에는 쓰촨성(四川省)에 설립한 쓰촨휴비스 총경리로 취임하기도 했으니 속된 말로 잘나간 셈입니다. 그런데 합병 당초의 계약에 따라 2007년 다른 공동 투자사에서 경영을 맡게 되면서 저는 본사로 발령받아 한국으로 들어갔습니다. 그때 서울에서 사표를 냈으니 직장생활 20여년 만이었습니다."

■ 한국으로 돌아왔다고 사표를 썼다는 건가요.

"20여 년 중국에서만 일하다가 돌아오니 어정쩡한 입지에 미래가 불투명하기도 했지만 가족은 여전히 상하이에 둔 상태였습니다. 큰애가 아들인데 그때 고등학교 3학년으로 미국 스탠퍼드대학교 입학을 앞두고 있었고, 작은 애인 딸은 중학교 3학년으로 국제학교를 다니고 있었습니다, 한창 꿈을 꾸는 나이인데 아비 사정으로 환경을 바꿔놓고 싶지 않았습니다. 그러나 해외주재원에게 제공되는 학비 등의 지원이 끊겼으니 봉급만으로는 감당할 수 없었던 겁니다."

■ 자녀들이 가장 큰 동기였군요.

박상윤 창업주와 사장으로 영입한 최경욱 씨

"아버지니까요. 그리고 가족과 떨어진 기러기 생활은 정말 싫었습니다 (웃음)."

■ 퇴직금도 적지는 않았을 테니 사업자금으로 어려움을 겪지는 않았겠군요.

"배운 게 도둑질이라고, 할 수 있는 일은 무역밖에 없었습니다. 상하이에서 자본금 20만 달러의 투자기업 '상하이상윤무역주식회사(上海相潤貿易有限公司)'를 설립했는데, 퇴직금은 중간정산을 해 아버님이 제 몫의 땅을 팔아 보태줬습니다."

■ 경험이 많았으니 큰 어려움은 없었겠습니다.

"생각보다 쉽지 않았습니다. 월 8,000위안 임대료의 50제곱미터 남짓한 사무실에 직원 4명을 고용해 임금을 주는데도 불과 몇 개월 사이에 1억 원 정도만 남더군요."

■ 생활비는 어떻게 했나요.

"최소 생활비만 아내에게 갖다 줬는데도 그렇게 되더군요. 다행히 그때 저와 친한 엔지니어 출신으로, 국내 중견기업의 사장을 지내신 분이 중국기업에 취업을 주선해주면 자신이 받을 연봉의 10퍼센트를 헤드헌팅비로 주겠다고 했습니다. 그래서 인연이 있는 중국 회사에 이력서를 줬더니 그쪽도 마침 사람이 필요했다며 쾌히 응했습니다. 연봉 협상에서 깎일 것을 대비해 4억 원을 불렀는데 두 말 없이 받아들였고요. 헤드헌팅비로 받은 4,000만원을 아내에게 2년 동안의 내 월급이라며 주고 나니 한결 부담이 덜했습니다."

■ 차라리 본인이 그 자리에 들어가지 그랬어요.

"그런 이야기가 나올 것 같아 아내에게는 말도 꺼내지 않았습니다(웃음). 어쨌거나 한 번 나선 길에서 맥없이 돌아서는 것도 싫었고, 다시 월급쟁이가 되는 것도 내키지 않았습니다. 노트북 한 대면 먹고 살 수는 있다는 자신감은 있었습니다."

모세의 출애굽 심정으로 창업

시작한 사업이 순조로웠던 것도, 앞날이 밝은 것도 아니었으니 보통의 상식으로는 이해하기 쉽지 않은 무모한 선택이었다. 그야말로 맨땅에 헤딩하듯 온 몸을 던져 치열한 세계시장을 열어나갔던 것은 그보다 20년쯤 선배 세대의, 이미 전설이 된 이야기가 아니던가. 그는 얼핏 모세의 출애굽을 이야기하며 회사의 소속원으로서는 아무리 직위가 높아져도

상윤무역 중국사원들의 한국 연수 모습 (1)

마음은 여전히 가난하더라고 했다. 안정 속에 상당한 대우를 누리기도 하지만 언제든 내몰릴 수 있는 불안한 종보다는 거칠고 두렵더라도 스스로의 인생에 주인이 되고 싶었던 모양이다. 그래도 무모했고, 무모했지만 용기는 남다른 사람이었다.

■ 첫 오더는 어떻게 받았나요.

"저보다 일찍 무역업을 시작한 직장 선배가 중국산 산업용 나일론 원사를 인도에 납품해야 하는데 알아봐 달라고 연락해왔습니다. 그걸 인터넷으로 찾아 단가협상을 잘해 납품하게 됐는데, 컨테이너 당 3,000달러의 수수료를 선배와 절반씩 나눴습니다. 그게 첫 수입이었습니다"

■ 직장을 그만두고 창업한 경우 통상 몸담았던 회사, 최소한 동료들의 도움을 받을 수 있지 않나요.

"그런 경우도 있겠지요. 그러나 총경리처럼 경영을 총괄하는 자리에 있으면 바이어를 직접 상대하지 않습니다. 기간도 짧지 않았으

상윤무역 중국사원들의 한국 연수 모습 (2)

니 이미 인맥은 모두 끊어졌고, 경영 주체가 바뀐 상태에서 데리고 있던 직원들도 자기 살 눈치 보기 바쁜데 저까지 아쉬운 소리하기가 싫었습니다. 그리고 만약 그때 도움을 받았더라면 안주해서 지금처럼 되지는 못했을 거라는 생각입니다."

■ 얼마 동안이나 어려움을 겪었나요.

"기간은 오래지 않았지만 심각했습니다. 창업 몇 개월만인 그해 9월이 되니 자본금 바닥이 보이는데 눈앞이 캄캄했습니다. 실패 원인이 무엇일까 곰곰이 생각했습니다. 그리고 아이템을 특정하지 않고 종합무역을 하자, 커미션 분배의 유 · 불리에 연연하지 말자, 하는 생각을 했습니다. 또 중국 최대 전자상거래 사이트 알리바바에 연회비 6~7만 위안을 내고 회원으로 가입해 우리 회사를 알리고 중계할 일거리도 찾았습니다."

■ 체면을 버리고 투자까지 한 셈이었군요.

"그렇습니다, 우선은 회사가 살아남아야 했으니까요. 한 번은 텔레비전 리모컨 주문이 들어와 여러 차례 시제품 생산까지 거쳤는데 달랑 1,000개를 납품하게 됐습니다. 몇 달 동안 상하이와 항저우(杭州)를 오가며 애썼는데 개당 1위안, 전부 1,000위안이 남은 장사였으니 심정이 어땠겠습니까. 그래도 불평하지 않고 성심을 다했더니 결국 10만 개를 납품하게 되었습니다. 그렇게 9월부터 매출이 늘어나 연말에는 50억 원의 매출을 기록했습니다."

상윤무역은 창업 이후 매년 매출액을 높여 2012년에는 400억 원대의 매출을 기록했고, 2013년에도 그 증가세를 유지할 것으로 예상된다. 현재는 슈퍼섬유로 불리는 고기능성 산업용 특수섬유 등 화학제품으로 품목의 집중화도 이루었다.

기업가는 첫날부터 그 기업의 문화를 생각해야

■ 성공과 실패의 차이는 뭔가요,

"식상하게 들리겠지만 성실이라고 생각합니다. 리더는 직원의 존경을 받아야 하는데 그가 놀면 먼저 직원이 존경하지 않습니다. 바꾸어 말하자면, 리더가 느슨하면 직원의 마음을 얻을 수 없다는 것입니다. 그래서 그 후로는 골프도 하지 않습니다. 골프로 얻는 인간관계도 있지만 그로 인해 잃는 게 더 많다는 판단에서였습니다. 또 돈을 벌려는 목적이 아니라 기업가가 되겠다는 자세가 필요하다는 생각입니다. 기업가는 시작하는 첫날부터 그 기업의 문화를 생각해야합니다."

■ 어려움에 닥칠 때는 어떻게 견뎌내나요.

"저는 일기를 씁니다. '위대한 CEO의 일기' 라는 제목을 붙여놓고

(웃음), 힘들거나 기쁠 때 일기를 쓰면 저를 다시 돌아보게 됩니다. 그러면 문제가 풀리기도 하고 새로운 아이디어가 생기기도 했습니다."

■ 부인은 남편의 사업에 동참하나요.

"완전한 전업주부인데 저는 오히려 그편이 고맙습니다. 집안 대소사나 아이들 교육은 따로 신경 쓰지 않아도 돼 일에 집중할 수 있으니까요. 미국에서 대학교를 졸업한 아들은 이제 홍콩 모건스탠리 회사에서 일하고, 딸은 서울대 의대에서 공부하고 있으니 아내가 저보다 더 역할을 잘해냈다고 할까요 (웃음)."

■ 창업을 생각하는 사람들에게 해줄 조언이 있다면요.

"먼저 작은 규모로 시작하라고 권하고 싶습니다. 또 돈을 벌겠다고 생각하지 말고 사람을 벌겠다는 생각을 하라고 조언하고 싶습니다. 보다 중요한 건 자신이 즐기며 할 수 있는 일을 선택하는 것인데 거기에는 경험이 필요합니다. 설령 자기 돈을 들여서라도 일정기간 직장생활을 해볼 것을 권합니다. 일의 감각과 경험도 아주 중요하니까요. 그리고 창업에는 두려움이 따르는데 과감하게 극복하지 않으면 시작조차 할 수 없습니다."

■ 특별한 경영철학이 있다고요.

"행복을 나누자는 겁니다. 누구라도 동료가 되면 희망을 갖고 행복할 수 있어야 한다는 생각입니다. 그래서 처음에 저의 운전기사로 입사했던 친구가 지금은 영업책임자로 일하고 있습니다. 전에 직장 동료였다가 저희 회사에 합류한 한국 후배는 지금 사장을 맡고 있고요."

창업지원 프로그램에 운집한 청년과 강연 중인 박상윤 씨

그의 명함에는 '행복담당(CHO : Chief Happiness Officer)' 이라는 특이한 직위가 적혀 있다. 그렇다고 현재에 만족한다는 뜻인 것도 아니다. 이제 중국을 넘어서 멀리 아프리카 자원개발까지 사업을 확장하고 싶다는 그이지만 기본은 사람을 존중하고 함께하는 이들의 행복을 우선으로 하겠다는 생각이다. 장년실업과 조기은퇴 후의 실패가 심각한 사회문제로 대두되는 현실에서 그의 성공은 의미가 깊다.

그가 들려준 이야기는 용기, 초심, 철학, 성실, 끈기 등 누구나 흔하게 말할 수 있는 것들이다. 그러나 도전해서 성공하는 사람과 머뭇거리며 말만 내뱉는 이는 울림이 다르다. 시작하는 사람에게 지난 날, 특히 권위나 체면은 뜯어먹을 고기 한 점 없는 말라빠진 뼈다귀만도 못한, 먼저 내다버려야 할 독이다. 지난 인연에 의지하는 혜택은 당장은 수월하더라도 그에서 비롯된 나태함이 미래를 갉아먹게 되는 곰팡이다. 시작은 철저히 초심이어야 한다. 그래도 장년의 시작에는 경험이라는 무엇과도 바꿀 수 없는 자산이 부가된다. 때로는 어깨 위의 짐으로 느껴지기기도 하지만 돌아보면 가장 든든한 위안의 산이 되는 가족도 있고. 이제 오직 두려움에 겁먹지 않는 도전만이 남았다. 어쩌랴, 너무 오래 살아 불행하게 되었다지만 그걸 불행으로 여기는 것이 진짜 불행의 시작이 되는 것을.

'청년드림'을 지원하는 코트라와 우리은행

— 취업 제한을 비켜가는 방법은 창업

— 대도시보다는 내륙으로 진출해 진짜 지역전문가 되어야

— 사양기업은 있어도 사양업종은 없다

— 중국에서의 창업은 한국 교민이 아니라 중국인을 고객으로 생각해야

인간이 사회를 구성하는 것은 혼자서는 살아갈 수 없기 때문이다. 한 사회가 살 만한 사회인지 그렇지 않은지는 구성원이 꿈을 이루는데 그 사회의 제도와 지원이 얼마만큼 기여하는지도 중요한 요소가 될 것이다. 우리나라는 고도성장과 민주화의 과정을 거친, 많은 나라들로부터 부러움을 사는 국가이다. 국가와 사회가 결정하기에 따라서는 꿈을 꾸는 사람에게 희망을 줄 수도, 절망의 원망을 들을 수도 있다. 그러나 가장 중요한 요소는 사람이다. 아무리 좋은 제도가 마련되어 있더라도 사람이 움직이지 않으면 아무런 소용이 없게 되고, 제도가 다소 미비하더라도 사람이 마음을 쓰면 그 이상의 성과를 거둘 수 있기 때문이다.

이제 중국이 기회의 땅이라는데 근본적인 부정을 토로할 사람은 거의

중국 우리은행 로고

없다. 그래서 비좁은 국토, 한순간도 긴장을 늦출 수 없는 치열한 경쟁에 질렸거나 내몰렸거나, 혹은 더 큰 꿈을 펼치기 위한 도전이거나, 기회의 땅 중국에서 무엇인가를 도모하려는 한국인의 수는 80만 명을 넘어섰다. 그러나 중국은 그리 만만한 나라가 아니다. 건성 체험으로는 알 수 없는 엄격한 법과 제도, 자국의 이익을 지키기 위한 매서운 눈길과 냉정한 집행 등 한순간에 모든 것이 틀어져버릴 수 있는 요소가 다분하다. 그럼에도 대부분의 한국인은 대박의 허황한 꿈만 꿀 뿐 현실의 직시와 헤쳐 나갈 지혜의 준비에는 소홀하다. 시작은 턱없는 우월의식에 근거한 만만한 시선이고, 잠깐 반짝 성과라도 거두면 거봐라 하는 우쭐함에 시건방까지 더해 대충대충의 나태함을 드러낸다. 하지만 얼마 뒤 뭔가 이상하다 싶어 뒤늦게 따져보면 발을 빼기에 늦었거나 벌써 거덜 나 있는 상태이다.

또 하나둘 그런 사례를 먼 발치에서 보거나 들은 사람들의 한 마디씩 보탠 이야기는 이내 괴담이 되어, 되는 일도 안 되는 일도 없는 괴상한 시장으로 만드니 도전도 포기도 못한 채 부유하게 된다.

세상에 되는 일도 안 되는 일도 없는 시장이란 없다. 냉정하게 말하자면 자세와 실력, 노력의 차이일 뿐이다. 그렇지만 남의 나라에서, 더구나 솔직히 투명하지 않은 구석이 많은 중국이라는 나라에서, 온전히 개인의 힘으로 무엇을 시작하고 살아남아 성공한다는 것은 결코 쉽지 않은 일이다. 많은 이들이 무엇엔가 목말라 하며 머뭇거리거나 돌아선 까닭이다.

그런 어려움에 도움을 주기 위해 우리 사회가 마련한 기관과 제도가 있다는 것을 개인들은 잘 몰랐다. 언론에 자주 등장하고 이름이 클수록 그런 곳은 개인이 아닌 조직을 갖춘 기업이나 상대할 수 있을 걸, 하는 마음이었다. 그런데 최근 대한무역진흥공사(이하 코트라 : KOTRA) 중국무역관과 우리은행 중국유한공사(友利銀行中國有限公司)가 '청년드림 프로젝트'라는 이름을 내걸고 중국 내 창업을 지원하겠다며 나섰다. 그 책임자들의 이야기를 들어봤다.

코트라 중국무역관 부관장 황재원(黃在元) 박사는 대학에서 중문과를 졸업한 뒤 입사하여, 오랫동안 중국 업무에 천착하며 경제학 공부를 계속해 박사학위를 취득한 성실하고 진중한 노력파다.

■ 청년드림 프로젝트로 개인에게는 닫혀 있던 코트라의 문이 열린 건가요.

"아닙니다. 코트라의 문은 세계 어느 곳에서나 기업은 물론 개인에

코트라 중국지사 황재원 박사 (왼쪽)

게도 진작부터 활짝 열려 있었습니다. 중국무역관을 기준으로 소개하자면 우리나라 중소기업의 중국 진출을 위한 시장조사, 바이어 중매, 각종 전시회 개최, 변호사나 회계사 등을 통한 자문지원, 노무 등 제반 정보제공, 각종 행정절차의 대행까지 여러 서비스를 제공하고 있습니다. 중국기업의 한국 투자진출이나 투자유치를 위한 노력도 하고 있고요. 그 안에 개인도 포함되는 것은 물론입니다. 경제활동을 하는 개인 역시 작은 기업이니까요."

■ 청년드림 프로젝트를 기획한 계기는 뭔가요.

"오랫동안 중국에서 근무하며 중소기업자, 개인사업자, 유학생들을 지켜봐왔습니다. 특히 6만 명이 넘어선 중국 내 한국유학생들의 진로는 교민사회의 구성원, 대한민국 국민의 일원으로 안타깝고 염려스러웠습니다. 마침 동아일보사에서 취업과 창업에 어려움을 겪고 있는 청년들을 지원하기 위한 청년드림 프로젝트를 함께해보자고 제안해와 중국 우리은행과 같이 쾌히 동참했습니다.”

■ 유학생들의 경우 어떤 어려움이 있나요.

“가장 큰 어려움은 중국 노동법 규정이 납세사실로 증명할 수 있는 취업경력이 2년 이상 있는 사람에게만 취업비자를 발급하도록 되어 있다는 겁니다. 그러니 중국에서 공부한 유학생도 일단 한국이나 다른 나라에서 2년 이상의 취업경력을 쌓은 뒤 다시 중국에 들어와야 하는데, 그런 경우 다시 돌아올 사람이 현실적으로 얼마나 되겠습니까. 그러니 한국기업은 기업대로, 유학생은 유학생대로 구인과 구직에 어려움을 겪고 있습니다. 중국기업 역시 한국의 젊은 인재를 고용하고 싶어도 쉽지 않은 상황이고요. 외교 당국에서도 문제 해결에 발 벗고 나서 병역의무 중 취사병 경력은 조리경력으로 인정받을 수 있도록 하는 등 노력하고 있지만 중국법의 문제는 어차피 한두 해 사이에 해결될 사안은 아닙니다. 그래서 취업이 어려우면 창업으로 비켜가는 것도 방법이라 생각하는 겁니다.”

■ 창업의 기본적인 조건은 뭘까요.

“우선은 모험에 도전하는 용기와 아이디어입니다. 중국은 한국보다 가능성이 큰 나라인 것은 확실합니다. 또 우리에게는 한 단계 높은 경제상황과 문화적 여건에서 비롯된 앞선 아이디어 창출 능력도 있고요. 그러니 굳은 용기와 제대로 된 아이디어로 도전한다면 성공 가능성이 있다고 보는 겁니다.”

■ 시작 시점부터 장벽이 있을 것 같은데요.

"중국에서는 홍콩, 마카오를 제외하고는 외국인의 개인사업자 등록이 제한됩니다. 베이징, 상하이, 광저우 같은 대도시에서는 더욱 엄격하고요. 그 같은 대도시는 이미 대부분의 사회적 인프라가 갖춰졌으니 굳이 외국인에게 여유를 베풀 까닭이 없지요. 그렇지만 내륙의 오지로 들어가면 이야기가 조금 달라집니다. 한 예를 들면 윈난성 리장(麗江)에서 '사꾸라' 라는 카페로 성공한 한국 여자분이 있는데, 이 분은 부산 출신으로 리장에 여행 왔다가 아름다운 풍광에 반해 중국어를 배우고 카페를 차려 크게 성공한 경우입니다. 세계 배낭족들에게도 아주 유명한 카페인데, 성공 비결은 애정을 가진 즐겁고 적극적인 마음을 바탕으로 식단, 인테리어, 운영 등에서 한국인의 앞선 마인드가 작동된 결과라고 봅니다."

■ 오지라고 해도 생활환경이 열악한 건 아니죠.

"그렇습니다. 수도 베이징이나 상하이 같은 경제 중심도시에서 거리가 멀어 오지라는 표현을 쓰지만, 중국의 각 성(省)은 그야말로 한 개의 국가라 해도 될 만한 크기라 어지간한 도시에서는 생활환경을 염려할 필요는 없습니다. 또 각 성도(省都)를 중심으로 저마다 한두 단계 늦은 발전계획을 실행하고 있어 우리 청년들로서는 경쟁력이 높으니 기회를 잡을 여지도 많습니다. 이미 발전한 대도시에서보다는 초기투자 부담을 줄일 수 있다는 것도 긍정적 요소이고요. 지역적 면에서는 충칭(重慶), 청두(成都), 시안(西安) 등 서부개발 중심도시는 물론 대부분의 중소도시가 그 대상이 될 수 있습니다. 그런 도시에서 자리 잡아 장기적으로 시장을 형성하며 우리 경제의 척후병이 되면 또 다른 기회를 잡을 수도 있을 겁니다. 실제 우리 기업들 중에 중국 내륙에서 마케팅 등을 담당할 적절한 사람을 연결해달라는 요청도 적지 않습니다. 표준어인 보통화(普通話)만 가지고 대충 적응하는 게 아니라 그 지방의 사투리까지 익혀 현지 사정을 꿰고 있는, 진짜 지역통을 바라는 거죠."

■ 어떤 업종으로의 창업이 유리할까요.

"사양기업은 있어도 사양업종은 없다는 말을 먼저 하고 싶습니다. 예를 들면 식당의 경우, 처음에는 중국인 부자들이 최고급만 찾는다고 하니 무작정 많은 돈을 투자해 화려하게 외관은 꾸몄지만, 내용인 음식에서는 특화된 경쟁력이 없어 이내 망한 분이 있습니다. 그분이 특화된 비빔밥 점으로 다시 도전해 지금은 아주 크게 성공하고 있습니다. 그렇듯 업종이 아니라 어떤 특화로 얼마만한 경쟁력을 갖추느냐의 문제입니다. 또 중국의 정책을 잘 들여다봐야 합니다. 최근 중국에서는 한 자녀 정책 완화가 거론되고 있는데, 이는 신생아 관련 산업의 확장으로 이어질 거라는 이야기와 같습니다. 그밖에도 내수시장 진작을 위해 애를 쓰고 있는 만큼 다양한 서비스산업, 기술 분야에서는 환경산업 등 수많은 기회의 문이 열려 있습니다."

■ 서비스산업의 구체적인 예를 하나 든다면요.

"신발산업은 일반적으로 사양산업으로 봅니다. 그러나 신발은 인간의 생활에 필수적인 상품이죠. 자연히 서비스산업, 즉 디자인과

한국인 자영업

접목되면서 끊임없는 발전과 생산이 유지되는 겁니다. 실제 푸첸(福建)성의 여러 관련 업체에서 역량 있는 한국 디자이너에 대한 선호도가 높습니다."

경력이 없어 취업비자를 받기 어렵다면 디자인 외주업체 형식의 취업성 창업도 가능할 것이다. 정책을 비켜가는 대책은 불법이 아니라면 지혜인 것이다.

■ 지금까지 소자본 창업자의 성공비율은 그리 높은 않은 것 같은데요.

"가장 큰 이유는 중국에서 인민폐(人民幣 : 위안화)를 버는 게 아니라 한국 원화를 벌겠다는 자세 때문이라고 봅니다. 무슨 뜻인가 하면, 처음부터 중국인을 고객으로 잡으려는 것이 아니라 한국 교민을 상대로 하는 안일한 생각 때문에 고만고만한 크기와 비슷한 업종으로 좁은 시장의 경쟁을 만들고 있습니다. 그런 경우 한국의 경기변화에 따른 부침도 심하니 요 몇 년 사이에는 많은 어려움을 겪고 있고, 처음부터 성공을 기대하기는 어려웠다는 겁니다. 중국에서 창업하면 주고객은 중국인이라는 목표를 가져야 합니다. 14억, 15억 시장이 아니라 지역별로 많아야 몇 만 명에 불과한 교민을 바라보겠다면 차라리 한국에서 창업하는 편이 낫지요. 교민 시장은 중국 전체로 보아도 겨우 80만 명 정도입니다. 반면 중국은 내륙의 어지간한 도시도 인구 200~300만 명을 넘어서기 일쑤입니다. 또 소득 양극화에 따라 한국 상품이나 〈대장금〉 드라마의 기여로 건강식으로 인식된 먹거리에 쉽게 지갑을 열 수 있는 층도 두껍고요."

■ 청년창업을 위한 코트라의 지원책은 무엇인가요.

"앞에서 말한 기본적인 코트라의 업무를 바탕으로 창업을 위한 정보제공과 상담, 창업 이후의 관리까지 가능한 모든 지원을 아끼지 않을 겁니다. 코트라의 문은 누구에게나 열려 있습니다. 언제라도 찾아와 상담을 요청하기 바랍니다."

코트라 중국무역관은 2013년 초 단독으로 창업세미나를 개최한데 이어, 2013년 12월 3일에는 동아일보 청년드림센터, 중국우리은행 등과 함께 베이징 한국문화원에서 '중국 창업 세미나 2013'을 개최한 바 있다.

■ 세미나 성과는 어땠나요.

"약 200여 명의 중국 체류 한국청년들이 운집해 열기를 띠었습니다만 당장 성과를 말하기는 어렵습니다. 어차피 단기적 성과에 연연하지 않고 지속적으로 할 사업입니다. 그래서 2014년 4월경 '중국 창업 경진대회'를 공동으로 개최할 준비를 하고 있습니다. 입상자에게는 창업자금 투자 등 재정적 지원과 더불어 전문가 컨설팅 등을 제공할 계획입니다."

■ 장년창업에 대한 지원은 생각하지 않나요.

"기본적인 상담과 지원은 누구에게나 주어집니다."

우리은행 중국유한공사는 우리은행이 100퍼센트 투자해 2007년 설립한 한국계 최초의 중국 내 외자은행이다. 황규목(黃圭睦) 부행장은 1989년 우리은행에 입행해 2003년 우리은행 베이징지사에서 근무했고, 2011년 다시 부임해 '청년드림 프로젝트'를 전담하고 있다.

■ 어떤 계기로 청년드림에 동참하게 되었나요.

"우리와 중국은 떼려야 뗄 수 없는 사이인데다가 연 6만 명 규모로 유학생 숫자는 늘어났음에도 졸업 후 한국으로 돌아가는 게 대부분이고, 중국에서 이렇다 할 비전을 보이는 경우는 적어 안타까웠습니다. 그래서 청년창업 등에 관한 특강을 다녔는데 마침 동아일보에서 청년드림 프로젝트를 기획한다기에 동참했습니다."

■ 대학 졸업 뒤에는 일단 취업을 하는 게 가장 바람직한데 우리 유학생의 경우는 취업비자와 관련된 중국의 법규 때문에 귀국할 수밖에 없는 사정 아닌가요.

"그렇습니다. 하지만 좀 더 솔직히 말하자면 유학생과 기업 간에 눈높이가 맞지 않다는 것도 사실입니다. 한국에서 대학생활을 한 졸업생들도 기업에 들어오면 업무과정을 통해 사실상 재교육을 받

황규목 부행장

는 것이 현실입니다. 유학생들의 경우는 언어 면에서는 다소 앞선 면이 있지만 인문학이나 시사(時事), 현실 경제 등에서는 오히려 상당한 차이를 보입니다. 그건 다른 나라 언어로 공부한 사람들의 어쩔 수 없는 한계이기도 하죠. 그래서 기왕 다른 나라에 들어와 그 나라 언어로 공부하며 그 나라 사정에 익숙해졌다면, 그리고 그 나라 친구까지 있다면 그곳에서 인생을 열어가는 게 훨씬 유리하지 않나 하는 생각입니다. 우리 국가나 사회 입장에서도 그런 사람들이야말로 미래의 자산이 되는 거고요."

■ 말은 쉽지만 창업, 특히 중국에서는 상당한 제한이 있는 것 같던데요.

"동의합니다. 개인사업자 등록제한 등 여러 까다로운 장벽이 있습니다. 그런데 중국은 외국인의 창업이나 투자를 업종별로 투자금지, 투자제한, 투자권장으로 나눠놓고 있습니다. 그것은 여전히 권장으로 분류할 만큼 필요한 부분이 있다는 뜻입니다. 예를 들자면 내수 진작을 위한 서비스산업의 여러 부분, IT관련, 문화예술 등입니다. 특히 이제 중국에서 불법이나 꼼수로는 버틸 수 없습니다. 다소 어렵더라도 정상적인 과정을 거쳐 정상적으로 활동한다는 기본적인 마음가짐이 필요합니다."

■ 그렇더라도 안정적인 자금지원이 없으면 성공비율은 더욱 낮을 것 같은데요.

"반드시 자금의 문제만은 아니라고 생각합니다. 무한정 자금을 쏟아 부을 수 있는 기업이란 건 애초에 없기도 하거니와 자금력만 믿고 무모하게 버티다가 뒤늦게 후회하는 경우도 많습니다. 입에 발린 소리 같지만 특화된 아이디어, 도전할 수 있는 용기와 굳은 의지가 우선되어야 합니다. 시작은 작게 하는 게 옳은 자세이기도 하고요."

■ 일반적으로 성공비율은 말한다면 어느 정도나 될까요.

"95퍼센트는 실패한다고 보는 게 지금까지의 냉정한 현실입니다. 그래서 청년드림 프로젝트가 더욱 필요하다는 생각입니다."

■ 실패의 가장 큰 원인은 무엇일까요.

"가장 큰 요인은 중국을 제대로 알지 못하면서 다 아는 것처럼 생각하는 자세입니다. 중국은 알면 알수록 모르겠다는 게 성공한 사람들의 하나 같은 말입니다. 중국에 한 번 오면 박사, 두 번 오면 석사, 세 번 오면 학사라는 우스갯소리가 있습니다. 그만큼 들어가면 갈수록 어려운 나라를 우리는 아주 만만하게 보는 경향이 있습니다. 신중하고 조심해야 합니다."

■ 청년드림의 창업세미나를 해보니 가능성은 보이던가요.

"참여한 학생들의 의욕은 컸습니다. 그러나 아직은 막연한 생각을 가진 쪽이 다수였습니다. 물론 개중 일부는 가능성이 보이기도 했습니다. 예를 들면 칭화대 출신의 여학생들이 협동조합 방식의 창업을 꿈꾸며 상담을 요청해왔는데 아주 고무적이었습니다. 중국어에 능통한 자신들의 자원을 활용해 통 · 번역 전문업을 계획하고 있었는데 동참하는 조합원에 대한 심사도 엄격했습니다. 그처럼 스스로에 먼저 엄격하고, 경쟁력이 확실한 자산으로 철저히 준비한다면 성공 확률은 높습니다. 또 서로 전공이 달라 상호 보완할 수 있는 사람끼리 그룹을 짜는 팀별 창업도 가능성을 높이는 방법이라는 생각입니다. 특이한 건 여학생들이 훨씬 더 적극적이고 구체적이었다는 것입니다."

■ 은행이라면 아무래도 자금지원을 대부분 기대할 것 같은데요.

"물론 조건이 갖춰지면 가능합니다. 그러나 솔직히 쉽지는 않습니다. 무엇보다 외국계 은행도 중국 금융당국의 규정을 따라야하는데 아주 엄격합니다."

■ 그럼 은행이 동참한다는 의미가 없는 게 아닌가요.

"돈을 빌려주는 것만이 은행의 역할이라는 생각은 오류입니다. 중국에서는 기업이 통장을 개설할 때도 자금 종류별로 계좌가 다릅니다. 자본금계좌, 기본계좌, 경상금계좌, 인민폐계좌, 달러계좌

등등 말입니다. 그리고 이런 계좌마다 각각 그 한도와 사용 승인 등 여러 제한이 있습니다. 예를 들어 자본금계좌에는 돈이 있고 경상금계좌에는 잔고가 없을 경우, 자본금계좌의 돈을 인출해 용도에 맞지 않는 경상금으로 임의사용하면 규정을 위반한 것이 됩니다. 계좌에 따라서는 인출과 환전에 승인과 한도가 정해진 것도 있어 여차하면 은행계좌에 현금을 쌓아두고도 부도를 내는 경우가 있습니다. 그런 기본적인 사안에서부터 무역대금 처리, 세금 등 그야말로 전문가도 잘 알지 못하는 부분에 대해 저희가 조언하고 리스크를 줄여주려는 것입니다. 의도적이든 의도적이지 않든, 반칙은 한 순간에 모든 것을 잃게 한다는 것을 명심해야 합니다."

중국에서 부패에 관한 기사가 넘쳐나니 여전히 반칙이 통할 것이라는 막연한 안일함이 남아 있는 것이 사실이다. 그러나 이제는 중국인마저 잔뜩 몸을 사리는 판국이다. 이전 같으면 외국인이 방문하면 그것을 빌미로 최고급 술과 음식, 담배까지 돌리며 십여 명 이상이 모여 거창한 먹자판을 벌였지만 이제는 구내식당으로 데려가 소찬 몇 가지와 맥주 몇 병 내놓는 게 전부이다. 지금은 서릿발이 매서워서 그렇지 얼마가지 않아 또 슬며시 예전으로 돌아가리라 생각하는 중국인보다는, 그야말로 좋은 시절 다 갔다며 자세를 바꾸는 중국인이 대부분인 듯하다. 그런만큼 외국인 사업자가 반칙으로 버틸 수 있으리라는 기대는 애초에 접는 게 옳을 것이다.

우리 교민 개인사업자 중에는 중국 지인의 이름을 빌려 규제를 피하는 경우가 많이 있다. 물론 그런 이들 중에는 서로의 신의로 큰 탈 없이 생업을 계속하는 사람들도 있지만, 상대가 마음먹기에 따라서 하루아침에 완전히 달라질 수도 있다는 사실을 잊지 말아야 할 일이다. 많은 돈을 투자하고, 전문적인 노하우를 투입해 자리를 잡고나면 느닷없이 공권력이 개입하는 경우도 있다. 당황한 교민은 일단 몸을 피했다가 다시 돌아와 보면 그사이 주인은 완전히 바뀌었고 아무런 손도 쓸 수 없게 되어 있어 졸지에 길거리에 나앉기도 한다. 실제 적지 않게 벌어지는 일이다. 기본적으로 외국인의 탈법이나 불법은 공권력에 철저히 드러나 있다고 보는 게 옳은 자세이다. 그런 안일함을 지적해주고 적법한 관리를 도와주겠다는 것은 자금대출 이상의 값어치 있는 일이다.

■ 장년층 창업에 대한 생각은 어떤가요.

"장년층의 경험이 청년들의 아이디어와 결합하면 더욱 상승작용을 일으킬 수 있다고 봅니다. 장년층 개인 창업의 경우도 본인이 원한다면 얼마든지 지원할 수 있습니다. 다만 그분들도 새로운 시작에는 그만큼 새로운 각오가 필요하다고 봅니다."

조심스럽지만 쓴소리를 해야겠다. 가까운 지인이 친구가 작은 식당을 개업했다며 함께 축하해주자고 했다. 오랫동안 직장생활을 하다가 불현듯 시작하게 된 식당이니 아무래도 허술한 구석이 많았다. 그래도 제법 먹은 나이에도 땀 흘리며 이리저리 뛰어다니는 모습이 아름다워 몇 차례 더 찾아갔다. 몇 개월 지나 안정되었다 싶으니 주인의 모습이 잘 보이지 않았다. 두어 달 뒤 다시 찾아가보니 손님도 썰렁했고 맛이나 서비스도 처음보다 더 못해진 게 아닌가. 사정을 알아보니 조금 돈이 들어오기 시작하자 그사이 나태해진 주인은 골프에 빠져 지내는 모양이었다.

이해하지 못할 바는 아니다. 그래도 나름 능력이 있어 외국의 주재원으로 나와 활동했으니, 회사가 제공한 배려로 꽤 여유 있게 생활했고, 업무상으로든 개인적으로든 여가활동도 즐겼는데 하루아침에 자영업자가 되었으니 얼마나 답답했을까. 무엇보다 체면이 말이 아니었을 것이다. 체면, 그게 문제다. 그러나 체면보다는 삶이 더 우선이고 가족이 더 소중하다는 사실은 왜 그렇게 수시로 망각하는 것인지, 안타까운 경우를 종종 본다.

제2장
최고의 세계, 인간의 땀

중국인의 궁극의 보석, 옥(玉)의 세계

— 중국의 옥 문화는 신학(神學) 및 심리학적 관점으로 파악해야

— 3천 만 위안을 호가하는 옥 목걸이와 나란히 진열된 다이아몬드의 초라함

— 전통의 연옥보다는 미얀마 산 경옥이 더 고가

— 춘천옥도 쿤룬옥(崑崙玉)계의 연옥이지만 유도(油度)가 낮은 편

1997년 중국 윈난(雲南)성 성도 쿤밍(昆明)시를 여행하며 보석거리의 한 매장 주인을 만날 일이 있었다. 한국인에게 보석이라면 일반적으로 다이아몬드, 루비, 금은 등이었으니 당연히 그런 보석류를 취급하는 줄 알았는데 아니었다. 서울 종로의 보석상 거리는 비교도 되지 않을 규모로 빼곡히 늘어선 매장마다 진열된 것은 온통 옥(玉)이었다. 주인의 안내로 시큰둥하게 매장을 둘러보는데 대략 5센티미터 크기의 나비모양 옥 브로치 가격표가 저절로 입을 벌어지게 했다. 1백만 위안. 당시 환율이 1위안 당 120원 정도였으니 1억 2천만 원인 셈이었다. 그런데 주인은 보석 거래에 있어 VIP 고객과는 매장 쇼 케이스에 진열된 상품이 아니라 금고 속의 더 비싸고 귀한 상품을 거래한다는 말을 덧붙였다. 기(氣)가 눌렸지만 그래도

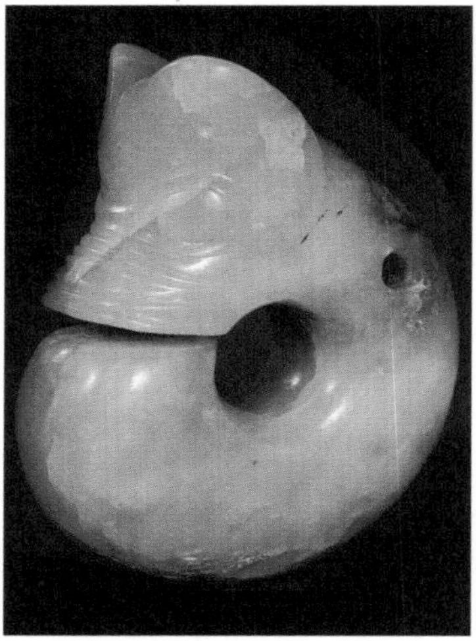

옥저룡

옥에 무심한 이로서는 졸부들의 과시쯤으로 여기고 잊었다.

다시 2013년, 중국인의 부(富)가 세계 쇼핑가를 휘젓는다는 보도가 이어지더니 마침내 수백만 달러가 넘는 다이아몬드에 대한 쇼핑 이야기도 나왔다. 문득 베이징(北京) 최고급 쇼핑가에 자리 튼 '티파니(Tiffany)'를 비롯한 세계적 보석상이 떠올라 조사에 나서봤다.

현실은 보도와는 조금 달랐다. 특정한 서양 브랜드 몇 곳에서는 다이아몬드가 최고의 보석이었다. 그러나 그들 매장에서는 옥을 취급하지 않았다. 중국이나 대만, 홍콩계 브랜드의 다른 매장들을 둘러봤다. 그들도 서양 브랜드보다 더 고가의 수백 만 위안이 넘는 다이아몬드 등을 거래하고 있었지만 최고가의 상품은 오히려 옥이었다.

도대체 중국인에게 옥은 무엇인가, 궁금증을 억누를 수 없어 이 시대 최고의 옥 전문가를 찾았다.

"옥은 정신적인 보석"

양버다(楊伯達), 1927년생으로 86세다. 랴오닝(遼寧)성 뤼순(旅順)에서 태어나 중일전쟁과 신중국 건설 시기에 화베이(華北)대학 미술대를 다녀 1948년 졸업했다. 중국 '옥계태두(玉系泰斗)'로 불리며 베이징 고궁

(故宮)박물원 부원장, 베이징대 고고학과 옥기(玉器) 석사과정 지도교수, 국가문물감정위원회 위원 등을 역임했다. 중국공산당 선전부 출판국에서 출판한 『중국미술전집』 중 6권의 옥기관련 서책을 책임 집필했다. 그밖에도 중국 옥기 및 공예품과 관련해 발표한 논문과 서적이 100편을 훌쩍 넘는다.

옥벽, 고대 권력의 상징이었다

약속장소에 들어서는 그는 나이가 믿기지 않을 만큼 정정했다.

■ 건강해 보입니다.

"아직 돋보기 없이도 어지간한 서책은 읽을 수 있을 정도입니다."

■ 특별한 비결이 있습니까.

"가리는 것 없이 잘 먹고, 적절한 운동을 합니다. 경험상 운동도 과하면 부작용이 생기더군요, 그래서 식사 후 햇볕 아래에서 천보를 걷습니다. 구름 낀 날이나 비오는 날에는 걷지 않고요. 잠자리에 들기 전에는 따뜻한 물에 20분 정도 족욕(足浴)을 하고, 30분 정도 전신마사지를 받기도 합니다."

■ 화베이대학은 귀에 익숙하지 않습니다.

양바이다 선생이
자신의 옥 목걸이를 내보이고 있다

"허베이(河北)성 정딩(正定)현에 있었는데 중일전쟁 시기 화베이해방구(華北解放區)에서 제일 좋은 대학이었고, 오늘날 런민(人民)대학의 모체입니다."

■ 미술을 전공하셨더군요.

"그렇습니다. 화가가 꿈이었지요."

■ 옥을 연구하게 된 건 어떤 계기였나요.

"1949년 신중국이 성립되고 지금의 베이징인 당시 베이핑(北平) 건설에 우리 대학도 참여했습니다. 그때 저는 미술공작(工作)팀에 소속되어 미술관련 업무를 책임졌는데, 일이 끝나고 베이핑예술전문대학에서 강의를 하게 됐습니다. 그 후 중앙미술학원(중국 최고의 미술대학) 전람공작실 부주임을 역임할 때까지도 그림을 그렸지요. 그러다가 1956년 고궁박물원 진열부 부주임으로 발령 받았는데 그때부터 그림은 그리지 못하고 각종 기물(器物)과 공예품을 연구하게 되었습니다. 직접적으로 옥에 매진하게 된 계기는 1980년대에 들어서 중국공산당 선전부 출판국에서 국가적 사업으로 시작한 『중국미술전집』(전60권) 출판에서 옥기 관련 6권의 책임 편집을 맡게 되면서 부터입니다. 출판 결과 대중들의 큰 호응이 있었고, 이에 다시 전350권에 달하는 『중국미술분

류전집(中國美術分類全集)』을 출판하게 되었는데 그때도 옥기전집의 편집 책임자가 되었습니다. 그러고부터는 나 스스로 중국의 옥 문화를 세계에 전파하기 위한 방법을 모색했습니다."

■ 옥 문화는 세계적으로 중국이 가장 특별합니다. 옥의 정신은 무엇인가요.

"저도 옥의 정신에 대해 부단히 탐구했습니다. 고고학적, 역사학적, 광물학적, 기물학적의 여러 방법으로 연구했지만 결론은 심리학적 관점으로 분석하는 게 옳다는 생각입니다. 옥 문화는 건축에 비교하자면 생산, 이해를 따지는 하층관계가 아니라 정신적 가치의 상층관계입니다. 구체적으로 말하자면 옥의 정신을 탐구하는 데는 그 기능, 속성, 점유자의 세 가지 요소가 아주 중요한데 기능은 종교적 기능과 맞닿습니다."

■ 고대의 제사장과 관련한 기능을 말하는 건가요.

"그렇습니다. 옥의 기능과 속성은 기본적으로 신학(神學)입니다. 선사시대에는 제사장이 하늘에 제사를 올릴 때 신에게 바쳤고, 문명시대에 들어서는 천자(天子)와 제후 등 절대권력자의 전유물이었습니다. 그들은 자신이 지닌 옥을 통해 재난을 피하고 사악한 기운을 막을 수 있다고 믿었지요. 그런 옥 문화의 신학적 유전자, 무(巫)의 유전자는 역사 전체 과정을 관통해 오늘날까지 이어지고 있습니다. 현대 중국인들도 옥을 화평(和平), 길조, 재복의 상징은 물론 재난을 피할 수 있는 벽사의 기능으로 지니니까요."

玉은 귀신도 쫓아내

■ 금, 은, 다이아몬드 등 다른 신비한 보석도 많은데 왜 하필 옥일까요.

"그 땅에서 무엇이 생산되느냐 하는 것은 매우 중요한 원인입니다. 아마 아득한 고대에는 옥이 무엇인지도 몰랐을 겁니다. 그러다가 중국 서쪽의 쿤룬(崑崙)산에서 양질의 옥이 발견되며 귀한 보석으로 여기게 되었을 겁니다. 중국에는 쿤룬산 일대뿐만 아니라 대략 5곳에서 양질의 옥이 생산됩니다. 물론 금과 은도 생산되고 금강석이라 칭하는 다이아몬드도 생산되어 명(明)대 이후 보석으로 여겼지만, 그 질과 양은 옥에 비할 바가 못 됩니다."

■ 옥의 주요 산지는 어디인가요.

"주(周)나라 때 옥을 평가한 기록을 보면 지금의 신장(新疆) 지역 쿤룬산과 그 인근의 허톈(和田)에서 생산되는 허톈옥을 '서방의 미', 랴오닝성 쉬안(岫岩)현 순유치(珣玗琪)에서 생산되는 쉬옥(岫玉)을 '동방의 미'라 했는데 가장 대표적입니다. 그밖에는 장수(江蘇)성의 마오산(茅山), 스촨(四川)성의 롱촨(龍川), 역시 스촨성의 민산(珉山) 등지에서도 생산됩니다."

■ 다이아몬드 생산지는 어디인가요.

"랴오닝성 와방뎬(瓦房店), 산둥(山東)성 멍인(蒙陰), 후난(湖南)성 위안강(沅江) 유역 등입니다."

중국산 다이아몬드는 생소했는데, 역시 생산량이나 질적 면에서 아프리카 지역의 그것과는 비교할 바 못 되는 것 같았다.

■ 옥의 질에 대한 좋고 나쁨의 구별 기준은 무엇인가요.

쿤룬산

"서방의 광물학을 기준으로 하자면 경도(硬度)가 기준이 되겠지요, 그러나 중국에서는 '유가평옥 온윤이택 견치여율(儒家評玉 溫潤而澤 堅致如栗)'을 기준으로 삼았습니다. 즉 유가에서는 옥을 평가할 때 부드럽고 광택이 나며 견고하기가 밤나무와 같아야 한다는 뜻이죠. 지금은 홍목(紅木), 자단목(紫檀木) 등 더 견고한 나무를 알지만 고대에는 밤나무를 가장 단단한 나무로 알았으니까요."

■ 허텐옥의 경우 현지를 가보면 광산에서 캐내기도 하지만 강가에서 줍는 옥도 있더군요, 어떤 차이가 있나요.

"앞의 것을 산과옥(山科玉), 뒤의 것을 쇄옥(碎玉)이라 합니다. 먼저 산과옥은 광산에서 구멍을 뚫거나 폭파 등의 방법으로 큰 옥암석을 떼어내 운반한 뒤 가공하는 것이고, 쇄옥은 수천 년 동안 높

허텐 강변에서 옥을 찾고 있는 회족 노인

은 산상에서 작열하는 태양빛과 여러 풍화작용에 의해 저절로 바스러지나 벗겨져 산 아래 강변으로 흘러드는 옥을 말합니다. 옥 덩어리와 옥 조각의 차이인 셈인데, 품질을 구분하는 것은 앞의 기준과 같습니다."

■ 옥의 벽사 기능에 대한 근거는 무엇인가요.

"중국 고대 신화집인 『산해경(山海經)』에 기록이 있으니 벽사 기능을 말하는 영성(靈性)은 선사시대로 거슬러 올라가는 셈입니다. 또한 예로부터 옥은 권위의 상징이자 아름다움을 치장하는 최고의 장식품이기도 했지만, 사귀(邪鬼)를 물리치는 벽사의 힘과 더불어 군자의 덕인 인의예지충신(仁義禮智忠信)을 나타내므로 '군자무고옥불거신(君子無故玉不去身 : 군자는 항상 반드시 옥을 지녀야 한다)이라는 말이 전해오고 있는 것입니다."

500억 원짜리 玉도 있어

■ 실제 옥과 건강이 관계가 있나요.

"1990년대 베이징대학 옥 문화 학술회의에서 그에 관한 발표가 있었습니다. 50~60대 부녀자들을 상대로 옥팔찌를 차게 하고 3~4개월 뒤 손의 변화를 조사한 바 손등과 손바닥의 피부가 부드럽고 탱탱해진 것을 확인할 수 있었다는 겁니다. 그렇지만 무엇보다 중요한 것은 역시 심리적인 면일 것입니다."

■ 선생님도 건강을 위해 옥을 몸에 지니시나요.

"(웃음) 물론입니다. 값이 비싼 건 아니지만 선물을 받아 항상 목에 걸고 있습니다."

■ 전문가로서 다양한 옥기를 보셨을 텐데 가장 가치 있는 유물로 어떤 것을 꼽을 수 있을까요.

"각 시대별로 너무 많습니다. 예를 들자면 선사시대 옥 유물로 품평이 가장 좋은 것 중의 하나가 옥저룡(玉猪龍)인데, 이는 돼지를 형상화한 것으로 저영(猪靈), 즉 돼지의 영혼과 운신(雲神), 즉 구름신의 결합체를 상징했습니다. 옥 자체의 품질도 그렇지만 그 예술성과 역사성에 어떻게 값을 매길 수 있겠습니까. 그밖에도 현재 국가가 보관하고 있는 유물은 감히 가격으로 거론할 수 없는 것들이 대부분입니다."

■ 그럼 지금 민간에서 유통되는 옥 중에서 가장 비싼 것을 든다면요.

"제가 어렸을 때는 옥 한 점에 1위안도 안 나가는 것이 많았는데 지금은 수백, 수천만 위안은 물론 3억 위안을 호가하는 옥도 있습니다. 제가 직접 본 1억 위안짜리 옥은 28킬로그램이나 되는 큰 재질의 허텐옥이었는데, 수년이 지난 지금은 3억 위안을 호가합니다."

■ 그럼 옥은 질의 차이지 가짜가 나오지는 않겠네요.

"아닙니다. 유리와 옥가루를 혼합해서 만든 가짜도 나옵니다."

■ 중국 옥 시장에서의 연간 거래액은 얼마나 될까요.

"누구도 정확히 알 수 없습니다. 특히 골동품 시장에서 거래되는 액수는 천차만별인데, 유명한 지아더(嘉德)나 바오리(保利)경매회사의 경우는 연간 대략 30억~60억 위안 가량의 거래액을 기록하는 것으로 짐작합니다."

춘천玉은 유도(油度) 낮은 편

지아더와 바오리는 중국 최대의 경매회사로 골동품을 비롯하여 고미술품, 현대미술품 등 다양한 문화예술품을 수집하고 경매한다. 특이한 점은 이들 경매회사는 많은 감정전문가를 확보해 작품의 진위 판별에 노력을 기울이지만 경매된 이후 진위에 대한 책임을 지지는 않는다. 결국 작품 구매의 최종책임자는 구매자 본인이라는 것이다.

■ 한국의 춘천옥(春川玉)에 대해서는 알고 있나요.

"물론입니다. 직접 보기도 했습니다. 춘천옥은 쿤룬옥과 유사해 광택이 좋은 옥이기는 하지만 유도(油度)가 낮은 편입니다. 그래서 반짝거리며 빛나지가 않죠. 그런데 연옥(軟玉)은 기본적으로 독립적인 옥이 아니라 가족 보석입니다. 무슨 말인가 하면 쿤룬산의 옥이 가장 좋은 품질을 나타내지만 지질운동에 의해 여러 곳에서 유사한 옥이 생산된다는 것입니다. 현재 지질학자, 광물학자는 과학기기로 화학실험을 통해 옥의 성질을 연구합니다. 그러나 그것은 옥인가 아닌가를 판별할 뿐 옥의 가족력까지 알아낼 수는 없습니다. 옥은 옥상(玉商)의 안목에 의해 품질이 판별됩니다. 즉 수장가나 감정가, 박물관 학자들은 그 밀도를 감각과 경험으로 알아내 옥의 종류를 판별해내기 때문에 과학적 실험보고서를 전적으로 믿지는 않는다는 것이죠. 또 옥을 판별할 때는 옥의 물질, 자료, 특히 생산지를 고려해야만 합니다. 그러나 서방의 다이아몬드는 생산지를 중요하게 여기지 않습니다. 문화적 차이로 볼 수도 있겠지요."

그들만의 시장

과학의 세기에 부분적이나마 내놓고 과학을 부인하는 것이기에 문화적 차이라 말하는 것인지도 모르겠다. 그렇지만 세상사 모든 것을 과학만으로 판단하기에는 아직 그 발전이 미천한 것도 사실이다. 가깝게는 중의약학 분야에서부터 심령분야에 들어가면 과학이 입증할 수 있는 한계는 아주 미미하다. 보석에 대한 개념 역시 유사할 것이다. 희귀성이나 경도 등은 과학적인 증명이 가능할 수 있지만 아름다움이나 가치는 그야말로 주관적인 개념이니 과학의 잣대로 결정할 수 있는 일은 아니다.

가장 일반적인 형태의 옥 목걸이

보다 중요한 것은 시장이다. 아마 세계적으로 옥을 가장 귀한 보석으로 여기는 이들은 중국인일 것이다. 그들에게는 다른 세계인이 더 귀하게 여기는 다이아몬드도 옥에 비할 바가 아니다. 실제 중국 유명 보석매장을 들려보면 다이아몬드 상품은 비싸야 기껏(?) 수백만 위안의 가격표가 붙어있지만 옥 제품은 팔찌 한 점에 수백만 위안짜리는 부지기수이고, 목걸이 한 점에 수천만 위안을 넘는 것도 버젓이 진열되어 있다.

아무리 어리석다고 코웃음쳐도 중국인 그들에게는 그들만의 시장이 있다. 전체 세계 인구 70억여 명 중 중국인과 화교의 인구수는 15억 명을 넘는다. 무려 4분지 1에 가까운 시장이다. 그러니 그들만의 시장으로도 충분히 유지하고 즐길 수 있는 것이다. 옥이 영원한 보석으로 남을 까닭이다.

■ 중국에서 생산되는 옥은 대부분 연옥으로 알고 있습니다. 경옥과의 차이는 어떤가요.

"옥은 크게 경옥(Jadeite)과 연옥(Nephrite)으로 나뉘는데 경옥은 특별히 비취(翡翠)라 부르기도 합니다. 중국에서는 명대까지 경옥은 보석이 아니라 돌로 인식했는데, 청(淸) 건륭제(乾隆帝)가 들어서며 비로소 경옥을 옥의 일종으로 인정했습니다. 연옥인 허텐옥의 경도는 5.5~5.9인데 반해 경옥은 6.0이 넘습니다."

미얀마에서 고가의 옥 생산

■ 가격 면에서도 미얀마에서 생산되는 경옥이 훨씬 비싸더군요.

"건륭 말기에 이르면서부터 경옥이 더 비싸졌는데 현대에는 더욱 그러합니다."

세계 최대의 경옥 산지는 중국 윈난성 남부와 면한 미얀마 북쪽의 샨주이다. 그곳에서 생산되는 경옥의 대부분은 윈난성 쿤밍 보석시장에서 거래되며 주 고객도 중국, 홍콩, 타이완(臺灣)의 보석상들이다. 그간 경옥 시장에서의 대세는 짙은 초록빛을 띠는 비취였지만 최근에는 유백색을 띠는 비취들이 주목받으며 가격이 급상승하고 있다.

■ 말씀하신대로 당초 옥은 지배계층의 전유물이었습니다. 언제부터 일반 서민들도 사용할 수 있게 된 건가요.

"단언할 수는 없지만 송대(宋代)부터인 것으

최소 3천만 위안(약 52억 원)을 호가하는 옥 목걸이

로 짐작됩니다. 북송 시기 도성 내외의 번화한 정경을 묘사한 〈청명상하도(清明上河圖)〉를 보면 당시 도시경제가 상당히 발전하고 번영했음을 알 수 있습니다. 즉 상인, 공인, 서민 등의 경제가 윤택했던 것이지요. 그때부터 왕의 통제권이 점점 약해지며 경제적으로 부유한 일반 서민들도 옥을 지니게 된 것으로 볼 수 있습니다."

■ 옥이 지배계층의 전유물에서 일반 백성들에게 퍼지며 디자인에서는 어떤 변화가 있었습니까.

"선사시대에 하늘과 교류하는 무인(巫人)들은 신을 위해 디자인했습니다. 옥저룡과 같이 일반사람들로서는 이해하기 어려운 디자인이었죠. 또 왕과 같은 권력자는 전문 설계사를 두어 그들이 공인(工人)과 함께 권위를 내세우기 위한 옥기를 만들었습니다. 옥장(玉帳), 옥벽(玉璧), 옥패(玉佩)같은 것들이죠. 민간이 옥기를 지니게 되면서는 아무래도 반지, 팔찌, 목걸이 같은 장신구가 주를 이루었습니다. 그런 디자인이 현대에 들어와서는 다른 보석과 결합하기도 하며 더욱 다양해졌고요."

배추玉을 만드는 이유

■ 우문입니다만, 중국인들에게 옥과 다른 보석 중 어떤 것이 더 소중하고 귀할까요.

"일반 사람들은 옥을 우선으로 지니면서도 금을 더 선호하는 편입니다. 그러나 문화를 알고 돈이 많은 사람들은 고급 옥을 더 귀하게 여깁니다. 1만년 가까운 역사의 문화유전자로 영혼에까지 새겨졌기 때문이라고 볼 수 있는 일이지요. 아마도 중국인들의 옥에 대한 애정은 서민들의 화평과 경제적 안정이 전제되어야 하겠지만 영원히 지속되리라 생각합니다. 한 마디로 말해서는 '황금유가옥무가(黃金有價玉無價 : 황금은 값을 매길 수 있지만 옥은 그 값을 매길 수 없다)' 라고 할 수 있습니다."

배추옥

그의 답변은 실제 보석상에 나가보면 눈으로 확인할 수 있는 사실이다.

■ 옥은 장신구로도 사용되지만 장식품으로도 많이 가공되고 있더군요. 그런데 그 귀한 옥으로 배추와 같은 모형을 만드는 것은 쉽게 이해가 안 됩니다.

"배추는 중국어로 '바이차이(白菜)' 인데 부귀를 뜻하는 '바이차이(百財)' 와 그 발음이 같습니다. 그래서 배추는 부귀와 길조의 상징이 됩니다. 즉 해음(諧音)을 적용해 표현한 것이지요 (웃음)."

배추옥으로 가장 유명한 것은 청나라 서태후(西太后 ; 일명 자희태후慈禧太后) 릉의 부장품이다. 그처럼 최고 권력을 누린 황실의 주인이 한낱 배추에 빌어 부귀와 길조를 기대했다니, 중국 문화의 생생한 단면일 것이다.

■ 옥 디자이너로 가장 유명한 이를 꼽는다면 누구일까요.

"정부 주최의 옥 디자이너 시상식에서 제가 시상자로 나선 적도 있지만 너무 많습니다. 현대의 제1기 옥 디자이너 중에서 대가로 꼽을 만한 사람만 몇백 명은 될 겁니다. 결코 누구 한 사람을 지칭할 수 없습니다. 어쨌거나 옥 디자인에서만큼은 중국이 세계 제일이라 말할 수 있습니다."

■ 최근 중국인들이 다이아몬드와 같은 다른 보석에도 관심을 기울이기 시작했습니다. 어떻게 보시나요.

"주로 젊은 층에서 그러한데 서양 문화가 주입된 영향이겠지요. 추세가 그렇더라도 발전의 방향이기에 저는 긍정적으로 받아들이려 합니다. 그리고 이러한 추세는 각종 여론 매체가 이끌어온 것인데 무제한적 투입이 아니라 적정 투입이 이루어진다면 중국 옥 문화 전통과 병행해 보석시장이 더욱 활성화 될 수 있을 겁니다. 중국은 서양의 다이아몬드와 같은 보석을 배척하지 않습니다. 오히려 적극 받아들여 옥 문화의 개선과 발전을 추구하고자 합니다."

흔히 중국의 문화를 '장독문화' 라고도 한다. 좋든 나쁘든 어떤 것이나 배척하지 않고 묵묵히 받아들이지만 그것들을 중국이라는 장독 안에서 발효시켜 결국은 새로운 자신의 것으로 만드는 문화 말이다. 그것은 한편 개방과 포용의 정신이기도 하며 새로운 창조와 지속의 길이기도 하다. 어쩌면 긴 역사 속 수많은 외세의 침입으로 주인이 바뀌기를 밥 먹듯 했지만 결국 이민족의 역사마저 자신들의 역사로 만들어 '중국' 이라는 하나의 거대한 제국을 유지한 원천은 그것인지도 모른다.

서양에서는 원석을 자르고, 중국에서는 원석을 연마

■ 중국의 옥 디자인과 서양의 보석 디자인에는 어떤 차이점이 있나요.

"중국에는 '인재시예(因材施藝)' 라는 말이 있습니다. '재료에 따라서 그에 적당한 공예품을 만든다' 는 뜻입니다. 그런데 보석 가공에는 두 가지 방법이 있습니다. 연마(硏磨)해서 광택을 내는 것과 자르고 절단하는 커팅으로 빛을 발하게 하는 방법입니다. 서양의 보석은 커팅 방법을 사용하는데 그 기술이 아주 우수합니다. 반면 중국의 옥은 전통적으로 연마해서 광택을 내왔지요. 재료의 연성(軟性)에 따른 인재시예의 전형이었습니다. 그렇지만 이제는 중국의 옥도 커팅 기술이 필요합니다. 왜냐하면 커팅 기술이 떨이지면 옥의 광택을 충분히 낼 수 없기 때문입니다. 그럼에도 타이완이나 홍콩, 싱가포르의 세공사들도 아직 서양을 따라잡지 못하고 있습니다. 더 노력해서 개선해야지요."

■ 후계자는 있습니까.

"얼마 전 광둥(廣東) 중산(中山)대학의 교수님도 그런 질문을 하더군요, 하지만 아쉽게도 아직 후계자를 찾지 못했습니다. 왜냐하면 역사학계 문헌으로 단편적인 연구를 하는 것은 그나마 가능하지만 옥 관련 연구는 반드시 출토유물과 연구를 병행해야 하는 어려움 때문입니다."

■ 자녀분들은 어떤가요.

"아들과 딸이 하나씩 있지만 저마다 중의학과 금융 방면에서 일을 하고 있습니다. 어쩔 수 없는 노릇이지요."

우연한 기회에 자신의 뜻과 상관없이 발을 들였지만 최선을 다해 '태두(泰斗)' 라는 최고의 성과를 얻은 그는 편안한 모습이었다. 보석은 가장 화려한 세계의 상징이지만 그 이면에는 화려함이 지속되고 더 빛날 수 있도록 과거를 돌아보는 이들도 있다. 그런 순리의 삶을 걷는 이의 발길이 선불리 역린(逆鱗)을 내세우는 이들에게 교훈이 되기를 기대해본다.

중국 최고 의상디자이너와 모델이 든 성공 비결은 '단순함'

— 스토리가 있는 패션쇼에 스폰서도 없이 54억 원을 쏟아 붓는 디자이너

— "15년 내, 샤넬 같은 세계적 브랜드를 만들겠다"

— 故 앙드레 김은 대한민국의 국보

〈춘제롄환완후이(春節聯歡晩會)〉 줄여서 〈춘완〉이라 불리는 이 프로그램은 중국 국영방송 CCTV가 매년 12월 31일 저녁 8시부터 1월 1일 새벽 1시경까지, 장장 5시간 가까이 생방송하는 새해맞이 프로그램이다. 굳이 시청률을 따지자면 거의 80퍼센트쯤은 될 것이다. 일본으로 치면 〈홍백가합전〉에 비교할 수 있다.

가족이나 가까운 사람들과 집안에서, 반드시 '자오즈(餃子 : 교자만두)'를 나눠먹으며 새해를 맞는 중국인들에게 〈춘완〉은 채널고정 프로그램이 될 수밖에 없다. 꼭 그날 밤에 보지 못했더라도 다음 날 아침부터 며칠 동안 재방송이 계속되니 어쩌면 모두가 한 토막이라 보게 되는, 시청률 100퍼센트일지도 모르는 전 국민의 사랑을 받는 최고의 프로그램이다. 그러니 이 프로그램의 사회자나 출연자는 중국 최고가 아니면 꿈도

꿀 수 없는 일이다. 특별히 외국에서 초청된 출연자도 쟁쟁한 명성을 자랑하는데, 2013년에는 영화 〈타이타닉〉의 주제곡 'My Heart Will Go On'의 가수 셀린 디옹(Celine Dion)과 그리스 국적의 국제적 음악가 야니(Yanni) 등이 출연했고, 우리나라 싸이도 섭외했지만 치열한 경쟁 끝에 B-TV(베이징 텔레비전) 새해맞이 프로그램에 빼앗겼다.

〈춘완〉 의상 20년째 디자인하는 디자이너 궈페이

다소 장황했지만 궈페이(郭培)가 중국 최고의 의상디자이너임을 설명하는데 〈춘완〉에서의 위상만큼 명료한 것이 없기 때문이다. 1966년생인 그녀는 벌써 20년째 〈춘완〉 주요 사회자 및 출연자의 의상을 디자인하고 있다. 솔직히 2개월여를 시간에 쫓기고 품도 많이 드는데다 큰 이익이 없음에도 이제는 의리 때문에라도 요청을 거절할 수 없다는 것이다.

춘제를 사흘 앞두고 인터뷰를 요청했는데 쾌히 응했다. 하지만 약속장소인 그녀의 회사에서 무려 3시간을 넘도록 우두커니 기다린 다음에야 마주 할 수 있었다. 정오부터 시작한 〈춘완〉 여자 사회자 리스스(李思思)와 세계적 피아니스트 랑랑(朗朗)과 협연할 발레리나 허우홍란(侯宏瀾)의 발레복 가봉이 늦어지고 있었기 때문이다. 사진촬영을 위해 카메라를 들고 가봉실로 들어서니 리스스는 화장하지 않은 얼굴을 드러낼 수 없다며 촬영을 거절했고, 허우홍란은 쾌히 응했다. 발레리나의 우아한 자태보다도 어린 그녀 앞에 서슴없이 무릎을 꿇고 토슈즈를 신겨주거나 까다로운 요구에 기꺼이, 진지하게 고민하는 모습이 더 아름다웠다. 역시 진정한 프로였고 최고였다.

저녁 7시를 넘겨 마주앉자 그녀는 다시 일을 계속해야하기 때문에 식사도 대접하지 못한다며 진심으로 미안한 표정이다. 아침에 우유 한잔과 비스킷 몇 개를 먹은 게 전부라는 그녀가 안쓰러웠다.

궈페이, 그녀의 선한 눈빛을 보면 욕망이나 오기가 아닌 '단순'이 성공의 비결이라는 말이 실감된다

■ 조금 더 기다려도 괜찮으니 먼저 간단한 요기라도 하지 그래요.

"원래 특별한 경우가 아니면 점심은 안 먹어요. 점심을 먹으면 내가 멈춰진(停頓) 것 같은 기분이 들어 만족스럽지 않아서요."

■ 정신이 깨어있는 상태가 좋다는 의미인 것 같은데 건강관리에는 무리가 있지 않나요.

"대신 잠을 일정하게 자요. 〈춘완〉 행사 막바지 준비 같은 특별한 경우가 아니면 반드시 8시간 수면의 원칙을 지켜요."

■ 베이징에서 태어났군요.

"예. 조금 변두리이기는 하지만 몇 대째 베이징에서 태어나고 자란 베이징런(北京人)이죠. 아버지는 직업 군인이셨고 어머니는 유치원 교사였어요."

■ 군인이었다면 계급은.

발레리나 의상 점검을 위해 서슴없이
무릎을 꿇은 중국 최고의 의상디자이너

"그리 높은 계급은 아니었고 생활도 이웃과 다를 바 없었어요."

■ 이를테면 장삼이사(張三李四)인데 의상디자인이라니 좀 의외군요.

"어릴 때부터 미술에 소질이 있었어요. 또 옷 만드는 게 좋았고 바느질도 꽤 잘했지만 의상디자인이라는 개념이 없었으니 미술대학을 가야겠다고 생각했어요. 그런데 내가 대학에 들어가던 1982년, 중국에서 처음으로 베이징이징공업대학(北京二經工業大學)에 운명처럼 의상디자인학과가 생겨 다른 생각은 할 것도 없이 지원했어요. 중국 의상디자인 1기가 된 셈인데 1986년 26명이 졸업했어요."

당시 그녀는 최고 명문의 미술대학에 입학하는데 학업성적이나 실기능력 모두 부족함이 없었다. 그래서 일부러 물었다.

■ 82년 이전에 설립된 대학인데, 무례하게 묻자면 요즘에도 그리 알려진 대학은 아닌 것 같네요.

"무슨 상관이에요. 내가 배우고 싶은 걸 배울 수 있고, 배웠다는 게 중요하죠. 그리고 나름 저명하고 우수한 대학교예요 (웃음)."

■ 그처럼 결심이 확고한 어떤 까닭이 있었나요.

"내내 꿈을 꿨으니까요. 사실 내가 자라던 시절은 문화대혁명 시기여서 외국의 문물을 접할 기회가 별로 없었어요. 그러니 예쁜 옷에 대한 꿈은 꾸면서도 막연했는데, 중학교 때 우연히 영화 〈시씨〉(Sissi : 세상에서 가장 아름다운 황후로 불렸던 오스트리아 엘리자베스 폰 비텔스바흐 황후의 일대기를 그린 영화로, 제목 '시씨'는 그녀의 애칭이다. 1955년 작)와 〈로마의 휴일〉을 보고 나도 그처럼 아름다운 옷을 만들며 살겠다는 결심을 했어요. 특히 〈로마의 휴일〉에서 오드리 헵번이 방안의 커튼을 뜯어서 옷으로 만들어 입고 나가는 장면이 나오는데, 그게 얼마나 아름답고 창조적으로 느껴지던지."

디자인 철학은 '스토리텔링'

■ 당신 디자인의 철학, 혹은 추구하는 바는 어떤 건가요.

"이야기요."

■ 이야기? 무슨 뜻인가요.

"오드리 헵번의 그 행동이 내게는 엄청난 충격이었는데, 그때부터 나는 동화나 소설책을 읽으면 작가가 표현한 아름다운 대목을 계속 중얼거리며 그걸 옷으로 표현하려면 어떻게 해야 하나 생각했어요."

■ 그래서 당신의 패션쇼는 모두 제목과 주제를 가진 스토리텔링 방식인가요.

"그렇죠. 그저 옷만 보여준다는 건 내게 별 의미 없이 느껴져요. 아무리 아름다운 옷이라도 모델이 입고 런웨이 위를 걷는 것에 그친다면 그냥 옷일 뿐이죠. 나는 내 옷에 내 이야기, 즉 작품마다 각각의 영혼을 담고 싶은 겁니다."

그녀가 지난 2012년, 베이징 무역센터 내에 있는 특급호텔 중국대반점(中國大飯店)에서 개최한 패션쇼 '용의 이야기(龍的故事)'는 3천 명의 관객이 운집한 대성황을 이루며, 그 화려함과 독특한 창조성으로 세계 패션계를 놀라게 한 바 있다. 특히 조명, 음악, 무용수들이 적절하게 배치된 쇼는 차라리 아주 잘 만들어진 한편의 오페라 같다는 평을 듣기도 했다.

■ '용의 이야기'에 담은 주제는 무엇이었나요.

"기본적으로는 용을 주제로 한 동화인데, '믿는 자에게는 존재하고, 믿지 않는 자에게는 존재하지 않는다(信者有不信者沒有)'는 이야기입니다. 그것은 비단 용뿐만 아니라 신(神)이거나 사랑이거나 모두 다르지 않다는 것이죠."

■ 이야기의 영감은 어디에서 얻고, 어떤 이야기들을 주로 하나요.

"나는 예민하고 쉽게 감동을 받는 편이에요. 보던 영화나 드라마, 산책하는 길목의 작은 것, 여행지의 풍광, 친구의 사랑 이야기 등 모든 것에서 영감을 받아요. 그런 것들에서 받은 영감으로 인간의 이야기, 즉 성공의 기쁨, 그 과정의 고난, 즐거움, 행복, 사랑 등등의 이야기를 하는 거죠."

■ 현실적인 이야기로 돌아가서, 처음부터 독자적으로 작업했나요.

"아니에요. 내가 대학교 졸업 작품으로 낸 게 서양식 드레스인데 동기생들 중 그런 작품을 낸 건 내가 유일했어요. 당시 지도교수조차 서양드레스 아랫부분이 원형으로 크게 퍼져 고정되는 방법을 몰랐는데, 결국 무작정 오페라 공연장을 찾아가 옷 안감에 고정된 뼈대가 있다는 걸 알아냈을 정도로 패션계 사정이 열악했으니 꿈도 꿀 수 없었죠. 어쨌거나 처음에는 기성복 만드는 회사에 수석디자이너로 취직했어요. 그런데 어느 날 한 사람이 찾아와 자신만을 위한 옷을 디자인해달라고 하더군요. 처음에는 거절했어요. 내가 만드는 옷은 최소 1만 명을 위한 디자인인데 불평등한 처사고 낭비라고 생각했던 거죠, 나중에 생각이 바뀌었어요. 판매를 위한 게 아닌 내 이야기를 보여주는 옷을 만드는 것도 특별한 의미가 있겠다는 것이었죠."

2012년 '용의 이야기'에 출품한 드레스. 몽환적인 화려함에 관객은 저절로 탄성을 터트렸다

■ 고객은 상류층이었겠네요.

"아무래도 그렇죠. 저는 그 덕분에 얼마간의 돈을 저축할 수 있었고, 그걸 밑천으로 1997년 '궈페이로즈스튜디오(Rose Studio)' 라는 상호의 주식회사를 설립하게 됐어요."

■ 여전히 맞춤 드레스를 생산하는 건가요.

"드레스뿐 아니라 특이 체형 사람들의 주문에 따라 모자, 속옷, 신발 등 모든 의류를 생산해요. 내 구상에 따른 실무 디자이너 20여

정교한 수예작업 과정

명을 비롯하여 모두 300여 명의 직원이 있는데, 모든 공정이 수작업이어서 생산라인 직원이 대부분이에요. 특히 자수를 담당하는 직원만 160명에 이르러요."

■ 경영도 직접 하나요.

"나는 이상주의자에요. 그러니 경영에는 기본적으로 무지하죠. 그래서 처음에는 투자자 친구들도 있었는데 이윤창출을 첫째 목적으로 삼지 않으니 하나둘 떠나는 아픔도 맛보게 되더군요. 그렇지만 운이 좋아 15년 전, 지금의 남편을 만났어요. 아마 그이를 만나지 못했으면 난 영어와 경영 때문에 골머리를 썩이느라 아무것도 못 해냈을 거예요. 남편은 지금 내 통역이면서 회사 총재직을 맡아 경영도 잘해주고 있어요."

■ 남편과는 어떻게 만났나요.

"타이완 국적인데 원단 등 의류와 관련된 원자재 무역상이었어요. 그러니 내가 구상하는 옷에 맞는 원단 등 잘 모르고 부족한 모든 부분을 채워줬고, 그런 사이로 만남이 이어지면서 자연스럽게 결혼으로까지 이어졌어요. 내 반쪽 날개를 얻은 셈이죠."

■ 당신의 가정생활은 어떤가요. 한 가지 일에 집중하면 집안일은 소홀할 수 있을 것 같은데.

"아니에요. 일에 관해서는 매우 개방적이고 자유롭지만 가정에서는 아주 보수적이고 전통적이에요. 집에 돌아가면 완전한 가정주부이고 집안일도 아주 재미있어요. 기본적으로 두 딸아이는 물론이고 남편을 여전히, 처음처럼 사랑하는 걸요. 또 나는 예쁜 것을 좋아하고 부지런한 편이라서 집안도 내 손으로 직접 꾸며요. 그 역시 일종의 창조적 행위인데 어떻게 재미있고 즐겁지 않겠어요."

의례적인 답변으로 들리지 않았다. 그녀는 인터뷰 내내 스치는 질문에도 성의를 다했다. 오히려 너무 세세히 설명해 정리가 어려울 정도였다. 그렇다고 자신을 내세우려는 것도 아니었다. 베이징런(北京人)의 특징이다. 조용하고 친절하며, 이웃에 대한 배려심은 깊지만 타인의 일을 입에 올려 왈가불가하지는 않는다. 오랜 황도(皇都)의 전통 속에 자긍심과 신중함을 함께 익힌 때문이리라.

52억 원 들여 단독 패션쇼 열어

■ 비평도 없지는 않을 것 같은데요.

"그래요, 아름답고 환상적이라는 칭찬이 있는 반면 쓸모없는 짓이라는 비평도 있어요. 충분히 이해하고 개의치 않아요. 내 의상 작품은 내 꿈이기도 하지만 한편 문명의 선도라는 측면도 있어요. 인간의 삶은 진보의 연속이죠. 내가 처음 일하던 시기에는 디자이너라는 개념 자체조차 없었어요. 재봉사뿐이었죠. 그러나 선구자가 있고, 그것을 추종하는 사람들이 생기면서 점차 전체의 삶이 나아지는 것이죠. 나는 중국 의상계의 선구였고, 대표라고 생각해요. 흔들릴 이유가 없어요."

■ 지금까지의 작품 중 가장 마음에 드는 걸 꼽는다면요.

"아직 완전히 마음에 드는 작품은 없지만 가장 공들였던 건 수천 개의 천연진주로 장식한 흰색드레스예요. 제작기간만 6년 가까운 5만 시간이 들었으니까요. 애정이 가는 작품은 지난해 '용의 이야기' 에서 발표한 청색드레스인데, 그건 14살 된 내 딸을 위한 작품이었어요."

■ 천연진주 수천 개로 장식했다면 가격도 엄청나겠네요.

"약 300만 위안(약 5억 2천만 원) 정도 되요."

■ 누가 구매했나요.

"팔지 않고 소장하고 있어요. 내 대표작품 중 하나이기 때문이죠."

■ 일반적으로 한번 패션쇼를 여는데 비용은 얼마나 드나요.

"각각 달라요. 처음에는 200명 정도를 초청했는데 점점 관람을 요청하는 사람이 많아져 지난해 '용의 이야기' 에는 2천 명을 초청했고, 예산은 3천만 위안(약 52억 원)이었는데 실제는 훨씬 초과했어요."

■ 스폰서가 있어야 할 것 같은데.

"없어요. 우정으로 얼마간 도와주는 친구들이 있기는 하지만 대부분은 내가 마련해요."

■ 그게 가능해요.

궈페이가 딸을 위해 만든 작품이다.
모델로 나선 14살 딸은 무슨 꿈을 꾸었을까

전통 자기를 모티브로 한 '청화자' 라는 이름의 이 드레스는
2010년 미스 월드선발대회에서 '베스트드레스' 상을 수상했다

시판용 파티복. 중국적 디자인의 시작은
고 앙드레 김의 한국적 이미지 작품이 모티브였다

시판용 드레스.
대부호 집안이 아니면 꿈도 꿀 수 없는 가격이다

"베이징의 왕푸징(王府井)과 무역센터, 상하이 와이탄(外灘)에 각각 매장이 있지만 힘들죠. 그래서 매년 열지는 못하고 2년에 한 번씩 개최해요. 수입의 대부분을 패션쇼에 쏟아 붓는다고 봐도 무리가 없을 거예요."

■ 작품은 주로 서양풍의 드레스가 많은 것 같네요.

"그래왔죠. 하지만 5년 전부터는 중국 전통의상에도 관심을 기울이고 있어요. 특히 한대(漢代) 의상을 깊이 연구하고 있는데, 당시 의상이 중국 전통이라고 생각하는 때문이죠. 흔히 알려진 치파오(旗袍)는 만주족 의상으로 청(淸)나라 때에서야 들어왔고요."

"앙드레 김은 한국의 국보"

■ 한국과는 교류가 있나요.

"특별한 교류는 없지만 앙드레 김 선생님을 아주 존경했어요. 몇년 전, 한국에 가는 길이 있어 만나려 했지만 서로 길이 엇갈렸어요. 그 뒤에 다시 만나려했지만 그만 돌아가셔서 매우 안타까워요. 저는 그분은 대한민국의 국보라고 생각해요. 사실 내가 중국 전통의상에 눈길을 돌린 것도 앙드레 김 선생님의 한국 전통미를 살린 작품들을 접하고 나서였어요."

■ 앞으로의 계획 중 중요한 하나를 든다면요.

"샤넬, 이브생로랑 같은 세계적인 브랜드를 만드는 거예요. 한복(漢服)의 실용성과 전통수예의 아름다움 같은 것이 조화를 이루면 충분히 가능하리라고 봐요. 또 중국은 수요층의 폭이 넓으니 내가

60살이 되는 15년 내로 반드시 이뤄질 거라고 믿어요."

■ 오늘 이만큼 성공한 비결을 든다면요.

"단순한 거죠. 꿈을 꾸는 사람이 자신의 꿈 이외의 것을 생각하면 이룰 수가 없어요. 또 다른 사람이 심어준 꿈이 아닌 스스로가 꾸는 꿈은 그 자체로 이미 행복이잖아요. 그러니 다른 건 생각하지 않아도 되고, 그럴 필요도 없었던 거죠."

'단순' 너무도 간단명료한 대답이다. 물론 특별한 행운이 따르지 않으면 불가능한 일이다. 생존을 외면한 꿈이란 존재 자체가 불가능한 것이니 말이다. 하지만 행운도 자신의 재능에 따른 꿈을 전제로, 일정한 희생을 감내하는 정신으로 노력하는 사람에게나 찾아드는 것이리라. 궈페이가 직장생활을 하는 동안 받은 급여는 다른 이들과 크게 다르지 않은 월 60위안이었다. 그러나 그녀는 다른 이들이 돈이라는 욕망을 좇을 때 오직 꿈만을 생각했다, '단순!' 하게.

■ 다른 취미가 있나요.

"내가 하는 모든 일이 행복한 취미생활인데 다른 취미가 왜 필요한 거죠? (웃음)"

정답이다. 그녀는 워커홀릭도 아니고 베스트를 추구하는 야심가도 아니었다. 그럼에도 그녀는 자타공인의 중국 최고이다. 그것도 아주 천진하고 맑은 영혼의.

의상디자이너와 모델은 바늘과 실의 관계이다. 자신의 작품을 가장 잘 표현하는 모델을 추천해 달랬더니 궈페이의 입에서 곧바로 왕민(王敏)이라는 이름이 나왔다. 전속모델에 대한 우대 같아 물었더니 그건 아니란다.

중국 1세대 톱모델 왕민

왕민. 키 180, 83－60－88센티미터의 몸매는 약속 장소에 들어서는 그녀를 한눈에 알아보게 한다. 그러나 화장기 없는 민낯에 청재킷 차림의 그녀는 모델로서의 사진과는 완전히 딴판이었다. 게다가 그녀는 1977년생으로 벌써 30대 중반이다. 그래서일까, '정점(頂點)' 이라는 느낌이 들었다. 왕민은 지난 1998년 중국 최고모델경연대회에서 톱모델로 뽑혔다. 말하자면 중국 '1세대 톱모델' 인 셈이다.

■ 고향은 어딘가요.

"장시(江西)성 난창(南昌)이에요."

■ 나도 난창에 간 적이 있습니다. 길거리에 미인이 많아 카메라 셔터를 여러 차례 눌렀는데, 원래 미인이 많은 고장인 모양이죠.

"(웃음) 남방지역이라 보편적으로 작은 체형이지만 귀여운 미인이 많은 편이에요. 저처럼 키가 큰 건 특별한 경우고요."

■ 환경적 요인이라도 있는 건가요.

"창장(長江) 중하류 평원으로 강수량이 풍부하고 습윤한 기후에 먹거리도 풍부한 덕분 아닐까요. 또 대부분 큰 욕심 없이 편안한 마음을 갖는 것도 한 요인일 테고요."

■ 중국 모델계에 지역적 특징이 있나요.

"이전에는 동북(東北)지역 여인들이 키가 크고 이목구비도 또렷해

미인으로 불리며 모델계의 주축을 이뤘어요. 그런데 최근 몇 년 사이 미국, 유럽 등 서방 출신 디자이너들이 오리엔탈 풍을 추구하며 그에 맞는 남방 출신들을 선호해서 이제는 중국에서도 장수(江蘇)나 안후이(安徽)성 출신 모델을 많이 기용해요."

맨얼굴의 왕민. 사진보다는 실물이, 몸보다는 정신이 훨씬 더 아름다운 여인이다

■ 어떤 계기로 모델이 되었나요.

"20살 때 난창의 대학교에서 인테리어 공부를 하고 있었는데 우연히 길에서 모델 제의를 받았어요. 호기심에 모델대회에 나갔다가 덜컥 입상해 이 길을 걷게 됐어요."

■ 모델은 많은 여인들이 선호하는 직업인데 축복이군요.

"예. 1996년 상하이국제모델대회에서 10대 모델로 입상한 뒤로, 2003년 중국 CCTV 선정 10대 모델, 프랑스 패션텔레비전 슈퍼모델 인터넷 부분 선정 등의 수상(受賞)은 물론이고, 세계적인 패션브랜드 샤넬, 팬디 등 여러 패션쇼에도 초대를 받았으니 엄청난 행운을 누린 거죠. 또 패션잡지 '엘르'의 표지도 찍었고, 광고도 중국 레노보컴퓨터 등 여러 편을 했어요."

■ 한국과도 인연이 있었나요.

"2001년 한국관광공사 초청으로 앙드레 김 선생님의 '공항 패션쇼' 에 참가했어요. 그 뒤로도 롯데월드, 동대문 ON & ON 패션쇼 등에 참가했는데 일반적인 런웨이가 아니라 대표적 관광지에서 안재욱, 한고은 등과 함께한 패션쇼라 아주 재미있었어요."

■ 궈페이가 당신을 추천한 건 자신의 작품을 가장 잘 표현하기 때문인 것 같은데요.

"개인적으로 영광스럽게 생각해요. 궈페이 선생님은 매 작품마다 완벽을 추구하는 스타일인데다 패션쇼마다 주제도 달라요. 모델을 선정하는 것도 아주 까다롭죠. 그런 선생님에게 매번 발탁되는 건 아마 제가 정해진 스타일이 있는 모델이 아니어서 일거예요."

■ 그건 무슨 의미인지요.

"특히 요즘은 대개 일찍부터 모델학교에서 일률적인 교육을 받고 일을 시작하니 스타일이 일정한 편이죠. 반면 저는 길거리 캐스팅으로 모델 일을 시작하며 무대에서 공부도 같이한 쪽이니 작품의 개성에 따라 그것을 표현하는 방법을 각각 달리 배운 셈이죠."

■ 아, 조기교육은 몸과 마음이 고정되고 일반화되는 단점이 있겠군요.

"어느 쪽이 건 일장일단이 있겠지만 저에게는 고정되지 않은 자유로움이 강점이 된 것 같아요."

■ '용의 이야기' 에서는 어떤 작품들을 소화했나요.

"궈페이 선생님 쇼에서는 누구나 한 작품만 소화해요. 저는 '중국신부' 라는 이름의 웨딩드레스를 입었는데, 중국판 로미오와 줄리엣이라 할 수 있는 '양삼백과 축영대(梁三伯與祝英台 : 중국 4대 민간전설

중의 하나)' 에서 축영대의 마음을 한 마리 나비가 된 듯 하늘하늘한 느낌으로 표현하려 애썼어요. 드레스가 아주 무거워 힘은 들었지만 언제나처럼 저를 흥분시켰죠."

■ 궈페이의 작품을 한 마디로 말한다면요.

"꿈이죠. 선생님은 작품마다 이야기를 가미시켜 자신이 꿈꾸는 세계를 몽환적이고 과장되게 표현하는데, 바로 그런 과장과 몽환이 사람들에게 실현 불가능한 꿈을 실현하도록 유혹하는 것 같아요."

故 앙드레 김과 알렉산더 맥퀸 존경

■ 특별히 좋아하는 디자이너가 또 있나요.

"돌아가신 앙드레 김 선생님, 함께 작업해보지는 못했지만 영국의 디자이너 고(故) 알렉산더 맥퀸(Lee Alexander Mcqueen : 1969~2010)을 지금도 존경해요."

■ 어떤 점에서요.

"알렉산더 맥퀸 역시 자신의 꿈을 작품에 담았지만 그분은 궈페이와는 다른, 욕망을 절제하면서도 자유분방하고 심플하게 표현한 점이 좋았어요. 앙드레 김 선생님은 본인이 가진 재능으로 타인의, 그 자신도 모르는 아름다움을 표현해내려 노력한 것 같았어요. 타인을 위한 배려와 서비스 정신이 투철했다고 보는데, 두 분 다 돌아가셔서 개인적으로 매우 유감이에요."

■ 소속된 에이전시가 있나요.

"전에는 있었는데 지금은 없어요. 1인 기업인 셈이죠. 중국 에이전

2012년 '용의 이야기' 패션쇼에 참가한 세계적 노(老)모델 카르멘

시들은 이윤만 추구할 뿐 모델일 그 자체의 예술성이나 가치에 대해서는 잘 알지 못하고 관심도 없어요. 제가 해외 진출을 자주 하지 못한 까닭이에요. 몇 년 전 일본의 에이전시와 손잡고 일한 적이 있는데, 그들은 매우 전문적인 지식으로 저는 오직 모델 일에만 몰두할 수 있도록 해줘 아주 좋았어요. 그렇지만 건강상의 문제로 이내 그만둬 아쉬웠어요."

■ 모델로서는 적지 않은 나이인데 다른 길을 모색해 본 적은 있나요.

"서른 살이 되었을 때 처음으로 심각하게 고민했어요. 그런데 어느 날 여러 명의 디자이너들과 이야기를 나누던 중, 한 분이 자신도 나이가 들어가면 작품의 색깔과 성격에 바뀔 텐데 그때도 은퇴하지 말고 내 작품을 입어주겠느냐고 묻더군요. 무심히 그러마고 대답했는데, 나중에 카르멘 델로피체(Carmen Dell' orefice : 1931년 생)

를 보고 그게 실현가능한 일이라는 걸 알았어요. 그분은 여든이 넘은 나이에도 현역으로 활동하고 있잖아요. 2012년 궈페이 패션쇼 '용의 이야기'에도 참가하셨고요."

■ 그래도 연기자와 같은 다른 일을 꿈꿔볼 수 있을 텐데요.

"다른 건 생각하지 않아요. 그냥 모델 일이 좋아요. 나는 단순한 성격에 간단명료한 걸 좋아해요. 연기 역시 예술계의 일이기는 하지만 분명히 다른 성격의 일이잖아요. 순수한 내 영역에 다른 것이 섞이면 결국 불순물이 되는 건데, 수입이나 명성에 연연해 혼란스럽고 싶지 않아요."

망설임도 없고, 단호하다. 비로소 그녀의 첫 느낌이 정점이었던 까닭을 알 것 같다. 왕민도 궈페이처럼 단순함에 아무런 거리낌이 없다, 이 첨예하고 치열한 세상에서.

중국을 오래 들여다보면 칙칙한 기분이 점점 더해진다. 고위 관료의 어마어마한 부패, 단숨에 일궈낸 터무니없는 부(富)의 어두운 이면, 돈을 위해서라면 무슨 일이라도 서슴없이 저지를 것 같은 황당무계한 사건들……. 그러나 13억 넘는 거대한 인구 중에는 이들처럼 맑은 영혼으로 제 길을 당당하고 온전하게 걸어가는 사람들이 있다. 나는 그런 이들이 드넓은 땅덩어리, 세계를 위협하는 경제력 따위보다 훨씬 더 큰 파워로 느껴지고 두렵다. 결코 간과해서는 아니 될 것이다.

■ 결혼은 생각하고 있나요.

"아직요. 그렇지만 사귀는 사람은 있어요."

■ 어떤 사람인가요.

"작은 회사를 경영하는 일반적인 사람이에요. 나보다 키도 작고요 (웃음). 그렇지만 생각이 깊고 신중한 사람이에요. 특히 매사에 적극적으로 대처하고 땀 흘려 일하는 모습이 제게는 아주 매력적으로 느껴져요."

■ 의외네요.

"모델은 직업적으로는 화려하지만 사람 자체도 그런 건 아니에요. 일반인들의 편견이죠. 저 역시 집에 돌아가면 보통 사람들처럼 요리도 하고 집안일도 직접 해요."

■ 요리는 잘하나요.

"일반적인 지아샹차이(家鄉菜 : 가정식 요리)는 평균 이상이에요 (웃음)."

■ 모델로서 몸매 관리는 필수일 텐데요.

"그 부분은 또 다른 축복인 것 같아요. 저는 아무거나 잘 먹고 특별히 다이어트에 신경을 쓰지도 않아요. 다만 시간 날 때마다 많이 걷는데, 특별히 운동이라기보다 일상 걸어 다녀요. 그렇지만 카르멘처럼 오래도록 활동하려면 이제부터는 신경을 써야겠다고 생각하고 있어요 (웃음)."

민낯 그대로 소탈하고 당당해 짓궂은 마음이 들었다.

■ 혹시 한국에서 빈민이나 난민구호 같은 자선 목적의 패션쇼에 무료 참가를 요청한다면요.

"당연히, 기꺼이 참가해야죠."

■ 여비가 자비여도 말인가요.

"꼭 그래야 한다면…… (웃음)."

기분 좋은, 그러나 한편 중국의 저력이 더욱 두려워지는 인터뷰였다. 역시 5천년 문명, 세계 4대문명 발상지 중 한 곳이라는 역사와 전통은 결코 쉬 사그라질 것이 아니었다. 물질에 휘둘리고 편벽한 지식에 집착하는 경박함으로는 금세 뒤떨어질, 아니 이미 휘둘리기 시작한 우리가 깊이 교훈으로 삼아야 하지 않을까 싶었다.

2박 3일, 108가지 요리의 향연 '만한취엔시(滿漢全席)'

— 만한취엔시 전 과정의 1인당 비용은 34,800위안(약 630만 원)

— 중국 8대 요리를 모두 모아…… 화합 상징하는 불도장(佛跳墻)을 최고로 여겨

— 4대 요리는 산동(山東), 회이양(淮陽), 스촨(四川), 광둥(廣東) 요리

1771년 9월, 재위 36년째인 청(淸) 건륭제(乾隆帝)는 자신의 회갑을 맞아 전국에서 65세 이상의 노인 2,800명을 초대하여 성대한 연회를 열었다. 할아버지 강희제(康熙帝)와 아버지 옹정제(雍正帝)를 뒤이어 벌써 3대째 극성기를 이루고 있던 황제로서는 자신의 치적을 과시하고 싶은 마음도 있었을 것이다. 또 인구의 다수를 차지하면서도 피지배민족이 된 한족(漢族)의 마음을 어루만져주고도 싶었을 것이다. 이때 연회에 오른 음식은 통치세력인 만주족과 수천 년 역사 동안 중원의 주인을 자임해온 한족의 음식을 아울러 가장 진귀한 음식들이었다. 그 거창하고 화려한 광경에 만족한 건륭제는 친히 만족과 한족의 모든 음식이 올랐다는 뜻의 '만한취엔시(滿漢全席 : 이하 만한전석)'라 불렀다.

만한전석 어연장

황실요리 보전하는 중국 정부

그렇지 않아도 지대박물(地大博物)의 중국에서는 진작부터 다양한 음식문화가 발전해왔다. 전통적인 4대 요리를 보면 먼저는 루차이(魯菜)라 칭하는 산둥(山東)요리로, 무엇보다 가짓수가 많은 것을 특징으로 내세운다. 노(魯), 제(齊) 등 고대 황허문명의 중심을 이룬 나라들의 터전인 넓은 산둥 벌판과 동쪽으로 면한 황해에서 산출되는 다양한 먹거리가 바탕이었다.

장쑤(江蘇)성 일대를 터전으로 하는 화이양(淮陽)요리는 제철 산물을 재료로 하여 담백함과 소박함이 특징이다. 우리에게 잘 알려진 스촨(四川)요리는 매운 것이 특징인 줄 알지만 맛을 잘 표현하는 것으로 유명하다. 즉 각각의 맛이 또렷하다는 의미이다. 나머지 하나인 광둥(廣東)요리는 '못 먹는 것이 없다'는 말처럼 재료의 다양함을 그 특징으로 한다. 또 신선한 재료를 사용하는 것으로도 유명한데, 이는 남방의 고온다습한 기후 탓에 신선하지 않으면 뒤탈을 부를 수 있기 때문이다.

결국 우리가 알고 있는 중국 4대 요리 중 베이징(北京)요리는 중국에서는 통용되지 않는 명칭이고, 상하이(上海)요리도 상하이시가 근대에 들어서야 부각된 도시인만큼 그와 궤를 같이한다. 이야기가 나온 김에 8대 요리를 마저 알아보면 민난(閩南)차이로 불리는 푸젠(福建)요리, 매운 맛으로 스촨요리 뺨을 친다는 후난(湖南)요리, 중동부 내륙의 안후이(安徽)요리, 그리고 우리가 상하이요리라 칭하는 저장(折江)요리가 추가된다.

아무튼 이러한 전통의 다양한 중국음식은 현대에 들어서도 프랑스요리와 함께 세계 음식문화의 양대 산맥을 이루는데 그중 백미는 단연 만한전석이다. 드라마 〈대장금〉 이래 우리의 한식도 이른바 건강식으로 세계인의 주목을 받고 있는데, 전통의 만한전석을 통해 음식문화 창조의 비결을 엿볼 수 있을 듯싶었다.

'팡샨반점(仿膳飯店)'은 중국 정부가 전통음식문화 보존을 위해 특별히 국영체제로 운영하고 있는 식당이다. 황실요리인 '어선(御膳)'의 전통을 잇고 있는데 특히 만한전석의 진수를 가장 잘 지켜오고 있어, 2011년에는 중국 국가급 비물질문화유산(우리의 무형문화재에 해당)으로 등재되기도 했다.

'팡샨'은 그 이름부터 의미가 깊다. 20세기 초, 청 왕조가 멸망하자 어선을 조리하던 황실 요리사들은 졸지에 갈 곳을 잃게 됐다. 살 길을 모색하던 이들은 1925년 지금의 장소에 식당을 열며, 황실은 없어졌지만 그래도 감히 '어선'이라는 이름을 쓸 수는 없으니 모방한다는 뜻의 '방(仿 : 팡)'을 붙여 '팡샨'으로 상호를 정한 것이다.

2박 3일 동안 여섯 차례 나뉘어 나와

벌써 88년의 역사를 지닌 '팡샨'의 주방장 쉬센치(許先麒)는 뜻밖에도 1972년생으로 올해 41살에 불과했다.

■ 만한전석을 총지휘하는 주방장이면 나이가 많을 줄 알았는데요.

"주방장은 행정업무도 처리해야 하기 때문에 비교적 젊은 사람으로 임명합니다. 저의 사부님도 주방장을 거친 뒤 지금은 요리연구에만 전념합니다."

■ 언제부터 팡샨에서 일했나요.

"베이징시서비스관리고급기술학교(北京市服務管理高級技工學校) 요리학과를 졸업하고 ,1992년 팡샨에 입사했습니다."

■ 요리사 입장에서 팡샨반점에 입사한 건 행운이라고 해야 하나요.

"그럼요. 황실 요리도 요리지만, 만한전석은 모든 요리의 정점이고 팡샨의 만한전석은 전통에 가장 충실하니까요."

■ 만한전석에 나오는 요리의 가짓수는 얼마나 되나요.

"건륭제 당시의 요리 수에 대해서는 정확한 기록이 없지만 청나라 말 서태후(西太后) 때의 기록에 따르면 러차이(熱菜 : 열을 가해 조리한

북해공원을 배경으로 들어선 의란당이 팡샨반점이다

음식을 지칭하나 일반적으로는 주요리를 말한다)만 108가지였습니다. 그밖에 량차이(凉菜 : 전채요리)나 탕(湯 : 국), 주요리 뒤에 나오는 밥이나 면(麵) 등도 여러 종류가 있지만 그것들은 포함되지 않습니다."

■ 한 끼에 그 많은 요리를 모두 차리거나 먹지는 않을 것 같네요.

"예, 만한전석은 보통 2박 3일 동안 1선(膳)부터 6선까지 여섯 차례로 나눠 먹습니다. 아침은 제외하고 점심과 저녁상으로 올리는 거죠."

팡샨반점 만한전석 차림표를 보면 매 선은 11코스로 구성된다. 첫 코스는 '도봉향차(到奉香茶)'라 칭하는데, 이는 어연장(御宴場)에 드는 황제를 향기로운 차로 맞이하는 의례이다. 이때 우려낸 차는 두 번째 코스인 '사간과사밀전(四干果四蜜餞)' 을 먹을 때 함께 마신다.

사간과사밀전은 말리거나 꿀에 저민 열매 또는 과일류를 각각 4종씩 8종 내는 것을 말하는데, 이를테면 껍질을 벗겨 우윳빛이 돌도록 말린 살구씨인 내백행인(奶白杏仁), 꿀에 저민 은행인 밀은행(蜜銀杏) 등이다. 세 번째 코스는 '자희어점사품(慈禧御点四品)' 으로 자희태후(서태후)가 즐겨 먹었다는 갱(羹 : 떡과 유사) 종류 네 가지를 내는 것인데, 저마다 완두황(豌豆黄 : 완두를 갈아 만든 떡으로 황색을 띤다) 등의 고귀한 이름이 붙는다.

원숭이 골, 곰 발바닥은 동물보호규정 때문에 금지

앞의 세 코스가 연회 전의 간식이었다면 네 번째 코스는 전채요리로 이름 역시 '전채대조각(前菜大彫刻)' 이다. 이름에 조각이 들어간 것은 매 선마다 이룡희주(二龍戱珠 : 두 마리 용이 여의주를 가지고 놀다), 백옥공작(白玉孔雀 : 무로 만들어 백옥처럼 하얀색의 공작), 봉정만리(鵬程萬里 : 만리를 날아가는 대붕) 등과 같은 화려한 이름의 조각을 배경으로 각각 8가지의 찬 음식이 차려지기 때문이다. 음식으로는 소금물에 절인 사슴고기인 염수녹육(鹽水鹿肉), 새우를 나비 모양으로 만들어 요리한 호접하(蝴蝶蝦) 등 특별한 것도 있지만 우리에게 익숙한 오향우육(五香牛肉) 같은 것들도 있다.

다섯 번째는 '품과어연탕(品鍋御宴湯)' 으로 이름 그대로 뜨거운 탕 요리다. 매 선마다 오르는 요리는 악어발탕인 관민악어장(罐燜鰐魚掌), 콩싹과 사슴꼬리를 재료로 한 두묘녹미탕(豆苗鹿尾湯), 약재인 천마와 거북을 고은 천마금구(天麻金龜), 우리에게도 잘 알려진 불도장(佛跳墻),

여덟 가지 진기한 재료로 만든 팔진일품과(八珍一品鍋), 악어의 혀와 발을 뭉근하게 끓인 악어설회장(鱷魚舌燴掌) 등이다.

이어지는 '어연대채(御宴大菜)'는 주요리다. 이 여섯 번째 코스에는 모두 5차례 음식이 오르는데 그 중 4차례는 각각 4개의 요리로 구성되어 있고, 한 차례는 구운 고기 2종이 오른다. 이때 사용되는 재료야말로 산해진미이고 기이한 재료들이다.

■ 주요리에 사용되는 특별한 재료를 든다면요.

"잘 알려진 상어지느러미, 바다제비집(燕窩 : 연와), 원숭이머리버섯, 동충하초 등 여러 진기한 재료도 있지만 중요한 것은 재료와 양념 하나하나 모두를 최상품으로만 쓴다는 것입니다. 그것은 천자인 황제를 위한 음식이었기에 당연히 그래야 했고, 현대에 들어와서도 그 전통을 지키기 위해 최선을 다하고 있습니다. 양념도 모두 천연재료를 쓰는데 이를테면 단맛 하나도 옥수수에서 추출한 단맛과 호박에서 추출한 단맛을 제각각 다른 요리에 씁니다. 호박과 어울리는 음식에 옥수수의 단맛을 쓰면 맛뿐만 아니라 건강에도 이롭지 못한 것과 같은 이치 때문이죠."

■ 곰발바닥 같은 특별한 재료도 사용하나요.

"제가 처음 팡샨에 들어왔을 때만 해도 곰발바닥, 천산갑(穿山甲), 코끼리 코, 원숭이 골 등 기이한 재료들을 볼 수 있었지만 현재는 동물보호규정에 따라야하기 때문에 그런 기이한 재료는 사용되지 않습니다."

■ 도대체 중국에서는 왜 그처럼 기이한 재료의 요리가 발달했을까요.

팡샨 주방장 쉬센치

"결국은 자보(滋補)와 양생(養生)입니다. 기본적으로 중국은 땅이 넓고 물산이 다양하니 각 지역마다 그 환경과 산물에 따라 특색의 요리가 발전할 수밖에요. 그런데다가 특히 권력은 천자(天子)라는 황제 한 사람에게 집중되니 세상의 진기하고 몸에 좋은 음식은 모두 황실에 바쳐질 수밖에 없는 일이었죠. 개중에는 황제의 건강과 장수를 위해 특별히 연구한 요리도 있었을 테고요. 그러다가보니 희귀한 재료일수록 더욱 귀하게 대접받았을 것이고요."

중국 대륙의 융합 의미하는 불도장

■ 익숙한 상어지느러미나 제비집 같은 요리는 뭐가 좋은 건가요.

"모두 저지방 고단백 식품으로 보양에 좋다고 보면 됩니다."

■ 아무리 그렇더라도, 양도 양이지만 그처럼 여러 음식을 한꺼번에 취하면 몸속에서 트러블이 일어날 것 같은데.

"그건 아닙니다. 우리 중국에서는 수천 년의 전통으로 서로 상생이 되는 음식과 상극이 되는 음식을 잘 파악하고 있습니다. 그러니 한꺼번에 여러 종류의 음식을 먹더라도 상극의 문제가 일어나지 않도록 할 뿐 아니라 양이 많을 때는 소화를 촉진하는 요리도 함께 차려 건강에 문제가 생기지 않도록 배려합니다."

■ 만한전석은 11개 코스로 구성되어 있는데 어떤 의미인가요.

"먼저는 향기로운 차향으로 손님을 환영하고, 간단한 간식과 함께 자리한 사람들의 우의를 나눈 다음 전채요리로 입맛을 돋웁니다. 주요리에 앞서 탕을 먹는 것은 위를 안정시키기 위함이고, 주요리 뒤에는 가벼운 주식과 후식, 과일 등이 나오고 마지막에는 고별의 차를 마시고 끝납니다."

주요리 뒤에 나오는 주식은 주로 야채나 다진 육류로 속을 채운 전병류이거나 물만두 종류다. 다음의 후식은 부드럽고 단맛이 나는 빵이나 과자류인데 그 또한 4종류다. 그리고도 다시 갱이나 죽이 나온다. 10번째 코스는 각종 신선한 과일이고, 마지막을 장식하는 차를 마시는 의식은 고별향차(告別香茶)다. 식사 과정에 술이 곁들여지는 것은 당연한 일이고.

■ 개인적으로 가장 훌륭한 요리를 꼽는다면요.

"모든 요리가 다 훌륭하지만 저는 개인적으로 불도장을 아주 귀하게 여깁니다. 불도장은 원래 푸젠요리에 속하는데, 기본적으로 전복, 해삼, 상어지느러미, 가리비 말린 것과 돼지 뱃살, 닭발, 거위 알, 화퇴(火腿 : 수제 햄의 일종) 등 8가지 재료를 푹 고아서 만듭니다. 8가지 재료는 중국 8대 요리를 의미하는데, 그렇게 8대 요리를 한꺼번에 모아 진국을 만드는 건 중국 대륙을 융합한다는 의미인 거죠."

만한전석 코스는 1인당 약 630만 원

■ 모든 코스를 마무리하는데 시간도 꽤 걸리겠습니다.

"일반적으로 매 코스마다 2시간에서 3시간 정도 소요됩니다."

■ 값은 어떤가요.

"현재 매 선당 5,800위안을 받고 있습니다. 그러니까 6선 전 과정을 먹자면 1인 당 34,800위안(약 630만 원)이 드는 거죠. 또 1인이나 소수 인원으로는 예약을 받지 않고 10인 이상이 최소 7일 전에는 예약해야 가능합니다. 그것은 재료의 수급에 필요한 최소 양이나 시간 때문입니다."

■ 홍콩 어느 식당에서는 1년 동안 예약 받아 이듬해에 만한전석연을 여는데 보통 1인당 1만 달러(1,100만 원) 이상이더군요.

"저도 들어본 적이 있는데 가격이 그처럼 비싼 것은 법적으로 사용할 수 없는 보호동물까지 요리해내기 때문일 겁니다. 그렇지만 저희는 국가에서 운영하는 식당이기에 절대 법에 어긋나는 재료를 사용할 수 없습니다."

■ 그래도 1인당 34,800위안이면 엄청난 금액인데 고객이 있나요.

"실제로는 마오타이(茅台) 같은 고급술까지 곁들이니 훨씬 더 많은 비용이 듭니다. 그래서 만한전석 예약은 1년에 몇 차례 정도입니다. 하지만 저희 식당에서는 전통 황실요리를 단품으로도 내기에 손님은 항상 많은 편입니다."

샥스핀 요리인 차이바위츠

전복요리인 황파이다바오위

생선살이나 닭고기살로 원앙 모양을 낸 챠오두이위옌양

금두꺼비모양의 진찬위바오

■ 만한전석을 예약하는 손님들은 주로 어떤 사람들인가요.

"가장 많기는 타이완과 홍콩 사람들이고 라오베이징런(老北京人)도 있습니다. 바쁜 현대생활에서 2박 3일 동안 한꺼번에 전부 즐기기는 어려우니 일정한 간격을 두고 한번에 1선씩 6개월 정도에 나눠 즐기는 분들이 대부분입니다."

■ 한국 손님은 없나요.

"1997년 외환위기 이전에는 자주 만날 수 있었는데 그 이후로는 뜸하다가 최근에는 거의 본 적이 없습니다."

■ 어쨌거나 여섯 차례의 입 호사를 위해 그만한 돈을 쓴다는 건 선뜻 받아들이기 어렵네요.

"그렇습니다. 더구나 현대에 들어서는 먹을 것이 그리 부족하지도 않은데 구태여 그렇게까지, 하는 생각이 들 수도 있을 겁니다. 하지만 황제와 같은 의식을 치른다는 건 개인적으로는 큰 의미가 있을 겁니다. 또 단순히 느껴보는 게 아니라 역사와 문화를 체험하는 것이라고 생각하면, 여유가 있으면 평생에 한번쯤은 즐겨볼 만한 일이 아닐까요?"

■ 프랑스요리와 중국요리의 차이는 뭘까요.

"우열을 가리는 건 의미가 없을 것 같고, 프랑스요리의 특징은 무엇보다 섬세하고 정밀한 점이겠지요. 그래서 특별히 레시피를 변경하지 않는 한 언제나 일정한 맛을 유지할 수 있는 것일 테고요. 반면 우리 중국요리는 종류와 맛의 다양함을 우선 들 수 있겠지요. 그래서 각 지역에서 나는 특성 있는 재료로 다른 맛을 내 8대 요리로 구분되는 것 아닙니까."

■ 베이징요리가 있나요.

"하하, 중국인은 베이징요리라는 말을 쓰지 않습니다. 굳이 베이징요리라고 하자면 황실이 있어 사방의 모든 음식이 모여들었으니 8대 요리 전부를 모아놓은 것이라 할 수 있겠지요."

어떤 재료든 궁중요리법으로 만드는 것이 황제의 요리

■ 왜 하필 요리사를 직업으로 선택했나요. 혹시 부모님이?

"아닙니다. 부모님은 두 분 다 전통 베이징런으로 사무원이었습니다. 저는 그렇게 배를 곯은 것도 아닌데 막상 고등학교를 졸업하고 평생 일할 직업을 고민해보니 요리사가 좋겠다는 판단이 들어 직업학교를 간 겁니다. 그때는 꽤 어려운 시기였는데 요리를 배우면 직장이 아니더라고 작게나마 개업할 수도 있으니 평생 가족들 밥 굶기지 않겠다 싶었던 거지요."

■ 팡산에서 요리사의 길을 걷는데 어려움도 많았겠어요.

"기본적으로는 요리학교에서 모두 배우지만 저는 특별히 팡산에서 일하고 싶어 무작정 찾아와 사부님께 무릎을 꿇고 사정했습니다. 다행히 사부님이 받아는 주셨는데 모든 걸 처음부터 다시 배우다시피 했습니다. 왜냐하면 이곳은 황실의 어선 전통을 지켜야 하는 곳이니 경건한 마음가짐에서 시작하여 다듬기, 썰기, 볶기 등 전 과정의 어느 것 하나 조금도 소홀이 할 수 없으니까요. '보천지하막비왕토(普天之下莫非王土)' 라는 말이 있습니다. 하늘 아래 황제

쉬센치의 조리장면

의 땅 아닌 곳이 없다는 뜻이죠. 그러니 대개는 조리법만 봐도 어느 지방 요리인지 알 수 있는데 팡샨에 들어서면 그때부터는 모든 걸 궁중요리 방식으로 바꿔야 합니다. 그러니 쉽지 않았지요."

■ 황실 요리법의 특징은 뭔가요.

"한 마디로 말하자면 예의를 갖춰야 한다는 겁니다. 재료를 최상등품으로 고르는 것에서부터 조리를 완성하기까지 전 과정에서 황제에 대한 예의를 갖추 듯해야 한다는 것이지요."

■ 예술 하는 기분이겠군요.

"하하, 아직 예술적 경지에 이르렀다고는 생각하지 않습니다만 완벽하려고 노력하고 있습니다."

■ 요리에 대한 당신의 철학은 뭡니까.

"그저 밥 한 그릇을 짓더라도 황제를 위한 것이다 생각하고 최선을 다하자는 거지요. 저에게는 고객 한 사람 한 사람이 모두 황제이니까요."

■ 팡샨의 주방장 정도면 외국의 스카우트 제의도 받았을 것 같은데요.

중국요리는
불의 예술이다

"미국과 일본으로부터 제의를 받았지만 거절했습니다. 보수적으로 보일지 모르겠지만 중국 대표 요리인데 이 땅에서 만들고 전통을 지켜나가야겠다는 생각 때문이었습니다."

팡샨반점은 자금성을 건축하는 과정에서 인위적으로 조성된 황가(皇家) 원림(園林)인 북해(北海)공원 안에 자리한 의란당(漪瀾堂) 건물을 그대로 쓴다. 의란당은 건륭 18년 건축되었는데 북해공원을 산책하던 황제가 휴식을 취하거나 황후, 비빈들과 함께 식사하는 장소로 주로 이용되었으니 만한전석의 전통을 잇기에는 맞춤한 장소인 셈이다.

■ 집에 가면 직접 요리를 하나요.

"가끔 합니다. 그럴 때는 아내도 아이도 좋아는 하지만 주방 일에 지친 모습이 안쓰럽다며 대놓고 요구하지는 않습니다."

■ 집에서는 주로 어떤 요리를 즐기나요.

"일반인들과 똑같습니다. 간단한 야채볶음이나 고기요리 한두 가지로 밥을 먹지요. 그게 제일 좋아요."

■ 본인이 만드는 요리와 평소에 즐기는 음식 사이에 괴리감 같은 걸

느끼지는 않나요.

"모든 사람이 공평하게 행복을 누리며 살 수 있다면 좋겠지요. 그렇지만 그건 애초에 불가능한 일이고, 한편으로는 그렇게 차이가 큰 생활 속에서 보존될 가치 있는 문화가 만들어지는 게 아닌가 싶어서 딱히 불편한 감정은 없습니다. 만한전석은 제 일이고, 저는 함께하는 가족 중의 한 사람이잖아요. 그걸로 충분히 행복합니다."

이제 음식은 그저 먹거리가 아니라 문화가 되고 있다. 전통음식문화를 보존하기 위해 국가가 직접 식당을 운영하기도 하는 중국 당국의 의지는 배울만하다. 모든 것을 민간의 자율에 맡기는 것만이 능사는 아닐 것이다. 개인과 기업은 반드시 이익을 최우선으로 추구할 수밖에 없는 까닭이다. 그래서 전통문화보존을 위해 국고지원이라는 방법이 동원되기도 하지만 결과가 언제나 만족스러운 것은 아니다. 오히려 실망이 큰 경우가 더 많은 편이다.

우리는 언제나 첫소리는 요란하다. 하지만 뒤끝은 대부분 흐지부지 용두사미이거나 실망스러운 뒷소리로 시끄럽다. 조금만 잘한다, 희망적이다 부추기면 거의 모두가 겉치장부터 요란하다. 멀쩡하던 무대를 더 크고 번쩍거리게, 게다가 뿌리 불명이게까지 바꿔버린다. 보존되어야 할 것이 음식이면 주방이 최우선이어야 할 텐데, 서비스하는 종업원보다 주인장의 복장부터 화려해진다. 스타로 떠오르는 순간에 추락을 준비하는 꼴이다. 진정으로 사랑하는 일이었다면 그처럼 경망스러울 수 있을까. 문화를 생각하고 만들어가는 사람이라면 먼저는 겸손해야 할 것이다. 나

농민공들의 아침 식사

만 최고가 아니라 모두가 더불어 최고가 되어야 하고, 누구에게서나 배울 것이 있다는 기본적인 마음가짐과 자세 말이다.

언론의 부추김은 속성이 그렇고 또 그렇게 발굴해줘야 변화와 노력의 씨앗이 될 수 있는 것이니 그렇다고 하더라도, 아무런 생각 없이 부화뇌동하며 내 돈 아니니 책임을 면할 수 있으면 펑펑 내주기만 하고 제대로 돌아보지는 않는 행정당국은 정말 문제다. 국민의 혈세인 예산은 당장의 수익이 아니라 희망과 가능성의 끈기에 쓰는 게 옳지 않을까. 당장 수익이 날 일에는 예산이 아니라 금융지원으로도 충분할 테니 말이다.

어쨌거나 요리하기를 좋아하는 사람은 대부분 선하다. 자신이 아니라 남을 위해 생각하고 애쓰는 사람들이기에 그렇다. 차이가 없으면 보존해야 할 가치의 문화도 없을 것이라는 쉬센치의 말에도 일리는 있다. 하지만 그건 선한 입장의 시선이고 그렇지 않은 입장에서는 아주 다를 수도 있는 일이다.

빈부에 따라 차이가 큰 중국인의 밥상

'민이식위천(民以食爲天)', 백성에게는 먹을 것이 하늘이라는 말이다. 중국에서는 1957년에서 1960년 사이의 대약진운동 기간 동안 1천5백만 명 이상이 아사하는 비극을 겪었다. 그 뒤로도 꽤 오랜 시간 많은 이들이 배고픔을 인내해야했다. G2로 꼽혀지는 경제 강국이 된 현재에도 굶어 죽는 사람은 없다 해도 변방의 적지 않은 지역에서는 최소한의 먹거리로 연명하는 사람들이 있다. 아니, 마천루를 이루고 휘황찬란한 조명이 번쩍거리는 도회에서도 비슷한 삶을 영위하는 이들이 있다.

특히 고향을 떠나 도회의 공사장에서 땀 흘리는 소위 농민공(農民工)들의 생활은 눈물겹다. 이른 아침 길거리 행상에서 파는 결코 위생적으로 봐줄 수 없는 먹거리로 배를 채우고 공사장으로 나선다. 필경은 자주 갈지 않을 식용유로 굽거나 튀긴 밀가루 병(餠)에 몇 가지 야채나 햄 등을 넣은 전병이 선호된다.

종일 땀 흘리는 중노동에 기름기가 당기는 까닭일 것이다. 점심과 저녁은 손잡이 달린 냄비 같은 밥그릇 하나에 밥과 반찬, 국을 한꺼번에 그러담은 먹거리다. 대개는 식탁도 없다. 공사판 구석이거나 길거리거나 가리지 않는다. 그래도 그들은 불평하지 않고 묵묵히 일한다. 마치 60, 70년대 대한민국 아버지들의 모습을 보는 것 같다. 아니, 그때 우리의 아버지들은 그나마 신김치 한 접시에 막걸리 잔이나마 기울였다. 하긴 이들도 어두운 숙소에서 싸구려 백주(白酒) 몇 잔은 비울지 모르겠다. 하지만 아무래도 기껏 1년에 한 번 고향으로 돌아가서야 가족의 얼굴을 볼 수 있는 처지니 날마다 저물녘이면 귀가가 그리울 그들에게 애잔함을 떨칠 수 없다.

중국인들의 먹성은 특별하다. 최근 들어 다이어트를 위해 절식하는 이들이 늘어나고 있기는 하지만 그래도 보통 사람들은 여전히 먹는 것을 제일의 기쁨으로 여긴다. 아마 공금으로 접대할 기회가 있으면 그를 빌미로 호화판 연회를 즐겨 첫 번째 부패로 지탄받는 데는, 먹을 것이 하늘인 마음이 뿌리에 있기 때문일 것이다. 국가는 G2의 반열에 올랐지만 직장에서 점심을 제공받는 어지간한 직장인들의 그것은 공사장 농민공의 밥그릇과 별반 다르지 않다.

아침도 대부분은 집이나 직장 근처의 허름한 식당에서 조찬 메뉴로 내놓는 끓인 콩국물인 도우장(豆醬)을 기본으로, 밀가루를 반죽해 기름에 튀긴 요우티아오(油條), 계란을 차와 간장을 함께 넣은 물에 삶은 지단(鷄蛋), 작은 만둣국인 훈둔(混沌), 여러 가지 곡물을 재료로 한 죽인 각종 조우(粥), 우리의 만두와 같은 빠오즈(包子) 등으로 간단하게 때운다. 그렇다고 퇴근 뒤의 저녁밥상이 제대로 차려지는 것도 아니다. 퇴근 무렵 일반 중국인 주거지에서는 그날 저녁 해먹을 몇 가지 찬거리를 비닐봉투에 담아 자전거에 매달고 가는 남자들의 모습을 흔히 볼 수 있다. 고기나 야채 볶음 한두 가지가 일상의 반찬이다. 그러니 민이식위천이 마음속에 자리 잡은 이들로써는 그저 배만 채우는 것이 아닐 텐가. 그럼에도 가장 놀라운 점은 만한전석과 한 그릇에 서너 가지를 그러넣은 음식의 다름에도 대부분은 그 자체에 크게 불만을 품지 않는다는 것이다. 차이를 불공평이 아니라 있을 수 있는 다름으로 받아들이고 오히려 전통문화로 자랑스러워 하는 큰마음이라 보아야 하지 않겠는가.

먹기 위해 사는 것과 살기 위해 먹는 삶은 분명 다르다. 차이를 다름으로 받아들이는 큰마음은 최소한 먹는 것을 삶의 목적으로 삼지는 않을 테니 말이다.

점점 세상이 두려워지는 것은 차이를 다름으로 받아들이지 않는 경쟁과 질투심 때문이다. 누가 무엇을 한다면 나도 반드시 그처럼 하거나, 최소한 비슷하게라도 해봐야 직성이 풀리는 사람들이 갈수록 늘어난다. 맛도 모르고 흥도 없이 그저 흉내일 따름인데도. 그러니 속은 빈 강정이라도 겉만 번지르르하면 그곳으로만 모여든다, 꾸역꾸역. 더구나 문제는 겉을 번지르르하게 만들려면 단번에 많은 돈이 들어가야 하니 필경은 대자본가들이 주인이라는 점이다. 자본은 이익이 최우선이니 전통과 문화가 자리 잡을 여력이 점점 없어지는 것이다.

〈대장금〉의 대단한 왕실음식만이 아니라 시장의 장국밥, 비빔밥 한 그릇도 버젓한 음식문화로 자리매김할 수 있는 자원이다. 그것을 지켜가려는 사람들은 있는데 돌아봐주는 사람이 없으니 기어이는 대물림이 끊어지고 그 자리는 대자본가가 차지한다. 그나마 맛이라도 지켜주면 다행인데, 역시나 눈에만 화려하고 뒷맛은 비싸다는 떨떠름함뿐이니 그로써 문화는 사멸되고 허영의 거래만 남게 된다.

브랜드 가치 1조 2천억 원으로 평가받는 베이징의 유명한 오리요리 전문점 '첸쥐더(全聚德)'의 오리구이 한 마리 가격은 190위안(34,000원) 남짓이다. 우리 대기업 브랜드 전문점에서의 비빔밥 두어 그릇 값 정도이다. 어쩌다 오랜만에 오리나 맛보자며 서너 사람이 가 달랑 오리구이 한 마리만 시켜도 눈치 보이지 않고 서비스도 달라지지 않는다. 만일 한국에서 서넛이 몰려가 달랑 비빔밥 두 그릇 시켜서 나눠먹겠다면 과연 어떤 눈빛들일지 새삼스레 궁금해진다.

라오바이싱(老百姓)의 덕목, 가족과 의리

— 집안의 대가 끊길 지경이면 나라를 뒤엎는다는 중국의 평민층 "라오바이싱"

— 여인천국으로 보이는 중국이지만 그녀들의 삶의 무게는 무거워

— 친구의 복수를 10년 내에 하면 부끄럽지 않다

4,000년 이상을 이어온 중국 역사에서 대부분의 왕조는 200~300년을 넘기지 못하고 교체되었다. 때로는 이민족이, 때로는 생각지도 않았던 인물이 새 왕조의 주인이 되었지만 그 시작은 농민반란이 대부분이었다. 뭉뚱그려 '농민' 이라 하지만 농경이 주력이었던 사회에서 '농민' 의 실상은 지도층을 제외한 '평민' 인 셈이었다. 그러한 평민을 일러 '라오바이싱(老百姓)' 이라고 하는데 '라오(老)' 에는 '늙다' 는 의미 외에 '친근하다' 는 의미도 있어 그리 칭하는 것이니 평범한 이웃인 장삼이사(張三李四)로 보아 무방할 것이다.

왕조 교체의 막을 열어온 중국의 평민층

이런 말이 있다. 라오바이싱은 여럿인 자식을 하나씩 팔아 부모를 봉

라오바이싱들의 시장

양하며 연명하다가도 마지막 남은 자식까지 팔아야할 처지가 되면 마침내 봉기해 세상을 무너트린다는. 그것은 마지막 한 명의 자식이라도 지켜 집안의 뿌리를 이을 수 있다면 어떤 착취와 고난에도 묵묵히 견디지만 기어이 집안의 뿌리를 잘라야할 지경이 되면 목숨마저 내놓는다는 뜻이니, 중국인에게 가장 소중한 삶의 가치는 뿌리인 모양이었다.

아직도 농업이 사회 전반에서 차지하는 비중이 월등하기는 하지만 상당한 산업다각화가 이뤄진 현대에도, 매년 '춘제(春節 : 설날)' 가 되면 귀향을 위한 13억 인구의 대이동은 어김없다. 농, 공, 상 직업의 구분을 떠나 대다수 중국 라오바이싱의 뿌리 의식을 엿볼 수 있는 것이다. 중요한 것은 그들 라오바이싱이야말로 드러나지 않는 사회와 국가의 주인이라는 사실이다.

국경을 넘나드는 생활이 일상이 되면서 많은 이들이 타자의 문화를 연구하고 생각한다. 먼저는 겉핥기나마 타자의 역사 이해일 것이고, 나아가 마주치는 현상에 대한 문화적 분석으로 이어지는 게 일반적이다. 그런데 아쉬운 것은 마주치는 많은 현상 중 관심이 집중되는 것은 눈에 띄

한낮 공원에서 카드로 만든 마작놀이에 빠진 젊은 라오바이싱들. 해바라기씨 내기를 하고 있다

는, 나무로 치자면 가지나 꽃, 열매 등이기 십상이니 뿌리에 대해서는 제대로 돌아보지 않거나 못한다는 것이다. 특히 중국과 같은 경제의 용광로에서는 더구나. 하지만 화려한 꽃이나 열매도 결국은 뿌리에서 빚어지는 것이니 뭔가 삐거덕거리는 불안과 불협화음의 근원은 뿌리에 대한 무지일 것이다. 그래서 수박 겉핥기나마 뿌리인 라오바이싱의 속살을 들춰보고 싶었다.

상점 얻으려면 돈보다 '관시'가 우선

베이징(北京)에서 코리안 타운을 형성하고 있는 왕징(望京)의 작은 야채시장에 서른 초반쯤의 젊은 아낙이 새로 점포를 열었다. 생김새도 곱상한데다 싹싹하기까지 하니 금세 손님들의 발길이 몰리는 듯싶었다. 얼마 지나지 않아 아낙은 '상추' '미나리' '쑥갓' 따위의 간단한 한국말도 하게 되고, 안면 익은 사람에게는 '이거 서비스' 하며 시금치 한 단이라도 더 집어 넣어주는 인심을 보이니 더욱 복작복작. 어느 날, 한 손님이 꽤 많은 양의 야채를 구매하고 배달을 원하자 주소를 묻고는 갑자기 뭐라고 고함치는데 배달할 남편의 이름인 듯싶었다. 그런데 이 남편, 어디서 뭘 하고 있는 건지 답이 없자 곧바로 양쪽 눈초리가 이마를 향하며 쇳소리를 내는데, 완전 두 얼굴이다. 지켜보는 한국인 고객들은 민망한데 시장 안 상인들은 박장대소하고, 뒤늦게 나타난 남편은 아낙의 사나운 질책에 안절부절…….

그녀 샤오구이링(肖桂玲)에 대한 단편적인 기억을 안은 채 인터뷰를 요청하니 쾌히 응했다.

1981년생인 그녀는 랴오닝(遙寧)성 단둥(丹東)시 출신의 한족(漢族)이다. 부모는 농민이었는데 산이 많고 농토가 좁은 단둥에서 농사라야 기껏 마을 뒷산에 심은 밤나무가 대부분이었으니 사는 형편은 팍팍하기 이를 데 없었다. 다행히 우애 깊은 외가 형제가 기왕 농사를 짓는 거니 땅이라도 넓은 곳으로 가자며 이끌어 함께 헤이룽장(黑龍江)성 쟈무스(佳木斯)로 갔다. 그녀의 나이 두 살 때의 일로 자무스에서는 12년을 살았다. 그녀로서는 소학교(우리의 초등학교)를 졸업하고 다시 고향인 단둥으로 되돌아온 것이다.

■ 왜 다시 돌아온 건가요.

"자무스는 너무 추워요. 겨울만 되면 온 식구의 손발에 동상을 들어 퍼렇게 멍든 것처럼 변하고 심하면 고름이 차기도 하니 견디기 어려웠죠. 그래서 돌아와 다시 농사를 지었는데 살림이 나아진 건 없었지만 그런대로 만족하며 살았어요."

■ 단둥에 돌아와서 학교는 계속 다녔나요.

"그 형편에 학교는 무슨요. 부모님은 농사를 짓고, 단둥은 포구가 있으니 언니와 저는 수산물가공공장에서 생선 다듬는 일을 하며 살림에 보탰지요."

■ 힘들었겠어요.

"힘은 들었지만 자무스보다는 덜 춥고 가족이 함께 생활하니 그것으로 충분했어요. 또 몇 년 지나지 않아 공장 동료인 지금의 남편과 사귀게 되어 행복했고요."

남편 리우센천(劉賢臣)은 그녀와 동갑내기 한족으로 역시 단둥 출신에 중학교를 졸업하고 불도저와 같은 중장비 운전 기술을 익혔다.

■ 어떤 면이 좋았나요.

"어릴 때부터 농사짓는 부모님 품에서 자란 저로서는 부지런한 사람이 제일 좋아 보였어요. 근면성실한 사람이면 가진 것이 없더라도 가정을 잘 꾸려갈 것 같았으니까요. 또 집안의 어른들은 집에 아무리 돈이 많아도 그건 부모님의 돈이니 언젠가는 없어지게 되는 법이다, 사람은 스스로의 능력으로 살아갈 준비가 갖춰야 한다고 늘 말씀하셨어요. 그런데 그 사람은 참 부지런하고 성실했어요. 게다가 훤칠하고 잘 생겼으니 제 마음에 쏙 들 수밖에요 (웃음)."

■ 결혼은 언제 했나요.

"사귄 지 2년 만에 했는데 그때가 정부가 허가하는 결혼 적령인 22살 때였어요."

■ 결혼 예물은 뭘 받았나요.

"중국 전통을 따르면 신랑이 신부에게 주는 예물은 물론이고 가재

샤오구이링 부부가 자신들의 가게 앞에서 포즈를 취했다

도구 등도 모두 장만해야 하는데 그걸 일일이 구입하기 번거로우니 일정액의 돈을 줘요. 저도 얼마간의 돈을 받아 생활에 필요한 용품들을 샀는데 특별히 예물을 장만하지는 않았어요. 그렇지만 그때 산 가재도구들은 지금도 여전히 소중하게 간직하고 있고, 그것들이 모두 저에게는 소중한 예물인 셈이에요."

■ 함께 하는 건 행복했겠지만 사는 건 어땠나요.

"수산물공장에서 받던 급여가 저는 600위안, 남편은 800~1,000위안 정도였는데 아무래도 씀씀이가 늘어나니 월급을 더 받는 철광석 제련공장으로 직장을 옮겼어요."

■ 단둥에 철광석 광산이 많나요.

"철광석보다는 붕소(硼素)가 많이 생산되는데 그건 국가에서 운영

시장에서는 실파 한 주먹 까지 저울로 거래한다

하는 광산이고, 저희는 쉽게 일자리를 구할 수 있는 개인이 운영하는 철광석 제련공장으로 간 거죠. 그곳에서 저는 광석 분류를 하며 800위안쯤을 받았고 남편은 지게차 등 중장비를 다루며 1,800~2,000위안 가량의 월급을 받았어요."

■ 전보다는 훨씬 나아졌겠군요.

"예. 그런데 3년 좀 더 지나자 일거리가 없어져 월급을 못주더니, 4년째는 아예 공장 문을 닫고 말았어요. 여기저기 일자리를 찾았지만 남편은 그나마 기술이 있어 일을 할 수 있는데 저는 배운 것도 없고 하니 도무지 할 일이 없었어요. 남편 혼자 벌어서 살아간다는 건 입에 풀칠이나 하는 거지 앞날을 기약할 수 없고, 그래서 베이징으로 오게 된 거예요."

■ 단둥에서 베이징으로 생활터전을 옮긴다는 게 쉽지는 않았을 텐데.

"물론이죠. 다행히 베이징에서 야채가게를 하고 있던 시누이가 도와주겠다고 해서 5살 난 아들을 두고 저만 먼저와 사정을 살펴보고, 한 달 뒤에 남편도 왔어요."

■ 아들은 어떻게 하고요.

"우선은 부모님들께 맡겼는데 사내아이가 되다보니 개구쟁이라서 부모님들이 힘에 부쳐 소학교에 들어가면서부터는 기숙사에 넣었어요."

아들 이야기가 나오자 벌써 그녀의 눈자위가 붉어져 얼른 화제를 돌렸다.

■ 이곳 시장에 가게를 잡으려면 많은 돈이 필요했을 것 같은데.

"그렇지 않아요. 가게 월세도 생각보다 훨씬 저렴하고요. 다만 기존 상인들과 특별한 관시(關係 : 관계)가 있어야 되는데, 다행인 단둥 출신인 저는 동북사람들과 그게 연결되어 들어올 수 있었어요."

놀랍다. 작은 시장에 자리를 잡는데도 돈보다는 관시라니. 사실 그녀가 장사하고 있는 시장은 왕징에서도 고급 아파트가 밀집한, 한국인도 많은 목 좋은 곳이다. 같은 야채라도 싱싱하게 다듬고 정갈하게 포장하면 일반 시장의 그것보다는 훨씬 높은 값을 받을 수 있고 수요도 많은 곳이니.

■ 수입은 얼마나 되나요.

"손님이 적을 때는 하루 1,000위안(약 18만원) 정도의 매출이고 많은 때는 2,000위안 정도 돼요. 수입은 매출의 3분지 1정도 되고요."

■ 힘은 많이 들죠.

"남편이 하절기에는 오전 2시, 동절기에는 4시쯤에 큰 시장으로 가 물건을 떼어오고, 저는 오전 8시경부터 시장에 나가 오후 7시가 넘어 가게 문을 닫아요. 집에 돌아와 간단하게 저녁을 해먹고도 다음 날 팔 야채를 다듬고 해야 하니 고단한 건 말할 것도 없죠. 그래도 희망이 있으니 괜찮아요."

■ 희망은 뭔가요.

"30만 위안(약 5,500만원)쯤이면 고향 단둥에서 집 한 채를 살 수 있으니 그게 가능하면 고향으로 돌아가 부모님을 모시고 사는 거요. 그때도 작은 야채가게를 할 수 있었으면 좋겠어요. 아들도 직접 돌보고요."

다시 부모님과 아들 이야기가 나오자 또 금세 눈자위가 붉어지더니 이내 눈물을 흘리기 시작한다. 배달할 남편을 부르던 그 높은 목소리와는 완전 딴판이다.

생활력 강한 만큼 삶의 무게 짊어진 중국 여성

얼핏 보면 여인천국으로 보이는 나라가 중국이다. 길거리고 어디서고, 남자와 여자의 다툼이 있으면 목소리 큰 건 대부분 여자이고 더 나가면 따귀를 올려붙이는 것도 다반사다. 하지만 좀 더 자세히 들여다보면 대개는 생활의 전면에 여자가 나서고 남자는 뒤에서 보조하는 정도이니 큰 목소리 이면은 고달픔의 무게가 클 것 같다. 어쨌거나 중국여인들의 생활력은 특별히 강하다. 자식을 고향의 부모에게 맡겨두고 남편과 같이 도회로 나와 저마다의 일자리에서 노동의 품을 팔며 미래를 가꾸는, 심하면 남편과도 아주 멀리 떨어져 제각각 일을 하며 1년에 한번 춘제(春節 : 설날)나 되어야 얼굴을 마주할 수 있기도 한다. 그럼에도 오직 생활의 고단함만으로 상대의 가슴을 할퀴고 그의 눈에서 피눈물을 쏟게 하는 경우는 그리 많지 않아 보인다. 최소한 오늘날 한국의 사정에 비하면 말이다.

그녀는 아들과 날마다 한 번씩 전화통화를 하는 편이지만 얼굴을 마주하고 가슴에 품는 건 여름방학과 겨울방학 때가 전부이다. 그때도 장사에 바빠 따로 시간을 내 부모 노릇을 제대로 하기는 어려우니 언제나 마음 한 구석이 무겁다. 게다가 아들은 요즘 백전풍이라는 피부병을 앓고 있어 더욱 안타깝다.

중국 연인들의 애정 표현은 스스럼이 없다. 가족 사랑의 시작인지도 모르겠다

■ 고향엔 언제 가나요.

"베이징에 온 뒤로 사는 게 바빠 한 번도 못 갔어요. 춘제 때는 방학이라 와있던 아들과 함께 지내는 게 고작이고, 개학을 앞두고 데려다주는 건 웬샤오제(原宵節 : 정월 보름)에 남편이 가고요. 아, 한 번 친정아버지 66세 생일을 차려드리러 혼자서 다녀왔어요. 남편도 가고 싶어했지만 가게 문을 닫을 수는 없으니까요."

중국에서는 회갑보다 66회 생일 더 중요하게 여긴다. 이때는 자식 중에 딸이 있으면 반드시 66량(厘 : 1량은 50그램)의 밀가루와 66개의 만두소로 66개의 자오즈(餃子)를 빚어 드리는데, 장수를 기원하는 의미이다.

■ 효심이 깊네요.

"저보다는 남편이 훨씬 더 효자에요. 그리고 대부분 중국인들에게 효는 무엇보다 우선이에요. 부모님은 생명을 주신 분들이잖아요. 요

식용유 한 병을 사들고 귀가하는 할아버지와 손녀

즘 들어 이기적으로 자신의 행복만 추구하는 사람들이 생겨나 이혼율이 높아지기는 하지만 그건 우리와는 다른 사람들의 이야기죠. 가족과 가정 안에 내가 있는 건데 가족구성원을 위해 노력하는 게 아니라면 무슨 행복이 있겠어요. 지금 한 분 있는 언니가 친정 부모님을 곁에서 보살펴드리고 있어 제가 마음은 놓는데 그 언니가 이혼하고 혼자 사는 처지라 마음이 쓰여요. 뭔가 보탬이 되어야할 텐데……."

역시 농부로 가난했던 언니 부부는 이혼할 때 아이를 언니가 기르는 조건으로 월 80위안(약 14,000원)의 양육비 수급 판결을 받았다. 우리로서는 어이없는 금액이지만 그게 일반 중국농민 수입의 현실이다.

■ 시부모님과 갈등 같은 건 없나요.

"내가 사랑하는 사람을 낳아주고, 이제는 내 부모님이 되신 분인데 무슨 갈등이 있겠어요. 용돈을 넉넉하게 드리지 못해 죄송했는데 작년에 시부모님이 평생에 처음으로 집을 장만하실 때 저희가 번 돈도 보태드릴 수 있어 너무 행복했어요. 부모님이 이루는 소원에 저희의 노력과 사랑이 들어갈 수 있으니 얼마나 행복하고 감사한 일이에요."

■ 그래도 돈이 많은 도시에서 장사를 하다보면 큰돈을 벌어 잘 살아

보겠다는 생각도 들 것 같은데요.

"그렇지 않아요. 우선 베이징의 공기가 너무 나빠 아주 고통스러워요. 또 장사를 하다 보면 돈 많은 사람들을 자연스럽게 만나게 되는데 의외로 우리처럼 가지지 못한 사람보다 더 깍쟁이 짓을 해서 가졌다는 것이 별반 부럽지 않게 되고, 가끔 돈 많은 중국 사람이 우리 같은 사람들을 멸시하며 거들먹거리는 꼴을 보면 역겹기까지 해 어서 고향으로 돌아가야지 하는 생각만 들어요."

■ 베이징의 살림집은 어디 있어요.

"처음에는 시장 근처 아파트 지하에서 살았는데 너무 시끄러워 잠을 잘 수 없어서 다른 곳으로 옮겼어요. 반지하에 침대 하나, 텔레비전 1대, 조리기구 몇 개가 들어가면 꽉 차는 집인데도 월세가 700위안(약 12만원)이나 되요. 베이징의 집세는 정말 살인적이에요."

삼성 휴대폰과 현대 자동차 갖는 게 꿈인 중국 평민

■ 한 달에 생활비는 얼마나 들어요.

"기본적으로 아침은 콩국물에 간단한 빙(餅 : 기름에 부친 전이나 떡류) 종류를 사서 때우고, 점심은 시장에서 제일 값싼 도시락을 사서 먹어요. 저녁도 늦어서야 들어가니 간단하게 만들어 먹고, 옷 같은 건 거의 사지 않는데다 화장품도 기본적인 스킨과 로션만 쓰니 생활비라야 집세가 제일 크죠. 아, 작년 생일 때 남편이 삼성핸드폰을 사줘서 얼마나 기뻤는지, 지금도 잘 쓰고 있어요."

■ 남편 생일에는 뭘 선물했나요.

"그이 생일이 선달그믐 경이라 제일 바빠요. 그러니 기껏 저녁에 남편이 좋아하는 고향음식이나 해주는 정도에요. 미안하지만 나중에 고향에 돌아가면 잘해줘야죠."

■ 지금 당장 소원이 있다면요.

"목표한 2, 3년 내로 고향에 돌아가 부모님, 아들과 같이 사는 거죠. 형편이 된다면 남편이 자동차를 좋아하는 데 그걸 사주고 싶어요. 잠자리에 들 때마다 아들 생각에 눈물이 쏟아지는데 어서……."

또 눈물을 쏟는다. 참으로 여린 여인인데 시장바닥에서 몇 년을 버티며 꿈을 가꿔간다는 게 경이롭다.

그녀가 돌아가고 가게를 지키고 있던 남편이 왔기에 짓궂은 질문부터 해봤다.

■ 부인과 다투면 누가 이겨요.

"하하, 당연히 제가 지죠. 그 사람은 원래 눈물 많은 울보예요. 처음 장사를 시작할 때는 손님이 뭐라고 한 마디만 해도 얼굴이 빨개지고 허둥거려 매상이 엉망이었어요. 그런데 어느새 이만큼이라도 잘 견뎌내게 됐으니 그저 고마울 뿐인데 뭘 이겨요."

■ 어디가 그렇게 좋았어요.

"지금도 그렇지만 참 선량한 사람이었어요. 가족 이야기만 나와도 눈물을 글썽거리고, 늘 자신보다는 남을 먼저 배려하고……. 그런 점이 마음에 드니 세상 누구보다도 예쁘게 보였어요. 그래도 꽤 오래 탐색했는데 변함이 없는 진심이더군요. 그래서 사귀기 시작했고 결혼했죠."

■ 특히 아들 이야기만 하면 눈물을 짓더군요.

"왜 그렇지 않겠어요. 저도 어서 돌아가 부모님 모시고 아들을 잘 키워야지 하는 생각이에요."

■ 도시에서 돈을 많이 벌고 싶은 생각은 안 들어요.

"저는 항상 '너 자신을 알라'는 말을 명심하고 살아요. 가정 형편 때문에 중학교 밖에 못 나왔지만 부모님을 원망하는 마음 같은 건 없고요. 살아가는 지혜는 학교에서만 배우는 것도 아니니 마음먹기 나름 아닌가요. 도회에 나와 장사를 하다가보니 고객이 왕이라는 말을 항상 염두에 두지만 왕도 왕 나름이라는 생각이 들 때도 있어요. 돈에 노예가 된 고객들을 볼 때면 결코 돈이 최고의 가치는 아니라는 사실을 절감하기에 한 시라도 고향으로 돌아가 인간답게 살고 싶다는 마음을 잃은 적이 없어요. 특히 베이징은 날씨에 적응하기 어렵고 스트레스도 너무 받고요."

■ 부인의 말로는 차를 좋아한다던데요.

"지금 차는 장사를 위해 중고를 구입한 2000년 형 작은 봉고인데 그것도 나쁘지는 않아요. 그렇지만 형편이 되면 가족들을 태우고 다니기에 넉넉하고 단단한, 현대차나 상하이 폭스바겐 정도를 구입하고 싶다는 거지 대단한 건 아니에요."

■ 부인도 그렇더니 남편도 여전히 가족 우선이군요. 효자라고 하던데.

"효자는 무슨. 그렇지만 인간은 누구라도 부모님을 공경해야죠. 저의 아버님이 2년 전부터 뇌병변을 앓고 있는데 항상 마음이 쓰여요. 어서 돌아가 자식 노릇을 해야 할 텐데……."

중국 여인들은 생활력이 강하다. 잔돈을 비닐봉지에 담는 여인의 표정이 흐뭇하다

■ 가족과 조상을 제일 중요하게 여기는 것 같은데 중국의 장례나 제사 제도는 어떤가요.

"베이징과 같은 큰 도회는 물론이고 지방에서도 도심에서는 별로 볼 수 없지만 저희 고향 같은 농촌에서는 장례와 제사 전통이 여전히 잘 지켜지고 있어요. 상례(喪禮)를 바이스(白事)라고도 하는데 상복이 흰색이기 때문이죠. 일반적으로 자정을 기점으로 그 전에 돌아가시면 대이천(大二天), 이후에 돌아가시면 소삼천(小三天)이라고 하여 각각 2일장과 3일장을 지내요. 상례는 대부분 집안이나 이웃의 어른이 와서 가르쳐주고, 저희는 그렇게 배워 자식에게 가르쳐주게 되겠죠. 또 도회와 달리 지방은 화장을 하지 않고 묘를 쓰는데 지관이 좋은 자리를 물색해줘요. 돈이 많은 이들은 비석을 세우기도 하는데 묘 주위에는 반드시 상록수를 심어요. 제사는 3년 동안 집에서 지내는 경우도 있지만 대부분 기일과 설날 등에 묘를 찾아 향을 피우고, 청명절에는 봉분에 꼭 흙을 덧씌워요."

■ 3년이 지난 뒤에는 제사를 어떻게 하나요.

"그저 기일과 명절에 묘를 찾아 향을 피워요."

■ 고향에 돌아가면 뭘 할 거고 다른 어려움은 없을까요.

리우세천. 낡은 봉고차지만 최고의 친구이고 재산이다

"뭐 농사를 짓게 되면 짓는 거고, 장사를 할 만하면 또 그렇게 하는 거죠. 다만 처음에는 고향 사람들이 도시에서 살다왔으니 오염되었을 거다 하는 선입견으로 경계하는 부분이 있겠죠. 그렇지만 저희만 겸손하게 살면 그런 건 금방 사라지고 옛날처럼 지낼 수 있을 거예요. 또 제가 벌어온 돈이 그렇게 많지 않다는 것도 자연스럽게 알게 될 테고요."

■ 아들은 어떻게 키우고 싶어요.

"뭘 하라고 특별히 강요하고 싶은 생각은 없어요. 그저 제가 하고 싶다는 걸 가능한 지원해주는 게 전부일 텐데, 가능하다면 대학은 꼭 들어갔으면 해요."

그의 아내도 그렇게 말했다. 조금도 다르지 않은 부부. 결코 겉만 봐서는 알 수 없는 속 깊은 라오바이싱이다.

어쩌면 '보통' 으로 불리는 세상 대부분의 사람들이 그럴 것이다. 소박하고 성실한, 대단한 욕망보다는 가족을 지키며 평온하게 살아가고 싶은. 그러나 그들은 대부분 소외되고 곤란을 겪고 박해를 받기도 한다. 그렇지만 그 작은 소망마저 기어이 깨뜨려지려 할 땐 분연히 일어나 세상을 뒤집기도 하니 그들이야말로 진정한 세상의 주인인 것이다. 중국뿐 아니라 모든 치자(治者)는 언제나 그런 주인을 조심스럽게 여기지 않아서는 온전하지 못하리라.

한국산 홍초 수입해 돈 번 중국 건달

중국에는 이런 말도 있다. '친구의 복수를 10년 내에 하면 부끄럽지 않다.' 또 어떤 이는 누군가에게 수모를 당했지만 힘에 부쳐 당장 어찌할 수 없자 겨울이 돌아오기를 기다렸다. 그리고 정말 견디기 힘든 강추위의 밤이 찾아오자 그의 집을 찾아가 멀리서 돌을 던져 창문을 깨트렸다. 한밤중에 깨진 유리창이니 그들은 어쩔 수 없이 밤새 추위에 떨게 될 것이고, 수모를 당했던 이는 그로써 복수를 한 것이니 속이 후련했다나. 우스개 같은 이야기지만 사실이다. 다르지 않은 라오바이싱인 그들의 속내는 어떤 것일까.

밝힐 수 있는 건 왕(王)이라는 성씨와 53살의 나이밖에 없다. 대대로 베이징에서 태어나고 산 베이징런(北京人)이기는 한데 살아온 삶이 남달랐다. 고등학교를 졸업하고 반도체 공장을 다닐 때까지는 평범한 삶이었는데 개혁 · 개방으로 세상이 바뀌자 그의 삶도 달라졌다.

짧게 깎은 머리, 단단한 근육. 한 눈에 주먹 혹은 건달의 포스가 느껴진다.

■ 여전히 건강해보이네요.

"웬걸요, 당뇨가 있어요."

■ 그래도 아직 주먹은 쓸 수 있죠.

"꼭 써야 할 일이라면."

■ 학교 때도 주먹을 썼을 것 같은데요.

"지기 싫으니 휘둘렀지만 약자를 괴롭히는 짓은 안 했고, 남에게 별로 져본 적도 없어요."

■ 개혁 · 개방 이후 무슨 일을 했나요.

"따거(大哥 : 큰 형님)를 만나 그분과 함께 30년 가까이 살아왔지요. 그렇다고 따거에게 정기적인 급여를 받는 건 아니고, 그저 모시고 도움을 받기도 하면서 돈도 벌고 했죠."

■ 돈은 어떻게 벌었나요.

"세상 돌아가는 걸 보면서 그때그때 수입이 좋은 사업을 하는 거지요. 최근의 예를 들자면 한국산 홍초가 인기를 끌면 그 물량 중 일부를 확보해 수입을 올리는 것 같은 거죠."

■ 위력으로?

"이쯤 살아온 세월이면 위력이 아니라 서로의 안면, 즉 관시로 되는 거죠, 하하."

■ 돈은 많이 벌었나요.

"아무리 베이징의 집값이 비싸다고 해도 기껏 40평방미터 아파트 두세 채 있는 정도니 별 건 아니죠. 그래도 부모님 봉양하며 마누라 잘 건사하고 자식 공부 가르치는데 큰 어려움은 없었어요. 요즘도 어려운 친구의 사정을 들으면 차용증은커녕 아무런 조건 없이 얼마간 보내기도 하고요. 돌려받을 수 있을지 없을지는 모르지만 우선 보내주고 봐야죠, 하하."

그러면서 핸드폰을 꺼내 보여주는데 인터뷰하는 날 아침, 친구에게 30만 위안(약 5,400만 원)이 송금되었다는 은행으로부터의 확인문자였다.

중국인 삶의 코드는 가족과 의리

■ 부인도 아는 일인가요.

"카드로 보냈으니 당연히 알지만 내게 뭐라 그럴 순 없죠. 아내에게 특별히 잘못한 일 없고, 밥 굶는 일 없이 도리를 다했으니까요."

우리네 상식으로 이해되지 않는 노릇이다.

■ 꽤 거칠었던 시절이 있었던 걸로 아는데 그런 일로 가족이 피해를 본 적은 없나요.

"남자가 최소한 가족은 지켜야죠. 아주 가까운 몇 사람 외에는 누구도 내 가족이 사는 곳을 모르게 했어요. 그러니 위험할 까닭이 없죠."

■ 따거와는 어떤 인연이었나요.

"뭐 그냥 배짱이 맞고 의리를 지켜야 할 사람이니 인연을 맺은 거죠. 물론 그만한 능력도 있는 분이고요."

■ 그런 일로 감옥에 간 적은 있었나요.

"경찰에 잡혀 구류를 당한 적은 있었지만 감옥에 간 적은 없어요. 거긴 못난 놈들이나 가는 거죠. 하하."

■ 관(官)과 가까워서?

"꼭 그런 건 아니에요. 치료비든 뭐든 뒷감당할 자신이 없으면 아예 일을 안 벌이죠."

건물 처마 사이에 지붕을 만든 가옥.
저 초라한 집안에서도 희망은 숨쉬리라

■ 영화나 드라마를 보면 흑사회라는 검은 조직에 배후가 되는 권력이 있던데요.

"그건 영화죠. 홍콩이라면 모를까 최소한 대륙에서는 '헤이셔후이(黑社會)' 라는 조직이 있을 수 없어요. 동네의 작은 무리인 '헤이스리(黑社里)' 정도라면 모를까. 중국의 사회주의 체제는 그런 범죄조직을 단속하고 척결하기에 다른 체제보다 훨씬 유리해요."

■ 그럼 당신이 해온 것과 살아온 의미는 뭔가요.

"의리죠. 의리를 지키기 위해 가끔은 주먹을 쓰기도 했지만 기본적으로 공권력을 피해야할 범죄를 저지르지는 않았어요."

■ 하지만 현실에는 마약이나 청부살인 등이 횡횡하잖아요.

"그건 우리같이 의리를 지키는 사람들과 다른 종자들의 짓이에요.

우린 그들과 달라요."

자신들은 우리말로 건달이라는 뜻이리라.

■ 이제 나이도 적지 않은데 후회가 들지는 않나요.

"의리를 지킨 건 조금도 후회하지 않지만 좀 더 약게 돈을 많이 벌 것을 하는 후회는 들어요."

■ 가족과 의리 중 하나를 택해야 하는 상황이라면?

"그런 상황을 만들면 안 되는 거죠, 하하."

사실 왕은 조직사회를 들여다보고 싶어 수소문하던 과정에서 알게 된 이다. 극도로 말을 조심하는 데도 그 또한 라오바이싱이라는 생각에 일단 인터뷰를 한 것이다.

세상이 달라졌지만 여전히 중국인의 삶의 코드는 가족과 의리인 듯싶다. 모두가 소중한 덕목이지만 어느 한쪽은 더욱 조심스러운 지혜가 필요할 것이다. 인생에서 끝내 후회가 든다면 그건 아무래도 안타까운 노릇 아닌가. 점점 잊혀져가 아쉬운 덕목이 '의리'이지만 그걸 지켜가기 위해서는 깊은 성찰이 있어야 할 것이다.

제3장
다스리는 힘, 보살피는 자

시진핑 정부의 경제와 정치 미래를 듣다

— 싱가포르에서 중국 경제 · 외교 정책을 연구하는 시진핑 정부의 브레인들

— 싱가포르와 중국이 리콴유 통치철학 연구하듯 한국도 박정희 연구해야

— 중국 정부, 외교 부분에서 강경노선으로 선회…… 앞으로 15년이 관건

1978년, 중국의 개혁 · 개방을 선포한 덩샤오핑(鄧小平)은 그해 11월 싱가포르를 방문했다. 당시 수상 리콴유(李光耀, 1923년생)를 만난 자리에서 덩샤오핑은 '싱가포르 발전 모델을 배우겠다' 고 언명했다. 2010년 10월, 당시 국가부주석으로 싱가포르를 방문한 현 중국 국가주석 및 공산당 총서기 시진핑(習近平) 역시 리콴유와 만난 자리에서 '중국은 과거는 물론 현재도, 미래도 싱가포르를 공부할 것' 이라고 밝혔다.

지금은 싱가포르국립대학으로 승격한 난양(南陽)이공대(NTU)는 덩샤오핑의 언명 이후 중국공산당의 '해외 당교(黨校)' 로 불릴 만큼 지금껏 1만 명 이상의 공산당 핵심간부들이 연수했다. 더불어 중국공산당 핵심 브레인 중 일부는 싱가포르국립대학 리콴유공공정책학원(이하 리콴유학원)의 연구소에 둥지를 틀고 각종 정책연구에 몰두하고 있다.

2003년 11월에는 지난 해 취임한 시진핑 정부의 향후 정책 방향이 제시될 3중전회(제18기 당중앙위 제3차 전체회의)가 열렸다. 리콴유학원의 중국 브레인들은 잠시 짬을 내기도 어려울 정도라 인터뷰는 어렵다고 했다. 어렵사리 한두 시간씩의 틈을 얻어 중국 경제와 정치, 외교정책에 대해 들어봤다.

중국 경제발전 뒷받침하는 '城鎮化' 정책

리콴유학원 아시아경쟁력연구소 경력연구원 양무(楊沐, 1943년생) 박사는 장쑤(江蘇)성 출신으로 상하이자오퉁(上海交通)대학을 졸업하고, 사회과학원에서 경제학 석 · 박사 학위를 받았다. 도중에 벨기에 루뱅(Luven)대학에서 MBA를 취득했고, 1989년부터 1992년까지는 영국 옥스퍼드에서 연수했다. 사회과학원에서는 현 정치국 상무위원이자 중앙기율검사위 서기인 왕치산(王岐山) 등과 함께 공업발전전략 등을 연구하기도 했다.

■ 세계적 경제위기 속에 중국의 지속성장에 대해 의견이 분분합니다.
"2008년 금융위기 이후 유럽과 미국은 아주 느린 속도로 회복되고 있습니다. 그러나 중국은 2008년과 2009년, 4조 위안을 투입해 금융위기에서 가장 먼저 벗어났습니다. 그런데 2011년부터 경제성장 속도가 완만해져, 2013년에는 7.5%로 하향곡선을 타고 있습니다. 이런 현상을 두고 서방의 학자들 중에 부정적인 견해를 나타내는 분들이 있습니다. 그러나 근 30여 년간 연평균 10%대의 성장률을 유지한 것은 어느 나라에도 없던 사례이고, 현재의 성장률이야말로 정

양무 박사

상적인 궤도에 진입한 것이라고 봅니다. 나는 앞으로도 중국은 현 추세의 성장이 유지되리라고 봅니다. 이에는 중국의 성진화(城鎮化 : 농촌 도시화) 정책이 큰 배경이 됩니다. 성진화 과정에서 주택을 구입하고 소비재를 사는 등 기본미래수요가 지속될 것이니까요. 반면 미국과 한국 등은 이런 수요가 이미 충족된 상태이죠."

■ 시진핑 정부에서 성진화의 최종 목표치는 어느 정도인가요.

"중국을 세계적 도시화 수준까지 이끌어 올리려면 80%대의 성진화가 실현되어야 하는데, 이 최종 목표는 시진핑 정부 10년 동안에 다 이루어내기 불가능합니다. 이전보다 더 느린 속도로 서서히 이루어질 것입니다. 공업화가 어느 정도 이루어진 현 단계에서 1차 산업은 하강곡선이고, 3차 산업만이 상승곡선을 유지할 수 있을 것이니까요."

■ 11월에 3중전회가 열립니다. 어떤 의제와 결론이 나올까요.

"3중전회는 신임 링다오(領導 : 영도)의 통치방향과 정치이념을 엿볼 수 있는 매우 중요한 회의입니다. 보수파와 개혁파 간의 노선투쟁이 일어날 것이라는 일부 보도도 있지만 현재로서는 누구도 알 수 없는 일입니다."

■ 향후 10년간 시진핑 정부가 추진할 경제정책의 방향은 어떤가요.

"한 마디로 올 초 제시된 '온증장(穩增長), 촉개혁(促改革), 조기구(調機構)' 입니다. 안정적인 성장을 추구하고, 개혁을 촉진하며, 구조조정을 실현하는 것이지요. 현재 중국 정부의 최대 골칫거리는 지방정부의 부채로 여전히 증가 추세입니다."

인센티브 주며 개혁 장려해야

■ 개혁을 구체적으로 말씀해주시죠.

"구조조정만으로는 경제개선이 어려우니 더불어 개혁을 촉진해야 하는데 첫 번째는 은행 개혁입니다. 현재 중국 은행의 경우 대출은 시장체제로 움직인다고 하지만 관리감독은 여전히 정부 통제 하에 있습니다. 정부의 눈치를 볼 수밖에 없는 것이지요. 은행 개혁은 완전한 시장체제 하에서 시스템이 돌아가도록 하는 것입니다. 두 번째는 국유기업의 개혁인데, 중국의 은행과 대기업은 아직도 대부분 국유입니다. 은행의 투자나 대출이 대부분 국유기업으로 치우치게 되는 원인이죠. 그걸 민영기업이 수혜자가 되고, 그로써 경쟁력을 키워 성장할 수 있도록 해야 합니다. 세 번째는 정치체제의 개혁입니다. 지방정부의 불합리한 투자가 계속되는 건 경직된 정치체제에서 비롯된 겁니다. 이를테면 중앙으로부터 받은 과업과 목표 때문에 효율보다는 가시적 성과를 우선하는 것 같은 경우 말입니다. 그걸 인민을 우선적으로 책임지는 체제로 바꿔야 합니다. 환경오염을 불러오거나 경제성이 없는 투자유치나 투자는 피해야 하는 일이죠."

■ 그런 이상적인 개혁들이 정치 지도층의 자기 불안감과 맞물리지 않을까요.

"리커창(李克强) 총리의 '개혁 중에 인센티브를 찾아라'가 답입니다. 개혁 중에 보너스를 찾아라, 개혁하지 않으면 보너스도 없다는 뜻이죠. 중국은 아직도 집단이익을 추구하는 보수적 성향을 띠지만 개혁의 목소리는 점차 높아지고 있습니다. 개혁하지 않을 수 없을 겁니다."

■ 중국은 경제 성장만큼 분배 격차의 폭도 커져 사회적 불안요소가 되고 있습니다.

"생활수준 향상 면에서는 예전보다 좋아졌지만 경제 급성장에 따른 빈부차이는 사람들에게 큰 불만심리를 주고 있습니다. 한국이나 대만은 중국보다는 나은 편이지요. 모두 공표되지는 않지만 지금 중국에서는 크고 작은 규모의 폭동이 자주 일어나고 있습니다. 다만 조직적으로 이루어진 큰 규모의 시위는 정부가 잘 통제하고 있는 편입니다."

■ 쉽게 이해되지 않는 것은 중국 사람들은 초호화아파트 담장 바로 옆의 부서져가는 가옥에 살면서도 노골적인 시기심이나 불만을 표하지는 않는 일입니다. 특별히 인내하는 정서나 기질이 있는 건가요.

"정치적 메커니즘에서 맥을 찾을 수 있습니다. 한국에서는 근로자들의 시위나 파업이 법에 따라 비교적 관대하게 처리되지만 중국에서는 엄한 처벌을 받거나 정신병원에 보내지기도 합니다. 특히 톈안먼(天安門) 사건 등의 경험으로 가혹한 진압방식을 익히 알고 있기에 감히 자신들의 정서를 쉽게 분출하지 못하는 것입니다."

중국이 G2인지 중국 자신도 의아

■ 복지문제는 중국에서도 언젠가 대두될 문제입니다. 어떤 방식으로 재원을 충당할까요.

"복지에 앞서 우선은 사회보장체제의 구축입니다. 그러나 중국은 서방이나 한국과 같은 노선을 따르지 않을 것입니다. 싱가포르에는 사실상 사회보장체제는 있지만 복지는 없다고 할 수 있습니다. 즉 싱가포르에서는 의무적으로 급여의 20%를 떼어내 '공적금(公積金)'을 만듭니다. 주택구입이나 의료비 등 사회보장비를 거기에서 지원해주는 거죠. 싱가포르 정부의 재정이 탄탄한 건 그렇게 사회보장비의 부담이 없기 때문입니다. 만약 중국이 복지적인 사회보장체제를 구축한다면 싱가포르 모델을 따를 가능성이 큽니다. 국가예산에 의존하는 복지는 불안정합니다. '공적금'은 자신이 낸 만큼의 비율에 따라 상응하는 복지를 누리는 것이기에 우리는 강성정력

(剛性定力 : 자신이 낸 비율에 따라 혜택을 받는 제도)이라고 합니다."

■ 최근 동아시아의 갈등이 깊습니다. 원인이 무엇이라고 보는지요.

"나라마다 색깔이 다른 정서와 역사 문제, 민족주의 문제 등으로 파생되는 내부적 원인과 주변국 관계에서 생기는 외부적 원인을 들 수 있습니다. 외부적 원인을 보자면 유럽이나 미국은 사실 동아시아의 갈등을 부추기는 면이 있습니다. 만약 동아시아가 협력하게 된다면 현 세계에서 가장 큰 경제협력체가 될 것입니다. 당장 한 · 중 · 일의 GDP를 합하면 전 세계 GDP의 20%가 됩니다. 2008년 금융위기 이후 미국은 아시아시장을 주시하며 진정한 협력체가 형성되는 것을 바라지 않고 있습니다. 동아시아 세력이 미국에 맞서면 불리하기 때문이죠."

중국도 청년실업 문제는 심각한 현안이다

■ 거꾸로 생각하면 중국이 세계경제의 패권을 원하는 것이 아니냐 말할 수도 있습니다.

"빛을 감추고 어둠 속에서 힘을 기르라는 뜻의 '도광양회(韜光養晦)'의 시대가 지나가고 G2의 위상을 가졌다지만 정말 그런 위치인지 중국 자신도 의아해 합니다. 패권을 추구하려면 혼자의 힘으로는 불가능한데 현재 중국은 북한, 베트남, 필리핀 등 여러 주변국과 마찰이 빈번합니다. 부정부패 척결, 지역 불균형 등 당면한 과제도 산적해 있습니다. 중국 대부분 지역의 생활수준도 아직 선진화에는 많이 미치지 못합니다. 생활습관이나 가치관 등도 G2의 수준에는 미치지 못하는 게 솔직한 현실입니다. 패권 추구는 현실적으로 불가능한 일입니다."

"한반도 통일 더 이상 중국에 위협 아니다"

■ 일본의 우경화는 한 · 중 · 일 협력에 큰 걸림돌이 되고 있습니다. 경제협력체를 추구하는 입장에서 어떤 생각이 드나요.

"댜오위다오(釣魚島)와 독도 문제, 과거사 문제 등 많은 문제가 있지만 결국 역사는 역사가 해결해야 한다고 생각합니다. 이런 문제로 세 나라가 갈등과 마찰을 빚으면 모두에게 무익합니다. 제2차 세계대전 이후 세계 경제는 UN, IMF, IBRD 등을 주축으로 미국이 중심이 된 서방이 주도했습니다. 지금은 세계경제의 축이 서방에서 동방으로 넘어오는 과도기입니다. 한 · 중 · 일을 중심으로 동아시아가 세계경제를 이끌 지역공동체를 구축해야 합니다."

■ 당면한 문제로 한 · 중 간 FTA협상이 진행되고 있습니다. 어떻게 전망합니까.

"한 · 중 FTA는 제7차 협상을 앞두고 있습니다. 그간 여러 현안에 대한 뜨거운 설전도 있었지만 기본적인 윤곽은 잡혀가고 있고요. 무엇보다 농업 부분에서 합의점을 찾는데 난항을 겪고 있지만 중국이

양보할 수 있을 거라 생각합니다. 아세안(ASEAN)과의 FTA협상 때도 중국은 '조기수확(早期收穫)정책(EHP : 관세율을 즉각 철폐하는 품목 도출)'을 제시하면서 타결될 수 있었습니다. 중국은 대국이기에 양보에 대한 깊은 이해를 가지고 있습니다. 농민시위를 전면적으로 통제할 정치시스템도 갖추고 있기에 중국이 양보한다면 조기 타결될 수 있으리라 봅니다. 다만 한 · 중 FTA가 무르익는 단계에서 미국이 요구하는 한국의 TTP(환태평양경제동반자협정) 가입은 신중해야 합니다. 만약 한국이 우선적으로 TTP에 가입한다면 중국과의 관계가 소원해질 수도 있습니다. 한국은 앞선 FTA협상을 경험으로 한 · 중 FTA 체결에 이어, 한 · 중 · 일 FTA협상을 이끌어가야 합니다."

■ 한반도 문제에 있어 중국은 기본적으로 어떤 입장인가요.

"솔직히 말하자면 이전에는 한반도의 분단 상황이 유리한 점도 있었습니다. 베트남 통일 이후 북부베트남과의 관계가 악화된 사례를 보면 알 수 있는 일이지요. 그렇지만 기본적으로 오늘의 한 · 중 관계는 다릅니다. 한국은 중국의 3대 무역 파트너이잖습니까? 이런 상황으로 미루어보면 한반도 통일이 중국에 어떤 장애나 위협이 되지는 않으리라 봅니다. '한 사람을 보려면 그 사람의 친구를 보라(看一個人就看他的朋友)'는 말이 있습니다. 중국을 아직도 북한, 이란, 이라크와 한데 묶는 경직된 사고는 갖지 않았으면 합니다."

■ 2011년 한국에서 열린 '박정희 통치철학 국제포럼'에 참가한 바 있습니다.

"예, 그때 저는 '박정희와 리콴유의 통치철학 비교'라는 주제발표

'박정희 통치철학 포럼'에 참석한 양무

를 했습니다. 두 분 모두 유사한 통치철학을 공유했고, 과(過)보다 는 공(功)이 훨씬 큰 탁월한 지도자였습니다. 싱가포르국립대학에 리콴유학원이 있듯, 한국에도 비슷한 학원이 있어 통치철학 연구는 물론 미래 세계발전의 기둥이 되었으면 하는 생각입니다."

양무는 한국과 중국, 일본을 중심으로 한 동아시아공동체를 줄곧 연구하고 주장한다. 일견 반서방적 사고가 엿보이기도 하지만 소홀히 흘려들을 이야기만은 아닌 듯싶어 인터뷰 전달에만 충실했다.

"中, 대규모 공업화 기초 마련 끝났다"

또 한 사람, 싱가포르국립대학 동아시아연구소 소장 정융녠(鄭永年, 1962년생)은 저장(浙江)성 출신으로 베이징(北京)대학에서 국제정치학으로 학사와 석사학위를 취득했다. 박사는 미국 프린스턴대학에서 제임스 메이슨 장학금을 수혜받아 취득했고, 하버드대학에서 박사후 과정을 밟았다. 1996년부터 싱가포르대학 동아시아연구소에 재직하며 영국 노팅햄대학 종신교수로 임명되었다. 여전히 중국 국적을 유지하고 있지만 그의 발언 수위는 가끔 아슬아슬하게 느껴질 때도 있어 당당하고 자신감 넘쳐 보인다.

■ G2로 불리는 중국의 위상은 부인할 수 없을 것 같습니다.

"대단히 중요한 문제입니다. 중국은 세계 2대 경제대국입니다. 하지만 그것은 G2와는 다른 문제입니다. G2는 미국과 전략적 관계라는 것을 암시하는 의미입니다. 과연 그럴까요?"

■ 중국의 성장은 어디까지 지속될 수 있을까요.

"일부 서방 학자들은 중국 경제의 경착륙 가능성을 검토하는 등 비관적으로 보기도 합니다. 만약 그런 상황이 벌어진다면 세계 경제의 재난이 될 겁니다. 나는 고속성장 시대는 지나갔지만 향후 10~15년간 매년 6~7%의 중속성장은 유지되리라 봅니다. 왜냐하면 첫째는 대규모 공업화의 기초를 마련해놓았기 때문입니다. 둘째는 도시화입니다. 중국의 도시화 비율은 53%대입니다. 이걸 70%대로 끌어올려야 합니다. 이에 따른 경제동력이 있는 거죠. 셋째는 중국은 국토가 좁은 일본이나 다른 아시아의 4용(한국, 대만, 싱가포르, 홍콩)국가와는 달리 대륙성 경제대국입니다. 쉽게 말하자면 국토가 좁은 나라에서는 신발산업이 전자산업으로 전환하게 되면 기왕의 신발산업은 포기해야 합니다. 그러나 국토가 넓은 중국은 발전된 동부에서 아직 낙후된 중부나 서부로 옮길 수 있습니다. 즉 산업의 업그레이드가 지속될 수 있는 것이지요."

서양이 3권 분립이라면 중국은 7권 분립

■ 결국 도시화로 귀결되는 것인가요.

"도시화는 지속발전을 위한 하나의 방편이고, 여러 방면에서 해결해야 할 문제들이 있지요. 우선은 인구 요소인데, 노령화에 따른 퇴직연령의 조정과 산아제한 정책의 불합리성이 당면 과제입니다. 그건 서서히 조정해 나갈 겁니다. 더 큰 문제는 지역 간, 빈부 간의 양극화인데 빈곤을 다른 각도로 보면 성장 동력이 될 수도 있습니다. 즉, 돈을 벌어 잘 살고 싶어 하는 욕망을 성장 동력으로 활용하면 전화위복이 될 수도 있다는 것이지요."

■ 굉장히 낙관적입니다.

"(웃음) 물론 그보다 근본적인 문제는 은행, 세금, 지방채무 등이고 이의 개혁에는 정치 요소가 작용합니다. 일본이나 아시아 4용은 선진국 경제체제가 되었고, 필리핀이나 태국 등은 중등소득국가의 함정에 머물고 있습니다. 이들 국가의 함정은 조기 민주화가 전제된 게 사실입니다. 민주화가 되면 통제력 발휘하기 쉬운 유효한 정부가 존재하기 어렵기 때문입니다. 그런 면에서 나는 중국의 민주화가 빠르게 진행되지는 않을 거라 생각합니다."

■ 결국 중국의 정치 개혁은 서방의 다당제를 기본으로 하는 민주주의 체제와는 다른 방식이겠군요.

정융녠 소장

"지속적인 경제발전에 정치적으로 중요한 두 가지 요소는 사회 안정과 유효한 정부입니다. 중국이 싱가포르를 발전모델로 삼는 이유는 일당체제이면서도 청렴한 정부가 들어서 사회 안정을 실현했기 때문입니다. 현재 중국에서 반대당이 생기는 것은 어렵고, 개혁의 지향점은 당내 민주체제입니다. 즉 민주공산당 안에 여러 파가 공존하는 '개방된 일당체제' 를 구축하는 것입니다. 이러한 체제는 공산당의 통치지위를 공고히 할 수 있고, 반대당원을 흡수할 수도 있습니다. 그래서 나는 서양의 정치체제는 '외부 다원주의' 라 부르고, 중국은 '내부 다원주의' 라 일컫습니다."

■ 중국 지도부의 계파 간 경쟁은 독선을 견제하는 기능도 있겠지만 상호 간 이익을 위해 타협으로 귀결될 수도 있겠습니다.

"아주 재미있는 문제입니다. 칭화(清華)대학 중국국정연구센터 주임인 저명한 경제학자 후안강(胡鞍鋼)은 중국의 집체총통(集體總統)제를 미국의 개인총통제와 비교한 바 있습니다. 중국의 경우 마오쩌둥(毛澤東)이나 덩샤오핑 시대에는 개인독재체제였다가 그 뒤부터 집체영도체제로 변화되었습니다. 정치국 상무위원들의 집체영도라는 것입니다. 80년대에는 5인, 그 뒤에는 7인, 다시 9인, 현재는 7인의 상무위원이 모두 각자의 권력을 행사합니다. 쉽게 말해 서양이 행정, 입법, 사법의 3권 분립체제라면 중국은 현재 상무위원 각자의 7권 분립인 셈이죠. 이런 내부다원주의는 각기 자신의 계파를 형성하며 이익을 추구하다보니 화합을 이끌어내기 어렵고 결정이 지연되는 약점이 있습니다. 반면 타협이 어려운 그 점에서 서로 견제하며 균형 있게 조율할 수도 있는 것입니다. 어쨌거나 그런 중에도 중국 지도부는 한 가지 공통된 인식은 가지고 있는데 바로 경제발전입니다. 지금 중국 인민들은 새로 들어선 시진핑 정부가 전체이익관(全體利益觀)을 지속적으로 추구할 것인지 예의주시하고 있습니다."

개혁하지 않으면 혁명 당한다

■ '중국은 개혁하지 않으면 혁명을 당할 것이다' 라는 발언을 했더군요.
"(웃음) 우선 중국은 역사적으로 농민혁명 등 많은 혁명이 있었습니다. 마오쩌둥도 농민혁명으로 세력을 구축했고요. 덩샤오핑은 1978년 '개혁 또한 혁명이다' 라는 말을 했습니다. 개혁을 추진한

리콴유학원 현판

다면 혁명이 필요 없지만, 개혁 추진이 없으면 혁명을 해야 한다는 뜻이었습니다. 그렇지만 개혁개방에 따른 양극화와 부정부패 등은 또 다른 불만을 야기했고, 그로 인해 마오쩌둥주의로의 회귀를 바라는 목소리도 작지 않습니다. 더구나 변화된 새로운 사회에서 사회매체, 공공지식층, 인터넷이 합쳐지면 혁명으로 변질될 가능성도 간과할 수 없습니다. 이집트, 중동처럼 말입니다. 사실 중국정부도 이런 사회혁명에 대한 우려가 깊어 현재 사회 안정 유지에 투입되는 비용이 군비(軍備)보다 더 많은 실정입니다."

■ 시진핑 주석은 앞서 차기 지도자로 굳혀지며 먼저 싱가포르를 찾았습니다. 어떤 함의가 있나요.

"중요한 사안입니다. 역대 최고지도자들도 모델로 삼았지만 특히 시진핑 정부는 싱가포르의 청렴과 법치를 바탕으로 사회건설, 사회개혁, 사회관리 등을 추구할 것으로 봅니다."

■ 리콴유 전 수상의 통치행태는 유교적 입장의 독특한 방식으로 평가받고 있습니다. 시진핑 정부에 어떤 영향을 미칠까요.

"중국의 유교전통에 바탕을 둔 수직적 민주주의와 서방의 수평적 민주주의를 잘 조합한 성공모델이 리콴유의 통치방식이었습니다. 발전을 지속하면서도 전통을 지켜가야 할 중국 지도부에는 결정적 영향을 끼칠 것입니다."

■ 최근 동아시아의 갈등이 깊습니다. 일본의 우경화가 가장 큰 원인이 아닐까요.

"저는 좀 다른 견해를 가지고 있습니다. 과거 유럽에서 프랑스와 독일처럼, 동아시아에서는 중국과 일본 간의 관계가 주축을 이룹니다. 하나의 산에 두 마리의 호랑이가 있을 수 없다는 말이 있습니다. 그러니 중국과 일본의 관계가 아주 좋아질 거라는 기대는 하지 않습니다. 한 · 중 · 일을 중심으로 한 동북아협력체도 쉽지 않을 겁니다. 왜냐하면 EU(유럽연합)는 독일의 역사문제가 해결되었기에 탄생 가능했지만 일본은 역사문제를 해결하지 않은 상태에서 정상국가화를 추구할 것이기 때문입니다. 그럼 향후 동아시아는 어떻게 발전해야 하는가? 저는 한 · 미 · 일 연맹을 결성하고, 한 · 미 · 중도 연맹을 결성해 이 두 연맹 간에 상호 빈번한 교류를 갖는 것이라는 생각입니다. 즉 두 시스템이 하나로 합쳐지기는 어렵고 두 시스템으로 지속되는 것인데, 한 · 미 · 일 동맹과 한 · 미 · 중

동맹으로 이어져 독립된 두 체제로 가야겠지요."

왜곡된 과거사에 함몰된 일본의 세대가 이어질 것이라는 가정이 전제라면 그의 생각도 한 방법일 것 같다는 생각이 든다.

中, 15년쯤 뒤 '진짜 강대국' 된다

■ 최근 발간된 리콴유 회고록에는 중국의 강경외교노선에 대한 우려도 들어있습니다.

"총체적으로 말하자면 중국의 외교정책은 앞으로도 비교적 강경노선을 걸을 것으로 생각합니다. 우선, 개혁 · 개방 초기에는 국제사회의 요구에 따른 구조조정을 했지만 지금은 중국의 국제적 지위 부상에 따라 내수촉진 등 자국 상황에 맞는 구조조정을 추진해야 합니다. 또 경제발전이 일정 단계에 들어서면 국방력 강화를 꾀하게 됩니다. 중국이 지금 바로 그 단계에 들어서 점점 군비를 증가하고 있습니다. 이에 따라 주변국들의 우려가 커지고 있는 것도 사실이고, 현재 중국 외교정책도 어려움이 많습니다. 그렇지만 앞으로 15년쯤 뒤 중국이 정말 강대국, 즉 고소득국가가 되었을 때는 다른 국가들이 중국 시스템과 조율하며 개혁이나 구조조정을 추진하게 될 겁니다. 그러니 향후 15년간의 외교정책이 가장 어려울 것입니다."

솔직하지만 주변국으로서는 상당히 우려되는 발언이다.

■ 중국의 외교정책은 전통적인 영토 확장, 패권주의적인 면을 고수하고 있습니다. 역사분쟁도 대표적인 것 중의 하나이죠. 이런 점이 주변국의 경계심을 불러일으키고 있는데 어떻게 생각하나요.

리콴유학원 전경

“1996년부터 싱가포르에 있으면서 이 문제에 대한 깊은 이해를 가지고 있습니다. 중국은 러시아, 베트남, 인도 등과의 접경 문제가 여전히 해결되지 않은 상태입니다. 여기에 동중국해와 남중국해 문제가 대두됐습니다. 중국은 전통적으로 대륙국가입니다. 해상문제 해결에는 경험이 거의 없는 셈입니다. 또 미국과 달리 중국은 외교정책이나 군사현대화 등에서 여전히 투명하지 못합니다. 그런 면 때문에 주변국이 불안해 하기는 합니다. 경제성장으로 G2의 지위에 올랐다고는 하지만 그에 상응하는 국제적 책임을 감당해야 하는데, 중국은 지금 산적한 국내문제 해결에도 벅차 국제문제에는 수동적입니다. 더구나 중국의 시스템은 외교정책에 있어서도 내부다원주의입니다. 예를 들어 한반도 문제를 다루는데도 외교부한 곳이 아니라 당 대외연락부, 국방부, 상무부 등 여러 곳이 관여하죠. 심지어는 지방정부 국유기업의 외국투자업무까지 외교교섭으로 간주합니다. 외교부의 역할이 방만하면서도 너무 좁은 거죠. 미국의 국가안전위원회 같은 부서도 없습니다. 이러한 문제들을 해결하는 것이 급선무입니다. 다시 말하면 이런 상황에서 어떻게 패권을 추구할 수 있겠나 하는 거죠. 미국의 패권계획은 주지의 사실입니다. 일본, 유럽, 독일도 갖고 있습니다. 그러나 중국은 대응할 뿐이지 패권계획은 없다고 생각합니다."

그와의 인터뷰 후인 2013년 가을, 중국은 3중전회에서 국가안전위원회(CNSC)를 설립했다.

시진핑 정부, 북이 핵 포기 안 하면 교류 단절 불사

■ 북한에 대한 중국의 입장이 궁금합니다. 북한이 핵을 포기할까요.

"시진핑 정부가 들어서며 이 문제에 대해서는 확실해졌습니다. 북한에 핵 포기를 설득하고, 포기하지 않으면 중 · 조(中朝)교류 단절까지 들먹이고 있습니다. 이전 정부까지는 북핵에 대한 명확한 정책 없이 경제지원이 이루어졌지만 이제는 아닙니다. 미국, 한국과 함께 적극적으로 압력을 가하고 있습니다. 북핵 문제는 이제 중국의 국제적 위상을 검증받는 문제가 되었다고 생각합니다. 단, 목표는 미국이나 한국과 같지만 방법상 무력으로 해결하는 것에는 반대합니다. 인위적인 정권교체에도 반대합니다. 아직까지 어떻게 포기시키느냐 하는 방법에서는 국제적으로 공통된 인식을 찾지 못하고 있지만 목표가 같은 건 분명합니다. 이전 정부와 분명히 다른 점입니다."

■ 한반도 통일에 대한 생각은 어떤가요.

"미국학자와 이에 대한 토론을 가져봤지만 결론은 같았습니다. 중국과 대만의 통일이 아직 시기상조인 것처럼 한반도의 통일도 현재는 고려할 문제가 아니라는 생각입니다."

■ 그럼 지금 시점에서 한국과 북한이 취해야할 방향은 뭔가요.

"중국은 현재 북한의 개혁과 개방을 지지하고 있습니다. 중국과 대만의 양안(兩岸)관계처럼 문제를 만들지 말고 안정적인 선에서 교류하라는 것입니다. 이런 방향으로 나간다면 중국은 적극 지지할 겁니다."

현실과 미래에 대한 수많은 분석과 전망이 있다. 저마다 근거가 있고 일리도 있다. 귀에 솔깃해 마음이 동하는 것은 내 입맛에 맞는 이야기다. 문제는 밝은 전망이라면 간과한 부분은 없는지이고, 어두운 전망이라면 의도된 무엇은 없는지이다.

두 사람은 중국의 브레인지만 학자로서 비교적 자유롭게 발언한다. 우리 귀에 거슬리는 이야기도 있다. 그러나 그것이 드러내지 않는 중국 속내의 일면이고 우리를 둘러싼 냉정한 국제관계라면 거슬린다고 무시할 일만은 아니다. 특히 동아시아의 주축은 중국과 일본으로, 한 · 미 · 일, 한 · 미 · 중 연맹에서 동맹으로 발전시켜 두 시스템으로 상호 견제하며 지속시켜야 한다는 이야기는 의미심장하다. 한반도 통일에 관한 두 학자의 다른 발언도 제각각 일리가 있다.

이번 취재를 하며 싱가포르국립대학 리콴유학원의 역할이 인상 깊었다. 리콴유 수상은 아직 생존한 인물이다. 그럼에도 그의 이름을 붙인 학원을 만들어 세계적 정책학원으로 성과를 거두고 주목받고 있다. 그렇다고 그의 업적을 찬양하지도 않는다. 공과(功過)를 분석하여 공은 더 나은 정책으로, 과는 오류의 재발을 막는 반면교사로 삼는다. 징그럽도록 과거에 매달려 신음하는 우리와는 정말 다른 모습이다. 이제 그만 전향적으로 돌아서 미래를 보았으면 하는 마음이다.

감정 없는 지혜가 법률이다, 특히 변호사에게는

— 로펌 개소식 식전행사로 열리는 '자본주의 논단' 세미나

— 먼저 손익을 따지고 미래가치를 판단해 보르도 포도주회사 인수를 권한 로펌

— 법규정과는 사뭇 달리 집행되는 중국 형사사법 절차

2012년 2월 17일, 가까운 중국 변호사로부터 개업식에 와달라는 초청을 받았다. 그 친구는 얼마 전부터 중국에서 손꼽히는 로펌(법무법인)인 궈하오(궈하오률사집단사무소國浩律師集團事務所)에 스카우트되어 동업자의 자격으로 난징(南京)사무소를 책임지게 되었다고 말했던 터라 반가운 마음으로 찾아갔다. 국내에서도 몇 차례 비슷한 개업식에 가보았던 터라 의례적인 인사와 내빈소개, 연회 정도의 절차가 진행되리라 짐작했다. 그런데 오후 1시, 창장(長江) 강변 초특급호텔에 마련된 행사장에 들어서던 필자는 학교 대강의실 같은 장면에 멈칫했다. 그제야 나눠준 안내장을 들여다보니 '자본시장논단'이라는 제목이 박혀 있는 게 아닌가.

국립싱가포르대학교 동아시아연구소 양무(楊沐) 박사의 '유럽채무위기와 중국의 영향', 난징대학교 경제학원장 선쿤잉(沈坤英) 교수의 '기

업운영의 거시적 환경변화와 정책방향', 상하이(上海)증권교역소 부총경리 겸 교수 저우친예(周勤業)의 '자본시장발전과 기업의 강대화'……, 국내외 저명 학자는 물론 중국 금융시장 주요 인사들의 자본 및 금융 관련 강연들이 식전 행사로 마련되어 있는 것이었다.

궈하오로펌 난징 사무소 개소식
논단에서 강연하는 펑위엔 변호사

그날, 5백 석 가까운 좌석을 가득 메운 난징시를 비롯하여 장쑤(江蘇)성, 상하이 등지에서 초청되어 온 경제계 주요 인사들은 당초 4시간 반으로 예정된 강연시간을 훌쩍 넘도록 진지한 경청과 질의응답을 이어갔다. 결국 만찬 예정시간까지 넘겨 주최 측에서 마지막 강연자에게 서둘러 강연을 끝내주도록 부탁하는 촌극이 연출되기도 했으니 그 뜨거운 열기는 짐작하고도 남을 것이다. 법조계와 행정부 등지에서의 화려한 경력을 주로 앞세우는 의례적인 행사에 익숙했던 이로써는 솔직히 난감한 기분마저 들어 애써 기억을 지워버리려 했다.

다시 2012년 10월 말, 세간의 관심을 끌고 있던 원자바오(溫家寶) 총리 일가의 3조 원대 자산 축척과 관련한 미국 뉴욕타임스 보도에 대해, 두 명의 변호사가 선임되었다는 보도가 나왔다. 궈하오로펌의 왕웨이둥(王衛東), 쥔허(君合)로펌의 바이타오(白濤) 변호사였다. 여전히 법치(法

治)보다는 인치(人治)의 인식이 높은 중국에서 현직 총리가 변호사로 대응한다는 사실이 흥미로운데다 인연 닿는 궈하오 로펌이 거론되니 중국 법률시장을 들여다봐야겠다 싶었다.

로펌은 서비스업이다

1969년생인 펑위엔(馮轅)은 장쑤성 우시(無錫) 출신으로 난징대학교 법학과를 1991년 졸업했다. 그는 졸업하던 당시 변호사 자격시험이 격년제로 실시되어 잠시 닌징르바오(南京日報) 법제부 기자로 일하다가, 1993년 사법시험에 합격해 변호사 자격을 취득했다.

■ 변호사로서의 일을 처음 시작한 곳은 어딘가요.

"1994년, 장쑤성 쑤저우(蘇州)시에 있는 쑤위엔(蘇源)이라는 로펌에서 변호사 업무를 시작했어요."

■ 대학교에서는 상법을 중점 공부했다던데, 쑤위엔에서도 그 방면의 일을 했나요.

"쑤위엔이 1993년에 설립된 신생 로펌이기는 했지만 갓 자격증을 딴 신참이었으니 형사사건 변호 일부터 했습니다. 얼마 뒤에는 민사사건을 맡기 시작했고, 4년 전부터는 회사 간의 합병 등 규모가 큰일을 하면서 쑤위엔의 동업자 중 한 명이 되기도 했습니다."

■ 법학을 공부하고 변호사를 지원하게 된 특별한 계기라도.

"할아버지께서 고향인 장쑤성의 명망 높은 변호사를 지내셨는데 아버지는 문화대혁명의 영향 등으로 뒤를 잇지 못했어요. 그래서 어릴 적부터 자연스럽게 변호사의 길이 정해진 셈인데 다행히 성적도 따라줬습니다."

■ 상법에 특별히 관심을 둔 이유는?

"제가 공부하던 시기가 개혁개방으로 중국 경제가 한창 활성화되던 시기였고, 경제와 관련한 법률수요 또한 폭발적으로 늘어나고 있었으니까요."

■ 궈하오 로펌과는 어떻게 인연이 닿은 건가요.

"중국 굴지의 로펌 궈하오가 장쑤성을 중심으로 한 중동부 지역 법률시장 진출을 염두에 두면서 난징을 그 중심 도시로 선정했습니다. 난징은 장쑤성의 성도(省都)이기도 하지만 거대한 창장이 도시 가운데를 흐르고 있어 옛날부터 내륙도시이면서도 항구가 발달했고, 덕분에 물류 운송이 원활해 진작부터 많은 국내외 대형기업과 공장이 들어서 경제가 규모화되어 있는 도시니까요. 한국의 삼성전자, LG전자 공장도 그중 하나입니다. 그런 과정에서 난징과 인연이 깊은 제가 궈하오와 연결된 거죠."

실제 유구한 역사도시 난징은 명(明)나라 영락제(永樂帝) 3년이던 1405년, 환관 정화(鄭和)가 200여 척으로 구성된 대함대를 이끌고 멀리는 동아프리카에까지 이르는, 도합 7차례에 걸친 소위 '정화대원정'에 나섰던 출항지이다. 이때 모함은 목선이면서도 그 길이가 자그마치 150미터에 달했다니, 난징은 진작부터 중국의 해양기지 역할을 제대로 했던 셈이다. 지금도 난징의 항구에는 1만 톤급 이상의 선박이 정박할 수 있

난징사무소의 젊은 변호사들. 평위엔 좌측의 주동(朱東), 우측의 쉬웨이(徐瑋). 30대 초반과 20대 후반의 젊은 변호사들이 주축을 이룬다

어 연간 1억 톤 이상의 물동량을 처리하고 있다.

■ 궈하오 로펌의 위상과 규모는 어느 정도인가요.

"먼저 위상을 단순하게 말하자면 중국 국내외 IPO(주식공개나 기업공개), 기업 합병 등에 관한 종합지표는 벌써 수년 째 전국 1위를 유지하고 있습니다. 1998년 베이징(北京), 상하이, 선쩐(深圳)사무실을 시작으로 현재는 중국 주요도시를 비롯하여 홍콩, 프랑스 파리 등지에 총 15개 지사가 있고, 스페인 마드리드에는 합작로펌이 있습니다. 또 지적재산권을 전담하는 로펌도 별도로 두고 있습니다."

■ 해외지사와 국제합작로펌을 두고 있는 걸로 봐서는 주로 경제 관련

법률수요에 집중하는 것 같군요.

"우리는 법률적 지원을 의뢰하는 이가 있으면 어떤 사건이라도 수임합니다. 단순한 형사사건은 물론이고 개인 간의 민사소송, 경제 관련 법률수요, 국적을 달리하는 소송 등 전부 수임하고 최선을 다합니다. 그렇지만 아무래도 경제가 활성화되면서 관련 법률수요가 많으니 조직 또한 그에 따를 수밖에 없는 일이죠."

■ 귀하오로펌의 조직은 어떻게 되나요.

"크게는 증권 및 자본시장전문위원회를 비롯하여 회사 및 상업, 기업 및 은행, 국제투자, 기반시설건설, 지적재산권을 각각 전담하는 위원회 체제로 구성되어 약 1,500명 가량의 법률전문가들이 일하고 있습니다. 그를 위해 중국 사법부와 증권감독관리위원회 등의 심사를 거쳐 증권업무 취급 자격을 취득했고, 그밖에도 지적재산권, 각종 투자업무, 외자기업 주식 관련 업무를 다룰 수 있는 자격 등을 취득했습니다."

■ 그런 각각의 업무마다 정부의 자격허가가 필요한 모양이군요.

"물론입니다. 정부의 기능이 나눠지니 사법부를 중심으로 국가계획위원회, 경제무역 파트 등 각각의 유관기관으로부터 별도의 자격을 취득하는 거죠. 그렇게 자격을 취득하는 것은 전문성을 보장받는 것이니 의뢰인에게 신뢰를 줄뿐 아니라 이익보호에도 유리한 일입니다. 우리는 그밖에도 미국 뉴욕증시, 나스닥증시를 비롯하여 홍콩, 싱가포르, 호주 등 여러 나라 증권 교역기구로부터 승인을 받아 증권 발행 및 상장, 합병 등의 업무를 하고 있습니다."

■ 중국기업의 증시상장 상황은 어떤가요.

"매년 약 100여 기업이 주식상장을 신청하지만 실제 상장되는 것은 1년에 한두 개에 불과한 실정입니다. 자격 요건에 달하지 못해서가 아니라 중국 증시의 안정적 발전을 위해서죠. 그렇지만 중국기업이 다른 나라 증시에 상장하는 것은 사실상 허가된 상태입니다. 우리 귀하오는 이미 중국 내 여러 증시에 상장된 기업 중 약 8분의 1에 해당하는 기업의 상장 업무를 처리했던 터라, 이를 바탕으로 해외 증시 상장을 적극적으로 추진하고 있습니다."

■ 한국에서도 계획이 있나요.

"아직 구체적 계획이 마련된 것은 없습니다. 그렇지만 빠른 시간 내에 한국의 유수한 로펌과 손잡고 주식상장은 물론 경제 합작에 관한 여러 업무를 하고 싶은 바람은 있습니다."

■ 현재 귀하오와 법률계약을 맺고 있는 중요 기업을 든다면.

"중국 기업으로는 중국민항을 비롯한 주요 항공사, 공상은행 등 주요 은행, 중국석유, 국가핵전(원자력발전소)기술공사, 주요 투자회사 등 수백 개 기업이 있고, 글로벌기업으로는 펩시콜라, 포드자동차, 모토로라, 지멘스, 인도 타타 등 여러 기업과 법률고문 계약을 맺고 있습니다."

변호사는 선망 직업이 아니다

문득 IMF 외환위기로 국내기업을 인수했다가 막대한 차익을 남기고 되팔아서 이른바 '먹튀' 논란을 남긴 '론스타사건'과 같은 경우, 그들의 변호인으로 나서 국민적 원성을 사는 국내 로펌이 생각났다.

■ 중국의 경우 외자기업의 변호인으로 실제 법정에서 그 이익을 보호하는데 별다른 장애는 없나요.

"변호사는 기본적으로 의뢰인의 이익을 최우선으로 합니다. 그것은 내국인이든 외국인이든 마찬가지입니다. 설령 의뢰인 측의 불법적 행동을 포착했더라도 그 사실을 사법기관에 신고하면 불법과 관련한 처벌은 피할 수 있을지 몰라도 업무상 지득한 비밀보호라는 변호사로서의 기본적 의무를 위반한 것이기에 변호사 자격은 취소됩니다. 그것은 어느 나라나 마찬가지일 것입니다."

■ 그래도 국민정서나 자국 기업 보호의식이 강한, 특히 막강한 힘을 가진 정부라면 좀 다를 수도 있을 것 같은데요.

"소크라테스는 법률은 감정 없는 지혜라고 했습니다. 법을 다루는 사람은 자신의 업무에서 감정을 배제해야 한다는 것이죠. 법관도 그렇지만 특히 변호사는 더욱 그 원칙을 지켜야합니다. 또한 중국 역시 법률 그 자체로는 변호사의 법률행위에 부당한 제한은 없습니다. 우리는 그렇게 국가가 제정한 법률의 틀 안에서 스스로를 보호할 장치를 마련해놓았기에 어떠한 경우라도 부당한 해를 입는 경우는 없을 것입니다."

■ 지난 해 난징사무소 개소식 때 있었던 자본시장논단이 흥미로웠습니다. 그런 행사를 준비하자면 노력과 경비가 적지 않았을 텐데요.

"로펌은 법률을 다루는 일을 하지만 기본적으로는 서비스업입니다.

안개와 스모그로 뒤덮힌 창장변 항구. 1만톤 급의 배가 강 항구에 접안한다

더구나 날이 갈수록 자본시장이 커지는 상황에서 단순히 기업고문 역할이나 의뢰받은 사건 처리에 그치는 것이 아니라, 우리가 먼저 나서 기업가와 전문가를 연결해주는 것이 한 발 앞서가는 서비스라는 생각입니다. 또 우리는 그렇게 해서 더 많은 고객을 유치할 수 있고요. 실제 개소식 행사 이후 이틀 만에 굴지의 기업 두 곳과 고문 계약을 체결할 수 있었는데, 자본시장논단이 신뢰를 얻는데 큰 역할을 했습니다."

프랑스 보르도 지역의 유명 포도주회사를 중국 주류업체가 인수했다는 보도를 보고 평위엔 변호사로부터 궈하오가 주축이 되었다는 이야기를 들은 바 있었다.

■ 프랑스 보르도 지역 포도주회사 인수 건도 그런 경우인가요.

"예. 우리 프랑스사무소에서 경제위기로 인해 그쪽 포도주회사가 어려움을 겪고 있다는 사실을 파악하고, 먼저 보로도 회사와 인수 조건에 대한 협의를 한 후 귀하오와 고문계약을 맺고 있는 중국 주류회사 중 조건이 합당한 회사를 선정해 인수를 권했죠. 사실 기업은 현재의 회사 경영에 더 많은 집중을 기울일 수밖에 없으니 바깥으로 눈을 돌리거나 미래를 계획하는데 한계가 있습니다. 그럴 때 전문가들로 구성된 우리와 같은 로펌이 현재 상황 및 미래가치에 대한 냉정한 평가로 손익을 따져 추천한다면 기업으로서는 훨씬 수월하게 결정을 내릴 수 있는 일이죠. 그런 일이 앞서가는 법률서비스일 것입니다."

■ 중국에도 전관예우가 있나요. 아무래도 관시의 전통이 깊은데.

"사람 사는 세상에 아주 없지는 않겠죠. 하지만 그런 껄끄러운 문제를 피해가기 위해 여러 가지 법률적 제한을 마련해두고 있습니다. 이를테면 판검사 출신 변호사나 고위공무원 출신은 일정기간 재임 중 자신이 다루던 업무와 관련된 일에는 관여할 수 없게 하는 규정 같은 것이죠."

■ 지금 귀하오의 대표는 어떤 분인가요.

"이전의 주석(主席)은 위닝(于寧)변호사로 중국변호사협회 6대 회장을 역임한 분이었고, 지금은 뤼홍빙(呂紅兵) 변호사인데 현재 중국변호사협회 부회장으로 있습니다."

밑도 끝도 없이 체포 당하는 경우도

■ 한국 뿐 아니라 여러 나라에서 변호사는 상당히 선망 받는 직업인데 중국도 그런가요.

"예전에 한국의 경우는 신부가 열쇠 3개를 가지고 온다는 이야기를 들었습니다. 그 부분에서는 저도 한국에서 태어났으면 좋았겠어요.(웃음) 하지만 중국에서는 사법시험 통과가 신분상승의 효과를 가져다주거나 높은 선망의 대상이 되지는 않습니다. 현재 중국에는 약 20만 4천 명 정도의 변호사가 있는데 그들 대부분이 조금 나은 조건의 직장인, 특히 평생직장을 갖게 되었다는 안도감을 가지는 정도일 뿐입니다."

■ 그럼 어떤 직종이 가장 선망의 대상인가요.

"지금 중국에서 가장 인기 있는 직업이자 일등신랑감은 고위직으로 나아갈 수 있는 공무원입니다. 판사 및 검사도 변호사와 비슷한 정도고요."

■ 의외군요. 그런데 같은 궈하오 소속의 왕웨이둥 변호사가 원자바오

최고인민법원 근처에 자리한 개인 변호사 사무실. '정의'라는 이름과 옛 건물의 정취가 정겹다

톈안먼(天安門) 광장 인근에 있는 중국최고인민법원. 청사 사진 촬영조차 삼엄하게 제지했다. 최근 명청시대 조선사절의 숙소였던 '옥하관(玉河館)' 자리인 것으로 밝혀졌다

총리의 미국 뉴욕타임스 보도와 관련해 변호인으로 선임되었다는 보도가 있더군요.

"그렇게 알고 있습니다. 하지만 변호사는 각자의 업무에 대해 비밀을 지킬 의무가 있기 때문에 절친한 사이라 해도 그 내용을 알려줄 수 없는 것이기에 자세히는 알지 못합니다."

역시 정치적 사안에 대해서는 말을 아낀다. 가까운 사이지만 애초 인터뷰에 응하는 조건이 정치적 사안에 대해서는 질문하지 않는 것이었다. 어차피 이번 인터뷰는 로펌을 중심으로 한 중국 법률시장의 특성을 알아보는 것이기도 했다. 그렇더라도 중국의 인권상황, 아니 굳이 예민하게 받아들이는 인권이라는 말은 피하더라도 형사사법 절차에서의 문제점은 그 원칙이나마 알아보고 싶었다.

몇 년 전, 이런 일이 있었다. 베이징에 상사 지사장으로 나와 있던 친구의 운전기사가 어느 날 아무런 말도 없이 출근하지 않았다. 친구는 워낙 성실한 사람이니 집에 무슨 일이 있나 보다, 라고만 생각했다. 며칠이 지나도 아무런 연락이 없어 집에 전화를 했더니 마찬가지로 전화 한 통 없었다

평상시에도 톈안먼 광장에 들어가려면 엄격한 검문을 거쳐야 한다. 아무래도 국민의 광장은 아닌 모양이다

는 것이었다. 그렇게 일주일을 넘기자 친구는 어쩔 수 없이 다른 사람을 채용했다. 4주쯤이 흐른 뒤 그 운전기사가 회사에 나타났다. 사연을 물으니 그의 친구가 사기 사건에 연루되었는데 평소 통화가 잦았다는 이유로 공범의 의심을 받아 공안에 체포돼 있었다는 것이다. 물론 그는 공범의 혐의를 벗고 풀려났다. 하지만 4주가 넘는 기간 동안 그는 직장은 물론 가족에게조차 아무런 연락도 취할 수 없었다. 성실한 청년이 오직 범죄 혐의자인 친구와 통화가 잦았다는 이유만으로 장기간 구금되고 직장마저 잃게 된 것이다. 그럼에도 그는 국가로부터 어떤 보상도 받지 못했다.

외국인의 경우라고 크게 다르지 않다. 몇 년 전, 한국의 한 카지노회사 직원 두 사람이 의뢰받은 중국 VIP고객 영접을 위해 베이징 수도공항을 빠져나오다가 체포됐다. 그 고객이 고위공무원으로 부패혐의로 조사를 받고 있었기 때문이다. 사실 우리 상식으로 따지자면 고객 영접을 의뢰받은 회사원이 범죄혐의를 받을 까닭은 없는 일이다. 그러나 그들 두 사람은 1년이 넘는 시간 동안 낯선 남의 나라 감옥에서 수감의 고통을 겪고 난 뒤, 그것도 집행유예의 형으로 겨우 풀려나 귀국할 수 있었다. 일종의 부패방조 혐의였던 모양이다. 이해할 수 없는 일이지만 더욱 문제인 것은 형사사법 과정에서의 인권 침해였다.

당장 직원의 구금을 알게 된 회사 측이 발 벗고 나섰으니 대사관 영사부도 최선을 다했지만 수감된 이들에 대한 외교관의 면회조차 며칠이 지난 뒤에서야 가능했고, 회사나 가족의 면회는 한 달도 훨씬 지난 다음에 그것도 특별히 허가를 받아서야 가능했다.

법 · 정의보다는 경제적 이익이 우선

사실 중국 현지에서 우리 국민과 관련해 벌어지는 여러 사건들을 지켜보면, 언론의 비판은 우리 잣대에 따른 요구사항이지 현지 사법기관을 직접 상대해야 하는 영사부의 어쩔 수 없는 한계와 고충은 이해가 되는 면이 있다. 나라마다 그 문화에 따라 법규와 집행과정이 다른 것이니 우리네 상식만을 주장할 수는 없는 노릇이기 때문이다. 하지만 아무리 그렇더라도 문제가 있고 빠른 시일 내에 개선될 기미도 보이지 않는다. 그렇다면 장래에 법률가가 될 중국 법대생들의 생각은 어떨까?

아무래도 법대는 베이징대학이 우선으로 꼽히니 인터뷰 대상을 물색하던 중 중국교포 여학생이 눈에 띄었다.

진원단(金文丹). 1990년 생으로 헤이룽장(黑龍江)성 하이린(海林)시에 태어나 그곳 조선족실험소학교와 중고등학교를 졸업하고 베이징대학 법학과에 입학해 지금 4학년이다. 그 나이 또래 중국교포의 후예로서는 드물게 할아버지의 고향 부산과 금령(金寧) 김씨 본관을 머뭇거림 없이 말한다. 기특하다. 그녀의 아버지는 하이린시 치안대대(治安大隊) 소속

공안(公安 : 경찰)이고 어머니는 가정주부란다. 외동딸이고.

■ 부모님이 많이 자랑스러워하겠어요.

"아무래도……."

수줍은 미소가 예쁜 얼굴에 귀엽게 번진다.

■ 법학과를 지원한 특별한 이유가 있었나요.

"아버지가 원하셨어요."

■ 막상 법학 공부를 해보니 어때요.

"재미있어요. 그런데 지난해 9월에 있은 사법고시에서 낙방해 올해는 꼭 합격하려니 힘이 많이 들어요. 그래도 이번 겨울방학에는 일본에 한 달 반쯤 가요."

■ 무슨 일로요.

"일본 스미토모(住友)화학회사 법률팀에 인턴사원으로 일하게 돼서요. 스미토모 재단에 그런 프로그램이 있어요."

■ 말이 조선족 말이 아닌 정확한 한국말인데.

"고등학교 때 윤동주문학상을 수상해 포상으로 한국에 다녀온 적이 있고, 대학 때 2차례 더 가서 어학연수를 했어요."

■ 우리 역사에 대해서는 잘 아나요.

"잘은 몰라도 고향인 하이린에 항일투쟁 시기 김좌진 장군님의 유적지가 있어 관련된 역사는 아는 편이에요. 손녀 되시는 김을동 국회의원님이나 아드님인 송일국 씨도 먼 발치에서 몇 차례 본 적이 있고요."

중국동포 법대생 진원단. 해맑은 웃음이 예쁘다

■ 송일국 씨 팬이겠군요.

"예, 열렬한 팬이에요. 꼭 한 번 직접 만나고 싶어요 (웃음)."

■ 중국 사법시험 제도는 어때요.

"예전에는 2년에 한 번 있었다는데 지금은 1년에 한 차례, 9월에 있어요. 시험과목은 첫 시간에 헌법, 경제법, 법리학, 법제사, 국제법, 변호사직접윤리 같은 일종의 기본지식을 시험 봐요. 2교시에는 형법, 형사소송법, 행정법, 행정소송법을 보고요. 3교시에는 민법, 상법, 민사소송법 등. 4교시는 사례분석, 문서작성, 논술 등이고요. 그걸 이틀 동안에 다 보는데 기본적으로 한국의 사법고시처럼 문턱이 아주 높은 건 아니에요. 우리 베이징대의 경우는 대략 졸업생의 60퍼센트 정도는 시험에 통과해요."

■ 사법고시에 합격하면 다음 과정은 어떤가요.

"변호사 수습 1년을 거치면 기본적으로 변호사자격증을 갖게 되요."

■ 검사나 판사가 되려면.

"채용시험을 다시 거쳐야죠. 그리 어렵지는 않아요."

■ 본인은 사법고시를 합격하면 어떤 길을 갈 계획인가요.

"로펌에 들어가 변호사로서 일할 거예요."

■ 판사나 검사를 더 선호하지 않나요.

"한국과는 달라요. 중국에서는 판사와 검사에 대한 국민적 인식이 낮은 편이에요. 다른 선진국처럼 법의 위엄이 높지 않으니까요."

■ 위엄이 높지 않다니 무슨 말인가요.

"아무래도 현실과 모순되는 법규도 많고 세부적인 조항도 부족해 국민의 인식과 괴리가 있으니까요."

역시 공권력의 막강한 힘만으로 존중받는 권위를 얻을 수는 없는 모양이다.

법윤리에 관한 수업은 그리 많지 않아

■ 어떤 로펌을 원하고 무슨 일을 하고 싶어요.

"외국계 로펌에서 경제와 관련된 일을 하고 싶어요. 그래서 지금도 민법과 상법을 주로 공부해요."

■ 수입 때문에요.

"예. 국내 로펌은 초임이 월 5,000위안(약 87만 원) 정도지만 외국

최근 준공된 베이징대학 법학관 위용. 현 중국 총리 리커창(李克强)의 모교이다

계 로펌은 일반적으로 1만 5,000위안은 보장돼요. 물론 변호사는 기본적으로 자신의 사건처리에 따른 수입을 보장받는 거지만요. 그리고 경제 관계의 일이 아무래도 수입이 크니까요."

망설임 없는 답변에 조금은 가슴이 막힌다. 펑 변호사의 말 그대로 평생 안정적인 직장을 위한 공부인 셈이다. 어쩌면 차라리 그렇게 정직한 편이 말뿐인 '정의' 운운의 허울을 내세우는 것보다는 나은지도 모르겠다고 자위해본다.

■ 법률가로서 사회정의나 윤리에 대해서는 어떻게 생각하나요.

"실제로 법윤리에 관해서는 수업도 그렇게 많지 않아요. 그건 철학에서 다루는 문제로 생각하니까요. 다만 수업시간에 형사법의 애매모호한 부분이나 비이성적인 부분에 대한 비판과 개선을 말하는 교수님들은 많아요. 특히 우리 베이징대는 전통적으로 개방적이고 자유로운데다가 교수님들은 반골인 편이니까요. 학생들도 그런 부분에 동의는 하지만 그건 국가가 할 수 있는 일이지 저희들로서는……. 그렇지만 사회적으로 법률에 대한 관심이 점차 뜨거워지고

베이징대 법대 강의실. 방학 중이라 썰렁하지만 한 학년 평균 정원은 180여 명이다

있으니 나름 좋은 방향으로 발전하고 있고, 되리라는 생각입니다."

■ 중국 형사법에 인신구금에 관한 규정은 어떤가요.

"기본적으로는 무죄추정의 원칙이나 죄형법정주의를 원칙으로 삼습니다. 공안이든 검찰이든 인신구금을 할 때는 구류증을 제시해야 하고, 24시간 이내에 그 사실을 가족에게 알려야 합니다. 구류 후에는 3일 내로 영장을 신청해야 하고, 7일 이내에 그 결정을 내려야 합니다. 특수상황에서는 신청과 결정에 있어 1~4일 간의 연장이 가능하고요. 외국인의 경우는 체포 시 해당 검찰원 소속의 성(省)급 검찰원 및 정부, 외사(外社) 부분의 동의가 있어야 하고, 그 기간도 2개월을 원칙으로 특수한 경우 1개월이나 2개월을 연장할 수 있습니다."

결국 특수상황으로 가정하면 재판에 회부되기 전 수사기간만 길게는 4개월을 넘길 수 있는 법규이다. 하지만 그마저도 원칙이 지켜지는지 알 수 없는 노릇인 게 더 큰 문제이다. 게다가 일선에서 만나는 공안은 범죄의 혐의가 있는 자를 구금하면 한 달간은 그 사실을 알려줄 의무가 없다고 당당하게 이야기한다. 법규에 대한 개인적인 착오인지 공공연한 현실인지 알 수 없는 일이다.

5,000여 년 된 중국법 역사

중국은 서양에 못지않게 아주 일찍부터 법률체제를 구축한 나라이다. 여러 사서(史書)에는 5,000년 전의 하(夏)나라 때부터 죄인을 구금하는 감옥과 그것을 관리하는 색부(穡夫)라는 관직이 보인다. 또 주(周)나라 대에 이르러서는 관리의 음풍(陰風), 무풍(巫風), 난풍(亂風), 즉 문란한 행동에 대해 묵형(墨刑 : 신체에 글자를 새겨 죄지은 자임을 알리는 형벌)으로 처벌하는 법규를 만들 정도로 자못 세분화되고 엄정했다. 다만 예(禮)를 통치의 근간으로 삼아온 전통은 법의 추상화를 가져와 권력자에게 자의적 해석의 여지를 남겼었다.

중국에 근대법이 들어온 기점은 1911년의 신해혁명으로 볼 수 있지만 실제 구체화된 것은 1948년 현재의 중화인민공화국이 건립된 때로 보아야 할 것이니 우리나라보다는 다소 늦은 편이다. 게다가 중국은 권위적 정치체제의 장기화로 법치보다는 인치가 더 우위에 있은 게 사실이니 법률적 발전이 늦을 수밖에 없었다. 최근에 들어 그런 중국의 법 제도도 점점 선진화의 과정을 밟고는 있지만 아직은 요원하다는 것이 보편적 법상식에서 바라보는 시각이다.

어쨌거나 미래의 주인공이 될 법학도들마저 대부분은 법 정의보다는 경제적 이익을 우선으로 생각한다는 것은 암울한 일이다. 하지만 경제건 무엇이건 어느 한 분야에서의 발전은 다른 분야의 발전을 이끌고 압박하는 것이 될 터이니 기대해본다.

그래도 교훈은 있다. 전관으로서의 후광과 권위로 독점적이고 특혜적 이익을 기대하는 풍조보다는 앞서가는 적극적 자세로 수요를 창조하는 그들의 태도는 배워야 할 일이다. 법률수요에 앞서 제공하는 지식서비스, 수지와 발전가능성을 먼저 따지고 확인해 기업에 제공하는 적극적 마인드 역시 자본주의보다 더 자본주의적인 사회주의 경제체제 하의 그들이다.

마치 특별한 선민(選民)이라도 된 듯한 우월의식에 젖어 사회 전 분야에서 이익을 독점하고 대물림하려는 일부 율사들의 행태는 많은 이들의 가슴에 사회적 분노를 쌓게 하는 게 솔직한 우리들의 현실 아닐까. 더구나 겉으로는 선인(善人)의 미소를 지으면서, 명확히 드러난 과오에도 기어이 버텨보려는 인사청문회에서 흔히 보는 뻔뻔함이라니. 지금 우쭐해하는 우리가 오히려 중국의 반면교사가 되고 있는 것은 아닌지 두렵다.

화타(華陀)의 후손, 현대의 신의(神醫)들

— 중국인들 “야오(姚)씨 집안에서 문진 한 번 받아봤으면 여한이 없을 텐데……”

— 장중경의 『상한론(傷寒論)』, 환자와 병증의 개별화로 난치병 다스리는데 유리

— 신의(神醫)들의 도제식 교육 받으려 일본인 줄이어…… 한국인은 거의 없어

〈닥터 진〉〈마의〉〈골든타임〉〈제3병원〉〈더 바이러스〉…… 병원과 의사를 주제로 한 드라마가 줄을 잇는다. 일부러 들여다보면 결국은 차별 없는 인간존중이 본연의 자세이고, 그것을 실천한 이들이 감동적인 결과를 얻는다는 이야기인 듯싶다. 하지만 과연 현실도 그러할까.

지난 해, 우리나라 최고 의과대학 1, 2학년생들의 베이징 탐방연구 발표에 강평을 요청받은 적이 있다. 역시 수재라 할 만한 젊은이들이었다. 아무리 인터넷에 자료가 널려 있다지만 불과 1주일 사이에 그처럼 정연(精硏)한 발표를 할 수 있을까. 그런데 하나같이 결론은 한국 의료계의 중국인 유치를 위해서는 성형술을 더욱 발전시키고 홍보를 강화해야 한다는 것이었다. 나는 실망했고, 눈치도 없이 쓴 소리를 내뱉고 말았다. ‘이제 의사로서의 첫 발을 뗀 수재들이지만 실망이 크다. 의사의 길로 들

어셨으면 우선 본연의 자세가 인간존중임을 자각하고 가슴속에 심어야지 기껏 의술로 돈이나 왕창 벌겠다는 결론이냐' 는 요지였다. 분위기는 싸해졌고 의례적인 박수조차 나오지 않았다. 머쓱해져 나오는데 지도교수가 '큰일 났습니다. 저 친구들 김 선생님 책은 절대 안 사볼 테니' 하며 너털웃음을 터트리더니 진심으로 고맙다며 고개를 숙였다. 자신도 언제나 그 말이 목구멍까지 차오르지만 만약 소리로 내뱉었다가는 퇴출을 우려하게 될지도 모른다는 것이었다.

어찌 어린학생들만 탓할 수 있으랴. 의술이 상술이 된 것은 이미 한참 전이고, 앞으로도 제자리로 돌아갈 기미는 도무지 보이지 않으니 말이다. 게다가 의사, 한의사, 약사 등으로 갈라져 저마다의 이권을 위해 수시로 삭발하는가 하면 환자를 볼모로 한 진료파업까지 서슴지 않는다. 참으로 개탄하지 않을 수 없는 노릇이다. 그럼 다른 나라, 특히 중국은 우리 의학계가 은근한 우월의식까지 갖고 있는 듯싶은데 그들의 실제는 어떨까.

현대판 화타 가문, 장시성의 "야오 씨"

누구나 몸이 아프면 한번쯤 최고의 명의(名醫)를 만나봤으면 하는 바람을 가질 것이다. 중국에도 그런 이들이 몇 있는데 '문진 한 번 받아봤으면 죽어도 여한이 없겠다' 는 가문이 있다. 바로 장시(江西)성 출신의 야오(姚) 씨 가문이다. 현재 야오춘링(姚春齡), 야오메이링(姚梅齡), 야오지링(姚芷齡 : 여) 3남매가 가문의 의술을 잇고 있는데 춘링과 메이링은 난치병 전문의로, 지링은 부인과 전문의로 명성이 높다. 그들 중 둘째

야오메이링을 만나기로 했다.

1944년생으로 현재 광둥(廣東)성 선전시에서 진료하고 있는 야오메이링은 특이한 경력을 가진 의사이다. 그는 장시중의학원(江西中醫學院)에서 수학하며 속칭 '중의'로 불리는 전통의학과 서양의학(약칭 서의)을 같이 배웠다. 물론 그것은 그의 경우만이 아니다. 중국 의대는 5년제로 우리의 예과(豫科) 과정은 없고 1학년 때 중의를 배운 뒤, 2학년부터는 중의와 서의를 같이 배운다. 또 3학년부터는 동 · 서의 전 과(科)에 대한 임상실습도 병행한다. 그러니 사실상 중국에서 중의와 서의의 구분은 큰 의미가 없는 셈이다. 그런데 특히 메이링은 응급의학에 심취해 모교의 응급학과 주임을 지내는 등 서의로서 20여 년간 활동했다. 그런 그가 지금은 중의로 난치병을 치료하며 가문의 명성을 이어가고 있으니 그의 입을 통하면 전통의학과 서양의학의 차이와 접점을 찾을 수 있을 것 같았다.

야오메이링, 20년 응급의학 경력을 접고, 16대째인 중의학 가문을 뒤잇고 있다

그를 찾아간 2013년 3월 13일, 선전 M병원 진료실에서는 메이링이 홍콩 국적의 30대 초반 여성을 진료하고 있었다. 그녀의 병명은 강직성 척추염으로 척추의 관절과 인대가 점차 뼈로 변화하여 굳어지는 만성질병으로 엄청난 고통을 수반한다. 그런데도 환자와 보호자, 의사 모두가

연방 환한 웃음을 짓고 있었다. 보호자의 말을 들으니 거의 움직이지 못한 상태로 찾아와 오늘로 다섯 번째인데, 통증이 줄어든 것은 물론이고 그새 거동에도 큰 불편이 없을 정도로 호전돼 휴직했던 직장을 다시 다니기까지 하니 저절로 웃음이 나온다는 것이었다. '전설의 고향' 같은 이야기가 황당해 진료기록까지 슬며시 봤지만 온전한 사실이었다.

■ 환자 치료에는 주로 어떤 방법을 씁니까.

"나는 전적으로 중약(中藥 : 한약)을 씁니다. 그것도 많은 양이 아니라 한 차례에 너댓 첩이죠."

■ 오직 중약만으로 난치병이 그처럼 빨리 호전되는 게 가능한 일입니까.

"『상한론』에 근거해 질병의 원인과 변화를 정확하게 파악하면 가능한 일이지요."

『상한론(傷寒論)』은 후한(後漢) 시대의 장기(張機, 자는 仲景 : 150년~219년)가 저술한 의학서로 『상한잡병론(傷寒雜病論)』으로도 불린다. 그는 일찍이 전염병과 내과에 해당하는 여러 질병에 정통했는데, 서로 다른 여러 전염병에서 공통점을 찾아 제약(製藥) 요법을 만들기도 했다.

■ 『상한론』의 핵심을 요약하자면 어떤 건가요.

"장중경 선생이 『상한론』에서 말하는 가장 중요한 핵심은 모든 질병은 본질에 따라 분류하고, 그 병의 발생과 발전을 변증의 방법으로 조사하여 각각의 특성에 따라 치료방법을 찾아야 한다는 것입니다. 여기서 말하는 변증은 경찰이 범인을 잡을 때 그러하듯 원인부터 진행과정까지 철저히 추적하여 증거로서 확인하라는 의미인데,

그것은 매 병이 동일한 이름으로 진단된다 할지라도 각각 개별적 특성을 가지니 그 점을 놓쳐서는 안 된다는 것입니다."

■ 좀 더 구체적으로 말해주신다면.

"가장 흔한 당뇨병을 예로 들어 봅시다. 지금 우리는 일반적으로 당뇨병이라는 진단을 내리면 대부분 비슷한 처방으로 치료하려 합니다. 그렇지만 카테고리는 당뇨병에 든다 할지라도 그것의 발병 원인은 사람에 따라 다르고, 그러한 만큼 병의 진행도 각각 다른 특성을 띠게 된다는 것입니다. 그런데 그런 개별적 특성은 배제하고 객관적 틀로만 치료하려니, 그 효과가 없거나 심지어 악화되는 경우도 있게 된다는 것이지요. 당초에 인류는 병을 귀신이 들린 것이라 생각해 주술사에게 의지했지요. 그러던 것이 3,500년 전쯤 아유르베다로 불리는 인도 의학에서 3,500여 가지 질병으로 분류됐고, 그것이 이집트 – 아랍 – 희랍으로 넘어가며 현대 서양의학의 밑바탕이 된 것입니다. 그렇지만 현대의학은 아직도 질병분류학에서는 고대 인도에서 분류한 카테고리를 크게 벗어나지 못하고, 그저 조금 더 세분화된 정도입니다. 하지만 장중경 선생은 이미 1,800년 전에 각각의 증상과 질병의 본질에 따라 병

의료의 기본 정신은 사람과 자연이다

증을 분류하는 이론을 설파했고, 『금궤요략(金匱要略)』이라는 저서를 통해서는 황달, 설사, 기침 등 증상의 특징에 따라 질병을 분류했는데, 이는 현대 서양의학과 그 궤를 같이합니다."

중의는 5천 년간 검증 거친 학문

■ 서양의학자가 들으면 좀 섭섭할 것도 같습니다.

"비판하자는 것이 아니라 본질을 정확히 알자는 것입니다. 지금 중의는 질병이 발전 단계마다 변화한다는 것을 알아냈습니다. 또 그 변화마다 각기 다른 병으로 봐야하는 것이기에 단일한 처방이 아니라 복합적인 처방으로 바뀌었고, 실제 여러 난치병 임상에서도 효과를 거두고 있습니다. 물론 그것을 관찰하는 과정은 철저히 변증의 원칙에 따르고요. 서양의학에도 훌륭한 점은 많습니다. 외과적 수술도 그렇고, 단순한 방법으로 다수의 사람을 치료할 수 있는 것도 탁월한 점이죠. 그러나 일괄적인 치료는 개개인 병증의 뿌리를 뽑기에는 한계가 있지요. 외과수술도 그렇습니다. 어쨌거나 인간의 신체는 소우주인데 그것에 칼을 댄다는 것은 파괴를 동반할 수밖에 없는 것이지요. 그러니 어쩔 수 없는 경우에는 수술해야겠지만 최소한에 그쳐야 하는데 현실은 수술이 너무 남발되고 있는 실정입니다."

■ 응급의학에서는 서의가 훨씬 효과적이지 않을까요.

"저도 서의로서 20여 년간 일했고, 특히 응급의학을 전문으로 했습니다. 하지만 응급이라고 반드시 서의여야 한다는 생각은 틀린 것 같습니다. 찢어지고 부러진 것 같은 외상의 경우는 그렇다 하더

환자, 의사, 보호자는 병과의 전쟁을 치르는 한 몸의 전우란다

라도 심장계 질환, 복통, 급성장염 등 다양한 내과적 질환에도 응급의학이 소요됩니다. 그런 내과적 질환의 경우에는 중의로도 충분히 응급조치를 취할 수 있으며, 그것이 후속치료와 관련하여 훨씬 효과적이고 순리적이기도 하지요."

■ 서의에서 중의로 전환한 것도 그런 이유입니까.

"반드시 그렇게 말할 것은 아니지만 점점 흔해지고 있는 난치병 치료에는 중의가 훨씬 효과적이라는 판단이 섰습니다. 또 모든 병은 근치(根治)가 필요한데 서의로는 한계를 느끼기도 했고요."

■ 중국의대에서는 중의와 서의를 함께 가르치더군요.

"서로를 기피할 이유가 없지요. 의학은 기본적으로 인간을 위한 것입니다. 더 나은 것이 있다면 기꺼이 받아들이는 게 옳은 자세이지요. 더구나 이제는 통섭의 시대 아닌가요 (웃음).”

■ 오직 약으로만 치료를 하나요.

“필요하다면 침도 쓰기는 하지만 대부분은 약으로도 충분하지요. 병의 실체를 파악하기 위해서는 서의의 여러 과학적 검사 결과도 충분히 참고하고요. 제가 중약을 선호하는 것을 두고 일부에서는 과학적으로 검증되지 않은, 운운할 수도 있겠지만 내 생각은 다릅니다. 수치화, 계량화된 소위 과학적인 것만이 증명된 바른 것은 아닙니다. 오히려 그런 수치화는 매사를 단순화시켜 개별적이고 복합적인 것에는 바르게 대처할 수 없지요. 우리 중약은 신농(神農 : 중국 약의 신)씨 이래로 이미 5천 년 이상의 역사 속에서 실제적 검증을 거친 것입니다. 현대 과학으로 설명할 수 없는 것은 오히려 과학이 아직 그만큼 따라오지 못했다는 뜻일 수도 있는 것이지요.”

■ 집안이 대대로 의사 가문이더군요.

“16대를 이어져오는데 애초에는 산둥(山東)성에 살았다가 장시성으로 옮겨왔습니다. 돌아가신 제 아버지 야오허성(姚荷生)은 장시 중의학원 총장을 지내기도 하셨는데, 선대로부터 연구해온 『상한론』과 진맥학 관련 중의학을 집대성하셔서 형님을 필두로 우리 형제들이 그에 대한 정리와 지속적인 연구를 하고 있습니다.”

중국 의사 초봉은 한국돈 약 50만 원

지금 중국에서 의사의 위상은 그리 높지 못한 편이다. 보수 면에서 우리의 상상을 초월할 정도로 열악하기 때문이다. 의사 초임이 3천 위안(약 50

만 원) 정도에 불과한 곳이 허다한 실정이다. 물론 야오 가문의 의사들처럼 명성이 높으면 이야기는 달라진다. 메이링에게 진료 받는 홍콩 환자의 경우 1회 진료비가 300위안(약 5만원)이었다. 그렇지만 먼저 30분가량 조수급 의사가 문진한 기록을 바탕으로, 다시 기본적으로 30분은 직접 문진하니 그리 비싼 진료비는 아닌 셈이다. 그처럼 긴 시간 진료하는 까닭은 '망(望 : 보고), 문(聞 : 냄새 맡고), 문(問 : 묻고), 절(切 : 접촉하는 진맥)' 의 방법으로 환자와 증세를 깊이 들여다보기 때문이다.

채 5분도 안 되는 짧은 의사와의 면담 끝에 처방전이라고 받아들면 허탈하기 일쑤고 불안한 마음마저 들기도 한다. 오진과 그에 따른 의료사고 또한 적지 않다. 그럼에도 우리 현실에서 의사나 병원의 책임을 묻기란 결코 쉬운 노릇이 아니다. 마치 뚫을 수 없는 벽과 같은 그들만의 세상이다.

의사, 한의사, 약사 간의 갈등도 꼴불견이다. 말로는 국민건강을 내세우지만 속내는 저마다의 독점의식, 밥그릇 싸움이라는 것을 모두가 안다. 심지어는 기껏 기계일 뿐인 의료기기도 나만 사용가능하고 너는 안된다며 벽을 쌓는 졸렬함이니 무슨 통섭을 기대하랴. 아무리 세계적인 명의라도 대한민국 의사면허증 없이는 환자에 대한 직접 진료는 불가능하다. 그래서 저명한 의사를 초빙해 놓고도 그저 국내 의사에게 자문이나 하게 할 뿐이다. 그러면서도 자신들은 외국의 그 대학에서 공부했음을 자랑스럽게 내세우고 으스댄다. 중국은 물론이고 외국 어디에서 의학을 공부했건 그들의 세상에서 자격을 취득하려면 다시 처음부터 시작해야 한다니 무슨 오만인가. 중간에서 골병드는 건 국민들뿐인데 법을 개

정해야 할 국회는 그들의 눈치를 보느라 전전긍긍이다.

인터뷰를 마치고 나오는데 병원 문틀 주련의 글씨를 설명해준다. '치학포도원천하귀진(治學布道願天下歸眞 : 학문을 하고 도를 널리 퍼트리며 천하가 본질로 돌아가기 바란다)' 의술마저 돈을 벌고 권세를 자랑하기 위한 것으로 변질된 세상에 대한 경구인 것이다. 또 그 실천을 위해서 '법자연(法自然 : 자연을 본받고) 도양지(道良知 : 참된 지혜를 존중하고) 홍인도(弘人道 : 사람의 도를 널리 알리자)' 를 덕목으로 삼는다고 한다. 의사의 본분을 지키려는 그의 올곧은 심성에 저절로 고개가 숙여졌다.

·

중국의 전설적 신의(神醫)를 손꼽으라면 우선 『삼국지(三國志)』에서 관우(關羽)의 독화살 맞은 어깨를 외과적 수술로 치료했다는 화타(華陀)를 들 수 있을 것이다. 현대 중국에서도 믿기 어려운 성과로 듣는 이의 귀를 의심케 하는 명의들이 있다.

물 한 모금만 삼켜도 즉시 토해버려 며칠째 아무것도 먹지 못했다는 지인이 중요한 일로 중국에 온 적이 있다. 안타까운 마음에 한 의사를 소개했더니 그 자리에서 침 몇 대를 맞고 금방 식욕을 느껴 만두를 먹더니 저녁에는 술까지 마셨다. 그러고도 아무 일 없었으니 놀라울밖에. 서울에 돌아가 그 이야기를 했더니 듣는 이가 이상한 눈빛으로 보다가 '그런 소리 하고 다니지 마. 사기꾼 소리 들어' 하더란다. 그게 만약 미국이나 영국에서의 일이었다면 일단 귀를 쫑긋했을 것이다. 중의에 대한 우리의 막연한 편견은 지나친 면이 있다.

흔치 않은 쾌침법으로 효과 빨라

쾌침으로 신의의 반열에 오른 장스지에

장스지에(張士杰), 올해 83살로 중의약대학(中醫藥大學) 부총장을 지내기도 한 그는 중국에서도 흔치 않은, 정부가 공인하는 국가급 의사이다. 베이징 외곽에서 태어나 대학을 졸업하고 집안에서 하던 중약방 일을 돕다가 침을 배웠다. 그는 우리가 흔히 접하는, 시침(施鍼) 후 일정 시간이 지난 다음 침을 빼는 유침(留鍼)법을 쓰지 않는다. 그가 쓰는 침법은 쾌침(快鍼)으로, 시침 시에 몇 차례 침을 움직여 강한 자극을 준 후 즉시 빼내는 방법이다. 자극에 따른 얼마간의 통증을 수반하기는 하지만 진료시간이 짧고 효과가 빠른 장점이 있다. 하지만 쾌침은 확실한 자신감이 없으면 실행하지 못하는 쉽지 않은 침법이다. 그에게 인터뷰를 요청했더니 아무래도 팔순의 나이가 있는지라 따로 시간을 내기는 어렵고 진료시간에 찾아오면 틈틈이 답변하겠다는 것이었다.

일요일 오전인데도 그의 진료실 앞은 환자들로 북적거렸다. 진료실에는 20대 후반의 여성이 시침을 기다리고 있었다. 극심한 생리통과 복통으로 동·서의 여러 병원을 전전했지만 효과가 없어 장스지에를 찾았다가 빠른 호전을 보고 있다고 말했다. 뒤이은 환자는 갑상선 기능 항진증 휴유증으로 녹내장을 앓아 시력을 거의 잃어버린 30대 중반 여성이었다.

그녀 역시 조금씩 회복되고 있다는 이야기였다.

역시 쾌침법을 사용하니 진료 속도는 빨랐고 그만큼 숨 돌릴 여유도 있었다. 장스지에는 진료실에 성인 남자가 들어오면 진맥 전에 담배를 권하기도 한다. 황당하게 여겨질 수 있지만 환자의 긴장을 풀어주고, 나이 고하와 상관없이 벽 없는 소통을 위한 나름의 방편이다. 그에게는 도제 방식으로 침술을 배우는 제자들이 많다. 제사들에 대한 스승으로서 그의 자세는 엄격하기 그지없다. 아주 작은 실수가 있어도 그 자리에서 불호령이 떨어진다. 의술에서의 실수는 아무리 작은 것이라도 사람의 생명이 달린 일이기 때문이다.

그날따라 어린 환자들이 많았다. 태어나면서 소아마비를 얻어 걸음을 걷지 못하고 두 눈은 사시(斜視)가 된 다섯 살 아이도 있었다. 엄마의 말에 따르면 그간 20번쯤 시술받았는데 두 눈은 빠르게 초점이 잡히고 걸음도 정상에 가깝게 되었다는 것이다. 뇌기능 이상증세를 가지고 태어났음을 한눈에 알아볼 수 있는 어린아이도 장스지에의 침술로 증세가 호전되어 있었다.

직접 듣고 목격한 사실을 쓰면서도 너무 '전설' 같은 이야기라 독자들이 믿어줄까 걱정된다. 그래도 어린 자식을 품에 안고와 시침의 아픔에 내맡기고 함께 눈물지며 희망을 품는 엄마들을 보면 믿어지지 않아도 믿고 싶다. 아니, 꼭 믿어줘야 할 것 같다. 그렇다고 어떤 환자든 다 받는 것도 아니었다. 출산 시 뇌출혈로 뇌경색이 일어나 하반신이 마비된 두 살배기 아이는 간단한 신경반응검사 뒤 부모의 간청에도 단호하게 내쳤다. 수술 후유증으로 회복이 더딜 뿐이니 굳이 돈 들일 필요가 없다는 것

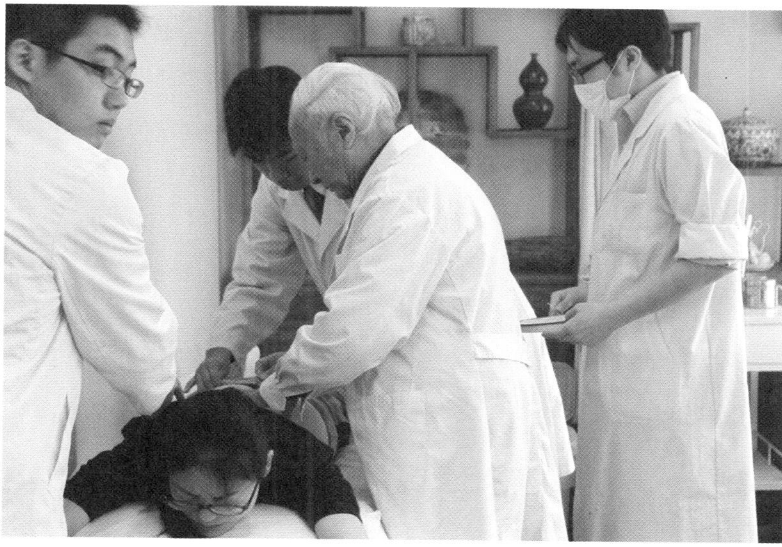

장스지에의 침은 전광석화처럼 빠르고 날카롭다

이었다. 그 부모는 온몸에 보석을 두른, 한 눈에도 돈 걱정은 없어 보이는 사람들이었다. 장스지에 1회 진료비는 중국인은 330위안(약 5만 7천 원), 외국인은 500위안(약 8만 7천 원)에 달한다.

■ 지금 제가 보고 있는 진료실에서의 일을 서양의사들이 보면 뭐라고 할까요.

"누가 뭐라 건 그게 무슨 상관이오. 약이든 침이든 중의든 서의든, 그 어느 것에 우열을 둔다는 건 더구나 의사가 할 일은 아니지요. 내 것이 아니더라도 효용이 있으면 각각의 쓰임새에 맞게 사용하면 되는 일입니다. 의사에게는 환자의 치유가 최고의 선(善)이니까요."

■ 선생님의 침술은 어떤 의전(醫典)에 근거한 건가요.

"중국의 침술은 기본적으로 『황제내경』을 근간으로 하죠. 특히 내가 사용하는 쾌침은 고대에 주로 사용되던 침법인데 지금은 시술할 수 있는 의사가 그리 많지 않아요. 난 쾌침법을 『내경』을 읽으며 혼자서 익혔어요."

선천적 뇌손상도 침술로 치료

『황제내경(皇帝內徑)』은 고대 황제(黃帝)와 그 신하 기백(岐伯)이 의학에 관해 나눈 토론을 기록하는 형식으로 저술된 의학서로 『내경』이라고도 한다. 크게는 「소문(素問)」과 「영추(靈樞)」로 나뉘는데, 「영추」에 침구와 물리요법 등이 상술되어 있으며, 『침경(鍼經)』『구침(九鍼)』 등으로도 불린다.

■ 유침과는 어떤 차이가 있나요.

"유침이나 쾌침이나 기본적인 원리는 같습니다. 중의에서는 사람의 질병은 기가 막히거나 순환에 장애가 발생해 생기는 것으로 보는데, 침으로 그 기를 뚫어줘 소통시킴으로서 치유하는 것이지요. 중의학에서는 사람 몸의 기(氣)는 하루 50번 순환하는 것으로 보는데 그것을 시간으로 계산하면 한번 순환하는데 대략 28분 정도가 소용됩니다. 유침은 그 원리 아래 환자의 증상을 살펴 기가 막히거나 약한 곳에 시침하여 기를 돌게 한 후 한차례 순환할 때까지 자극을 유지하는 것이지요. 반면 쾌침은 시침할 때 자극을 강하게 해 저절로 기가 순환되도록 하는 것인데, 중요한 것은 그 혈자리를 정확하게 짚어내고 어느 만큼의 자극을 줘야하는지에 확실한 자신이 있어야 한다는 것이지요."

■ 정형화하기가 쉽지 않을 것 같습니다.

"결국 왜 이 혈자리냐 하는 문제인데, 유침은 그나마 규범화가 가능하고 실제 많은 진전도 있어요. 그게 중의 발전의 원동력이죠. 그러나 쾌침은 아주 예민한 강도까지 규범화한다는 게 쉽지 않으니 아무래도 오랜 임상경험에 의지할 수밖에 없는 한계가 있지요."

■ 도제식 수업이 최선의 방법일 것 같은데 제자들은 많나요.

"아쉽게도 별로 없습니다. 오히려 일본에서 배우러오는 제자들이 많은 편입니다."

■ 한국인도 있습니까.

"없어요. 특히 한국은 침법과 관련해 아주 중요한 나라인데 아쉽습니다."

■ 중요한 나라라는 것은 무슨 말씀인가요.

"『황제내경』은 춘추전국시대부터 저술되었는데, 수많은 전란 속에서도 지속적인 수정 보완이 이루어져오던 것이 언젠가 사라져버렸습니다. 그게 북송(北宋) 철종(哲宗) 때 고려로부터 다시 전해져와, 수정 보완을 계속해 오늘에 이를 수 있었던 것이지요. 듣기로는 다른 문화와 마찬가지로 침법 또한 중국에서 한국, 다시 일본으로 전해졌는데, 그 무렵 고려의 사신이 일본에서 발견해 한국으로, 다시 중국으로 전해졌다고 합니다. 그러니 한국은 침법에 있어 탁월한 수준에 있었지요. 실제로 고려 때 의관을 선발하는 '의업(醫業)'

과거에는 『침경(鍼經)』이 포함되어 있었고요."

『황제내경』의 저술 시기는 일반적으로 최초로 중국을 통일한 진(秦)대부터 한(漢) 대까지라고 하지만 그렇게 단정할 바는 아닌 듯싶다.

■ 한국과도 교류가 있나요.

"근래까지도 한국의 침법은 아주 뛰어났습니다. 특히 침구학회를 이끌던 신태호 선생은 아주 훌륭한 분이죠. 저도 그분과 교류하며 여러 차례 한국을 드나들었는데 학회에서의 강의는 물론 저명한 분들의 진료도 많이 했지요. 또 그분들이 다시 중국으로 찾아와 진료를 받기도 했고요. 그런데 산업화의 가속에 따라 서구과학에 깊이 빠져들며 점점 침구학을 홀대하더니 지금은…… 오히려 한국에 뒤처지던 일본은 지속적으로 침법을 연구하고 있어 며칠 후에도 중국에서 학회가 열리고, 백 명 이상의 관계자들이 참석합니다. 아쉽고 안타까운 일이죠."

■ 중국 의술의 기본이 되는 바탕은 무엇인가요.

"크게는 말씀드린 『황제내경』과 장중경 선생의 『상한론』입니다. 특히 『상한론』은 환자 병증의 개별화로, 과학이라는 이름으로 일체화에 집중해 생기는 오류를 막을 수 있게 했죠. 또 약학에서는 『본초강목』이라는 탁월한 의서가 있어 기본을 더욱 탄탄하게 했고요."

『본초강목(本草綱目)』은 명(明)나라 이시진(李時珍)이 약으로 쓰이는 1,892종의 자연물을 그 특성과 맛, 기능들을 분석하여 저술한 책으로 1578년에 완성되었다. 지금은 라틴어, 영어, 프랑스어, 독일어, 러시아어 등 수많은 언어로 번역되어 전 세계 약학자 및 식물학자의 전범(典範)이

되고 있다.

침술 배우러 일본인 제자 줄이어

인터뷰가 진행되는 내내 도제식으로 수학하고 있는 일곱 명의 일본인 침술사들은 두 귀를 곤두세웠다. 그들은 길게는 4년에서 짧아도 2년은 매달 일정액의 수강료를 내며 임상에 참여한다. 그중 한 사람을 잠깐 만났다. 1983년 생으로 일본 오사카(大阪) 출신의 요시무라 타카(吉村多加, 여)다.

- 장 선생에게서 수학한지 얼마나 되었나요.

  "1년 조금 넘었습니다."

- 어떤 경위로 장 선생을 알고 배우게 됐나요.

  "저는 오사카의료기술학원 3년제 전문학교에서 침술학을 공부했습니다. 일본에서 장 선생님의 명성은 워낙 높아 여러 침술사들이 개인적으로 배우기를 원하는데, 저는 학회에서 직접 선생님의 강

장스지에의 문진 내용을 꼼꼼히 기록하고 있는 요시무라 다카

연을 듣고 감동받아 반드시 제자가 되어야겠다, 결심했습니다. 길을 찾으니 제가 잘 아는 일본의 한 의학서적 전문출판사 사장님이 장 선생님과 친해 연결시켜줬고, 허락받았습니다. 그리고 즉시 중국으로 들어와 일단 1년 6개월 간 어학을 공부한 뒤, 현재까지 장 선생님 밑에서 임상을 주로 하여 배우고 있습니다. 앞으로도 2년 정도 더 배울 계획이고요."

■ 실제 임상을 통해 배우니 어떤가요.

"이론으로 배우는 환자와 병증의 개별화는 정말 막연했는데, 임상의 경험을 통하니 조금씩 자신감이 생깁니다. 그리고 무엇보다 직접 체험하는 효과는 처음의 감동을 뛰어넘습니다."

■ 일본에서는 전문학교를 나와 자격을 얻으면 곧바로 취업하거나 개업할 수 있나요.

"당연한 일입니다."

■ 당장 얻을 수 있는 소득을 포기하고 다시 배움을 연장한다는 건 쉬운 결정이 아니었을 텐데.

"인생은 긴 건데 그리 조급할 게 뭐있어요 (웃음). 설령 소득이 없더라도 배우고 싶은 건 배워야죠. 무엇보다 감동이 있었으니까요. 그리고 당장 환자를 보고 돈을 버는 것보다는 더 깊이 있고, 환자에게 감동을 주는 의료인이 되는 게 옳은 길 아닌가요?"

■ 결혼은 했나요.

"아직요."

■ 황금 같은 젊은 시절인데 갑갑하지 않아요.

장스지에 문하에서 임상 수학 중인 일본 침술사들

"솔직히 말하자면 그런 부분이 전혀 없지는 않아요."

■ 어떻게 견뎌내요.

"감동이 훨씬 더 크니까 그런 정도는 잠깐이죠. 오히려 혼이 나도 선생님의 진료 시간이 짧은 게 안타까울 뿐인 걸요."

■ 도제식으로 배우는 데 내는 수업료는 얼마나 돼나요.

"그건 절대 비밀이에요 (웃음).

문화의 많은 것들이 우리를 통해 일본으로 전해졌다. 우리가 문화적 종주국임은 부인할 수 없는 사실이고 대부분의 분야에서 앞서기도 했다. 하지만 이제는 많은 부분이 그 반대이다.

의료의 목적은 돈이 아닌 인명 구하는 것

지난번에 디자이너와 모델도 '단순함'을 성공의 기본적인 요소로 내세웠다. 의도하지 않았는데 또 같은 의미의 이야기를 듣게 됐다.

아무튼 현대 의료, 특히 오늘 우리가 안고 있는 문제들은 이미 기득권을 형성한 이들에게서 비롯된 일일 것이다. 하지만 앞으로 주역이 되어

선생의 한 마디라도 놓칠까 모두가 귀를 곤두세운다

갈 이들의 자세도 심각하다. 무엇보다 너무 급하다. 어디서건 배우고 자격만 취득하면 단박에 눈빛이 달라진다. 애초부터 목적은 인명이라는 본질이 아니라 돈과 명성이었던 까닭일 것이다.

게다가 도제 방식으로라도 더욱 깊이 배우겠다는 겸허한 자세는커녕 시건방진데다 사대주의적이기까지 하다. 과학사대주의를 말하는 것이다. 자신이 배운 계량화 수치화된 것만이 과학이고 나머지는 근거 없고, 그러니 미신이란다. 그럼 수천 년 인간의 경험으로 축척된 또 다른 진실은 무엇이란 말인가. 인간의 진실을 백안시하는 건 과학의 교만이고 모자람이다. 서방의 그들은 그렇다고 하더라도 조상의 경험을 물려받은 이들까지 무작정 신봉하는 자세는 그리 바람직해 보이지 않는다.

냉정하게 말하자면 중국의 의료 현실 또한 여전히 불안하다. 병원이라고 찾아가보면 오히려 다른 병이 옮지나 않을까 불안한 지경이다. 열악한 처우로 빚어지는 부패 또한 심각하다. 그렇다고 우리가 마냥 건방 떨 여유는 결코 없다. 그들의 넓은 땅, 엄청난 인구 속에는 정도(正道)를 지키며 연구를 지속하는 이들도 무수히 많다. 어디서나 겸허하게 머리 숙여 나쁠 일은 없다. 하물며 의술에서야!

더욱 중요한 것은 웰빙과 힐링을 찾는 세상이다. 화학물의 조합보다는 자연이 웰빙과 힐링의 동반자가 될 것은 뻔한 이치이다. 아직 그리 늦지도 않은 듯싶다. 우리에게는 물려받은 오랜 전통이 있기에 말이다. 게다가 빼어나게 총명한 유전자를 물려받은 후손들이니 밥그릇싸움에서 눈을 돌려 서로 화합하고 힘을 모은다면 반드시 자연으로 돌아가자는 세상의 선두주자가 될 것이다. 드라마 〈마의〉의 백광현처럼, 허준 선생과 허심탄회하게 손잡는 의료계의 성찰을 기대해본다.

중국 유학, 그 성공의 길

— 수교 20여년 만에 중국 내 한국유학생 6만 명 넘어서

— 사전 준비 없는 유학으로는 '중국통' 양성 기대하기 어려워

— 중학교부터 유학한 당찬 남매의 유학기

중국 내 한국 유학생 수가 6만 명을 훌쩍 넘어섰다. 미국을 비롯한 서방 선진국, 일본 등으로 향하던 발길은 줄어들고 중국행은 급증하고 있는 것이다. 1992년 수교 이후 20여 년 만이니 괄목할 성장이지만, 중국 유학생 '10만 양병설' 도 나오는 현실이니 결코 많은 숫자라 할 수만은 없다. 보다 중요한 것은 숫자가 아니라 내실이다.

중국 유학생 첫 번째 군(群)은 부모의 중국지역 근무로 인해 어쩔 수 없이 유학생이 된 경우이다. 주로 기업의 주재원, 외교관련 공직자 자녀 등인데 대부분 한국 내 대학교의 '재외국민 대학특례입학' 을 목표로 한다. 중 · 고등학교 과정을 밟는 이들이 선호하는 학교는 미국, 영국 등 영어권 국가의 '국제학교' 이다. 이런 학생들에게 중국은 잠시 현지 언어를 익

히는 대상이고, 주된 목표는 영어습득과 귀국 후의 특례입학이다. 사실상 중국과는 별 관계가 없는 셈이다.

두 번째 군(群)은 중국에 정착해 기업 및 상업 활동을 하고 있는 교민 자녀들이다. 빠르게는 초등학교 때부터 중 · 고등학교 과정을 거쳐 대학교까지 줄곧 중국에서 공부하는 경우도 있다. 세 번째는, 조심스럽지만 한국 내 대학입시에서 실패하거나 목표하는 대학 입학이 어렵다고 판단해 중국으로 방향을 돌린 경우이다. 네 번째는 확고한 자의식 속에 중국을 선택해 대학 및 대학원의 석 · 박사 과정에 입학한 경우이다.

첫 번째 군은 부모의 행보나 자신의 뜻에 따라 중국과의 인연이 이어지기도 하지만 일반화하여 말하기에는 무리가 있어 제외한다. 두 번째 군은 소위 '중국통' 이 되어 경제, 외교, 문화 등 여러 방면에서 미래지향적, 긍정적 역할을 할 수 있는 후보들이다. '중국통' 이라는 면에서는 네 번째 군이 가장 고무적이다. 이들에게는 무엇보다 확고한 자의식만큼 뚜렷한 목표와 의지가 있기 때문이다. 물론 여러 가지 난관은 있을 것이지만 그에 관해서는 조금 뒤에 다루겠다. 문제는 세 번째 군이다. 이들은 헤쳐 나가야 할 난관에 앞서, 일부이겠지만 가혹하게 말해 도피 의식에서 비롯된 컴플렉스에다가 예상하지 못했던 언어적 난관으로 자포자기의 방황으로 한국 유학생 전체의 이미지를 실추시키는 경우도 있는 게 현실이다.

중국 유학생 '10만 양병설' 의미 있어

'21세기는 중국의 세기' 라는 수사는 지나친 과장이라 하더라도 부동의 지리적 현상만으로도 우리와 중국은 숙명적 이웃이다. 지난 수천 년 역사에서 깊은 문화적 교류를 통해 그들로부터 받은 혜택이 적지 않았지만, 대륙 세력과 한반도는 내내 불편한 관계였다. 아니, 그들의 일방적 위세 속에 우리는 줄곧 수세적 위치였던 것이 부인할 수 없는 사실이다. 그러한 수모의 역사는 20세기에 들어 단절되고 처음으로 대등한 관계가 되었다.

21세기 들어 중국의 비약은 '도광양회(韜光養晦 : 칼날의 빛을 감추고 어둠 속에서 힘을 기른다)' 에서 '주동작위(主動作爲 : 할 일을 주동적으로 한다)' 로 공공연히 예전의 영광을 도모하게 되어 우리를 다시 불안하게 만든다. 하지만 달라진 세계정세와 우리의 위상은 할 바에 따라서는 지금의 대등한 관계를 앞으로도 충분히 지속할 수 있는 여건이고, 그 핵심은 인적자원이다. 그래서 중국유학생 '10만 양병설' 은 나름 의미가 깊다.

먼저 두 자녀의 어머니로서 남다르게 중국유학의 성과를 거둔 이채경(李彩慶) 씨를 만났다.

1965년생으로 부산 출신인 그녀는 부산대학교 중문과를 졸업해 일찍부터 중국과의 인연을 예약한 사람인 셈이다.

중국의 시대 대비해 홍콩에서 중국으로

■ 대학 입학이 수교 전이었을 텐데 특별히 중문과를 선택한 이유가 있었나요.

"84학번이니 중국과의 수교가 이루어지기 전이었지만 당시 오빠가 IT관련 사업을 하고 있었는데 앞으로 IT산업은 물론이고 다른 분야

이채경 씨

도 중국이 가장 큰 시장이 될 것이라는 말씀을 해서 선택했습니다."

■ 중화권과 실제 인연을 맺게 된 건 언제부터인가요.

"결혼하고 남편이 대만에서 연수를 하면서부터입니다."

그녀의 남편은 같은 대학 과 선배로 대만, 홍콩, 중국 등 주로 중화권에서 근무하는 공무원이다. 이름은 공직자인 관계로 밝히지 않는다.

■ 중국에 들어온 건 언제, 어떤 계기인가요.

"1992년 남편의 대만 연수 이후에도 2006년까지는 주로 한국과 홍콩에서 근무해 직접 대륙과 깊은 인연은 없었습니다. 그런데 2006년 남편이 홍콩에서 귀국할 무렵 아이들이 중학교 1학년(여)과 초등학교 6학년(남)이었습니다. 한국으로 데려갈 것인가 중국으로 갈 것인가 고민하다가 후자를 선택했습니다."

■ 남편과 떨어져서 말인가요.

"예, 기러기 가족을 각오한 거죠."

■ 당시 자녀분들은 어떤 학교를 다녔나요.

"홍콩에서 캐나다국제학교를 다녔습니다."

■ 그럼 중국에서도 영미계 국제학교를 다닐 생각이었나요.

"아닙니다. 중국 로컬학교에서 제대로 중국을 알고 배우게 할 생각이었습니다. 그래서 남편은 서울로 귀국하고 저는 아이들을 데리고 산둥(山東)성 칭다오(青島)시로 갔습니다."

■ 베이징도 아닌 칭다오로 간 데는 특별한 계기가 있었나요.

"홍콩에서 살 때 가까운 선전을 자주 갔는데 그곳에서 만난 칭다오 사람이 아주 친절해 가까워진 인연은 있었습니다. 그렇지만 꼭 그 인연에 기대려는 생각은 아니었고, 여러 곳의 학비와 유학생 현황 등을 알아봤습니다. 그때 벌써 베이징에는 한국 유학생들이 적지 않았는데 학비와 생활비를 계산해보니 칭다오에 비해 10배 가까이 비싸더군요. 어차피 대학은 베이징으로 가야할 테지만 중·고등학교 과정은 지방도시에서 제대로 중국을 경험하는 것도 괜찮겠다는 생각이었습니다."

우골탑 신화는 더 이상 없다

■ 반드시 돈 문제는 아니었을 것 같은데요.

"물론입니다. 그렇지만 저희나 앞 세대가 한국에서 공부하던 시절의, 부모님이 소를 팔아 자식 학비를 대던 우골탑(牛骨塔)신화는 더

중국 초중고생들은 운동복이 교복이다

이상 없다는 생각이었습니다. 우골탑신화는 그야말로 고도성장을 구가하던 시절의 이야기이지, 연평균 3~4퍼센트 성장도 힘든 시대에 그런 전철을 밟은 수는 없다는 것이었죠."

■ 당시 칭다오의 학비는 어느 정도였나요.

"중 · 고등학교의 경우 기숙사비를 포함해도 연간 한국 돈 100만 원 남짓이었습니다."

■ 자녀분들이 낯선 중국아이들 사이에서 잘 적응하던가요.

"홍콩에서 살던 아이들이니 당연히 중국에 대해서는 부정적이고 불안해했죠. 그런데 막상 학교생활을 시작하고 일주일 정도 지나자 재미있어 했습니다. 지방도시의 아이들이라 인간미가 있는 데다 자기들로서도 외국인이 신기했으니 친절하게 대해줬고, 수업도 주입식이지만 중국식 토론방식이라 더욱 그랬던 것 같아요. 결국 두 아이 다 즐겁게 열심히 공부하며 중 · 고등학교 과정을 제대로 마쳤습니다."

■ 부인께서는 그 기간에 무얼 했나요.

"저도 칭다오 해양대학에서 관광경영학 석사 공부를 했습니다. 의도한 것은 아니었지만 아이들 눈에 공부하는 엄마의 모습도 자극이 되었을 것이라 생각합니다."

■ 자녀들이 어린 나이인데 아버지와 떨어져 지내는 건 문제가 되지 않았나요.

"그 점에 있어서 제 생각은 좀 다릅니다. 진정한 자아를 형성하고 자신의 진로를 확고히 해야 할 대학교 때야말로 부모, 특히 사회에서 활동하는 아버지와의 대화와 공감이 가장 필요하다는 생각이에요. 제 아이들도 아버지를 무서워하는 편이었지만 그래도 사춘기를 넘기고 성인으로 들어서는 길목에서 아버지와의 소통은 진지하고 직접적인 도움이 되는 것 같았어요. 흔히 있을 수 있는 일탈 같은 것도 저절로 자제되는 듯했고요."

■ 일반적인 생각과는 반대인데 일리가 있습니다.

"성실한 아빠가 저희들 미래 때문에 사이좋은 엄마와 헤어져 기러기가 되었다는 현실은 사춘기 아이들에게 가족의 의미를 깊게 생각하며 진중하게 할 수 있었던 것 같아요. 또 떨어져 있기는 했지만 메일 등으로 많은 글을 주고받아 직접적인 감정이 자제된 교류를 한 것도 큰 도움이 되었고요."

■ 자녀분들이 모두 베이징에서 대학을 졸업했죠.

"예, 한국과 다른 학기 차이로 연년생인 두 아이가 같은 학년으로 학교를 다녀 2007년 칭다오 제2고중을 졸업하고 베이징으로 갔습니다. 때마침 남편도 베이징으로 발령이 나 들어왔고요. 큰 아이인 딸은 칭화(淸華)대학교 영문과를, 아들은 베이징대 국제관계학과를 지원했는데 무난히 합격했고, 2012년 함께 졸업했습니다."

그녀의 딸 하현지는 현재 한국에서 국제 NGO 단체의 일원으로 일하며 석사과정을 통해 더 많은 공부를 할 예정이며, 아들 하동인은 학사장교로 공군에서 병역의무를 수행 중이다.

■ 정성을 다해 보살핀 자식들인데 희망이나 진로에 있어 부모님들과 뜻이 같던가요.

"강요하거나 욕심을 부리지는 않았지만 저는 내심 둘 다 사업이나 무역 같은 경제관계의 일을 했으면 바랐습니다. 남편은 딸은 언론계에, 아들은 공무원이 되었으면 하는 눈치였고요. 그렇지만 딸은 사업가의 꿈을 꾸기도 하지만 아직 확신은 없는 것 같고, 아들은 교수가 되기를 희망하더군요."

■ 그렇게 많이 다른 건 아니군요.

"지금도 현실에서 최선을 다하고 있으니 그걸로 만족하고, 앞으로 더 나은 미래를 펼치려면 그만큼의 노력이 더 필요하겠지 하는 생각뿐입니다. 남편도 마찬가지고요."

중국을 먼저 알고 서방을 알아야

그녀의 교육 열정은 자식에만 그치지 않고 이웃으로도 넓혀진다. 자신의 경험과 이웃 청년들의 미래를 위한 유학 상담을 바탕으로 『북경대, 청화대로 세계를 품다(2013년 어문학사 간)』를 비롯한 두 권의 유학 안내서를 내놓은 바 있다. 그녀에게 중국 유학에 관한 질문을 이었다.

■ 중국이 G2의 반열에 오른 것은 분명하지만 중국에서의 공부만으로는 이념과 체제에서 비롯된 한계가 있을 것 같습니다.

"동의합니다. 우리 유학사는 근대 이후 60년대까지의 일본 유학파, 70년대에서 90년대까지의 미국 유학파가 주류였습니다. 20세기 이후 앞으로는 한동안 중국 유학파가 대세일 것으로 생각됩니다. 그런데 일본 유학파나 미국 유학파의 경우 자신이 학문을 배운 지역에 지나치게 추종하는 경향이 있어 정치, 외교, 문화 등 다방면에서 편향된 현상을 보여 온 게 사실이라는 생각입니다. 말씀하신 대로 중국의 경우는 더구나 이념과 체제에 따른 한계가 있습니다. 이를테면 국제관계학이나 정치, 외교학 등에서 마르크스 이념을 기본으로 하는 경우와 같은 것들이죠. 그렇지만 미국을 먼저 알고 중국을 아는 것보다는 중국을 먼저 알고 미국을 비롯한 서방을 알아 보충하는 것이 이제는 더 나은 길이라는 생각입니다."

■ 특히 중국을 지향해 유학을 하는 경우라면 말이죠.

"그렇습니다. 중국을 지향한다면 기본은 중국이어야 하니까요."

■ 현재 한국 유학생들의 실태부터 알아보죠. 먼저 행태는 어떤가요.

"우리 청년들의 미래를 위한 인터뷰니 솔직하게 말하겠습니다. 아직도 도피성 유학이 다수라 할 수 있는 대학의 경우 무엇보다 꿈이 없다는 것이 문제입니다. 도피성이라는 전제에서 알 수 있듯이 그들은 한국에서부터 학업은 물론이고, 제대로 생각하며 세상을 본 바 없으니 꿈을 가질 수 없었던 거죠. 그러니 꿈이 있다고 해도 몽상에 그치는 경우가 대부분입니다. 더구나 중국을 제대로 알기도 전에 주변의 저급문화를 접하며 교만해지기까지 했으니 진지할 수 없는 겁니다. 지난 세월, 일본이나 미국 유학파는 경제, 문화 등 여러 면에서 애초부터 교만할 수 없는 상태에서의 유학이었으니 진지하고 치열할 수밖에 없었고요."

저급문화에 젖어 유학 실패 다수

■ 저급문화를 구체적으로 말하자면요.

"제대로 된 부(富)도 아닌 그야말로 천박한 졸부들의 행태 같은 거죠. 사실 중국이나 한국의 제대로 된 고급문화는 상상 이상으로 품위 있는 부분이 많습니다. 그런데 막 부모의 품에서 벗어나 외국에 나왔는데 주변을 돌아보니 여러 환경 면에서 한국보다 떨어진 부분이 많고, 주변의 유학생은 물론 얼핏 보는 중국인들마저 졸부의 행태를 보이니 깔보고 무시하며 물들어 가는 겁니다. 조금 비싼 유흥업소를 드나드는 걸 고급문화로 착각하고, 거기에 취하면서 학교나 학업마저 시큰둥해지는 거죠. 그래서 대학을 다닐 때 부모와의 소통이 더욱 중요하다는 겁니다. 가장 최선을 다해 자식을 고급

문화로 안내할 수 있는 가이드는 부모이니까요."

■ 모든 부모가 그럴 수 있을 것 같지는 않은데요.

"그런 경우는 교민사회나 국가가 나서야 되겠지요. 그런 면에서는 아직 우리 국가나 사회의 기반이 부족한 게 아쉽고요."

■ 현재 한국 유학생들의 학업능력은 어느 정도인가요.

"대학별, 계열별로 차이가 많습니다. 예를 들어 우리 경영학과에 해당하는 베이징대 광화관리학원(光華管理學院)은 입학의 관문을 뚫는 것부터 수월하지 않으니 기본적으로 우수한데다가, 졸업하려면 그야말로 죽기 살기로 치열하게 공부해야 하니 성과가 클 수밖에 없죠. 국제관계학원도 비슷하고요. 잘 알려진 칭화대 전자공학 같은 계열도 그렇습니다. 그밖에 일일이 대학과 계열을 말씀드리기는 각자의 프라이버시가 있으니 어렵지만, 부모나 사회가 생각하는 유학에서의 성과를 제대로 거두는 학생은 그리 많지 않은 게 분명한 현실입니다."

■ 많은 수가 언어를 익히는 정도이군요.

"그렇습니다. 하지만 언어라는 것도 기본적인 학문의 소양에 따라 전문화되는데 그 바탕이 없으면 그저 일상적인 생활언어에 그치는 것이니 안타깝죠. 특히 작문에 있어서는 명문대 졸업생들마저 상당수가 문장이라 할 수 없을 정도입니다. 그런데도 말은 배웠다는 생각하는 것은 언어는 수단이지 목적이 아니라는 기본을 외면한 까닭이 아닌가 생각합니다."

■ 왜 그렇게 되었을까요.

"부끄럽지만 솔직히 말하자면 부모님부터 문제가 있습니다. 지금 부모님들의 대부분은 우선 명문대를 지향합니다. 자식의 능력이나 생각과는 아무 상관없이요. 심지어는 돈을 들고 졸업장만 받게 해 달라는 부모들도 있습니다. 즉, 내 자식 힘들여 공부시키지 싶지 않다는 거죠. 그러니 아이들이 무슨 꿈을 꾸겠어요. 바른 말이라도 해주려들면 코웃음치고 부정적이 되죠. 꿈을 갖고 이루려면 힘든 노력이 필요한 데 말입니다. 무엇보다 그런 학생들이 다른 유학생들에게까지 폐해를 끼친다는 게 가장 큰 문제입니다."

인문학적 소양 병행해서 익혀야 유학 성공

■ 자녀분들의 경우는 어떻습니까, 만족하나요.

"만족할 수 있나요. 무엇보다 인문학적 교양을 제대로 습득시키지 못한 게 가장 안타깝습니다. 어릴 때부터 영어, 중국어라는 두 개의 외국어에 전념하다가 보니 시간이 없었던 것인데 결국 변명에 불과하다는 생각입니다."

■ 유학생활의 시작을 어떻게 준비하는 게 좋을까요.

"우선 전문가와 상의하는 게 절실히 필요하다고 봅니다. 그래야 부모도 알지 못하는 리스크를 줄일 수 있습니다. 중국은 지역과 학교에 따라 환경 등 여러 면에서 차이가 큽니다. 심지어는 화장실 환경까지요. 그런 차이를 미리 인지하고, 왜 중국인가에 대한 명확한 의식과 목표를 갖는 것이 시작입니다. 중국을 알려고 중국에서 공부하는 것이니 우선 중국을 사랑하고 이해하려는 자세부터 필요하고요.

도무지 이해할 수 없다는 자세, 얕보고 무시하는 마음으로는 결코 전문가가 될 수 없습니다. 또 무조건 명문학교, 국제학교만 좇을 것도 아닙니다. 예를 들어 보겠습니다. 중 · 고등학교 과정을 국제학교에 보낼 경우 1년 학비가 평균 25만 위안(약 4,500만 원)정도입니다. 어지간한 가정에서는 감당하기 어려운 학비이니 새로운 우골탑인 거죠. 그런데 그만한 성과가 있을까요? 겨우 영어 때문에 자식의 더 먼 앞날, 부모의 인생까지 접고요? 중국 로컬학교는 어떨까요. 베이징에서 가장 명문으로 치는 런민대학(人民大學)부속중학 IB반은 영어로 수업하는데 1년 학비는 기숙사비를 포함해 현재 10만 위안(약 1,750만 원)정도입니다. 실력이 된다면 저는 국제학교보다 로컬학교를 더 권하고 싶습니다. 그런 학교의 학생들은 가정, 실력 등 모든 면에서 중국 최상류층입니다. 중 · 고등과정에서부터 그런 학생들과 동창이 되고 친구가 된다면 소위 말하는 '관시'가 어떨까요. 그밖에도 여러 로컬학교가 국제반을 개설하고 있습니다. 학비가 저렴한 곳도 많고요. 경험이 있는 전문가와의 상담으로 시작하는 게 중요한 까닭입니다."

■ 중국 대학의 진면목은 어떤 건가요.

"고고학 · 철학 등의 인문학, 수학 · 토목 등 공학에서의 단단한 토대를 우선 들 수 있겠지요. 국가도서관이나 베이징대 도서관의 엄청난 장서를 보면 두려울 정도입니다. 우수한 논문은 기획하면 정부의 지원도 파격적이고요. 저는 그 모든 것이 오랜 역사와 그 증거인 다양한 문화유산에서 비롯된 힘이라고 봐요. 그런 중국의 진

비아 동아리의 대학생 연수 프로그램

면목을 이해하고 중국을 속속들이 알아야죠. 명문이라는 허울에만 매달릴 것이 아니라 각자의 꿈과 능력에 따라 중국 곳곳에서, 사라져가는 사투리까지 공부하는 다양한 전문가를 길러야 중국에 매몰되지 않고 어깨를 나란히 할 수 있지 않겠어요."

■ 그야말로 중국 유학생 10만 양병론이군요.

"옛날에는 고운(孤雲) 최치원(崔致遠) 선생님 같은 소수의 우수한 인재에 그쳤지만 이제는 그때와 다르니 최소한 10만의 고운 선생님이 다양한 분야에서 나와야 한다는 겁니다."

그녀는 2010년 '사단법인 글로벌 투게더(Global Together)' 2011년 '비아(Via) 동아리를 각각 결성해 이끌고 있다. '글로벌 투게더'는 한국과 중국 학생들의 교류를 목적으로 중국 불우청소년들의 한국 견학, 한국 청소년들의 중국 견학, 동북3성(黑龍江, 吉林, 遼寧) 어린이를 위한 학습지 봉사, 베이징 초청 강연 등을 실행한다. '비아'는 한국유학생들의 꿈과 내일을 지원하려는 목적으로 멘토링 강연회, 주중한국기업 탐방, 국제기구 인사 초청 강연 등 다양한 활동을 전개하고 있다.

■ 교육을 위한 다양한 사회활동을 하고 있는데 성과는 어떤가요.

"최종 목적은 한중 청년들에게 꿈을 심어주고 서로 우호적인 이해의 폭을 넓히는 것입니다. 예를 들자면 한국에서 불우청소년들을 중국으로 초청해 견학시킬 때, '비아동아리' 회원들이 조별로 나누어 안내합니다. 단순한 가이드가 아니라 조장이 되어 일정한 주제를 갖고 생각하며 공부할 수 있도록 유도하는 거죠. 그 과정에서 조장 역을 맡은 우리 대학생들이 먼저 이전과는 다른 무엇을 깨우칩니다. 누구라도 리더가 되면 자신이 먼저 마음을 열어야 한다는 것을 알게 되고, 그 과정에서 꿈을 얻고 책임감을 갖게 되죠. 또 그런 책임감은 숨어있던 능력을 끄집어내게도 하고요. 모두 14차를 실행했는데 처음에는 어린아이들을 안내하는 일이 귀찮으리라 생각했던 대학생들이, 자신들이 더 많이 배웠다는 고백을 하더군요, 물론 그런 언니 오빠와 함께 막연히 둘러보는 것이 아니라 주제를 생각한 어린 학생들도 금세 눈빛부터 달라지고 어른스러워지고요."

■ 혼자 힘으로 그런 일을 하려면 어려움이 많겠습니다.

"저 혼자 힘은 아닙니다. 저의 뜻을 이해한 주중 한국대사관과 중국 소재 여러 한국기업이 많은 도움을 줬습니다. 한국의 지방자치단체와 기업들도 그렇고요. 더욱 고마운 건 국제기구에 근무하는 관계자분들, 중국에 나와 있는 여러 교수님과 저명인사들이 우리 유학생들을 위한 강연에 소중한 시간을 기꺼이 내주었다는 점입니다."

■ 그밖에 중국유학에 앞서 염두에 두어야할 점은 어떤 것들이 있을까요.

"먼저는 중국유학을 하면서 중국어가 영어를 넘어 제1외국어가 될 것이라는 생각을 가진 학생들이 많은데, 영어는 기초과학이나 사회 정치 등 발전된 여러 학문의 기본이 되는 언어라는 사실을 명심해 소홀히 하지 않았으면 하는 점입니다. 또 중국유학을 염두에 둔다면 미리 한자 공부와 더불어 간체자(簡體字)의 생성 경위 정도는 알아둬야 할 것입니다. 최소한 중국 근현대사에 대한 공부도 반드시 필요하고요."

중국 취업비자 규정으로 유학생 취업 어려워

■ 현지 유학 중에 가장 권장하고 싶은 것이 있다면요.

"가능한 많은 여행을 다니라고 권하고 싶습니다. 중국은 아주 넓은 나라입니다. 가는 곳곳의 풍경과 환경, 문화가 다릅니다. 55개 소수민족의 역사와 풍습도 다르고요. 학교에서 책으로만 배워서는 한계가 있습니다. 포괄적인 중국통은 있을 수가 없습니다. 분야면 분야, 지역이면 지역별 전문가가 진정한 중국통이 될 겁니다. 그런 전문적인 분야를 찾기 위해서라도 학업과 병행해 발품으로 중국의 생생한 속을 깊게 들여다봐야 합니다."

■ 한국유학생들의 중국 현지 취업이 쉽지 않은 것 같더군요,

"저도 많이 안타깝습니다. 우리 기업들도 유학생들을 선발하고는 싶지만 중국 노동법 상 2년 이상의 경력이 있어야 취업비자를 받을 수 있는 규정 때문에 어려움이 많은 것으로 알고 있습니다."

벌써 수교 20년이 넘었으니 준비 부족이나 과도기 현상으로 너그럽게 보아줄 일은 아니다. 아니, 아직도 여전히 준비 부족인 것은 분명하다. 먼저 다른 나라에서의 유학은 그 나라 언어로부터 시작된다. 같은 한자권이라고는 하지만 공식적인 한자 교육이 폐기된 우리나라 청소년이 어쩌다 마주하는 한자마저 현대 중국에서 사용되고 있는 간체자가 아니라 번체자(繁體字)다. 설령 중국유학에서 어느 정도 언어를 습득했다 하더라도 한국에 돌아오면 번체자는 또 다른 문자가 되어 난독(難讀) 현상을 일으키는 절름발이의 한계를 안고 시작하는 것이다. 게다가 중국어는 우리와는 문법 체계도 다른데다 성조(聲調)까지 있어 습득이 그리 용이하지는 않다. 특히 대학은 이전의 중등교육과는 다른 저마다의 전문적인 학문을 공부하는 과정이다. 그때까지 사용해온 익숙한 언어로도 여간 노력해서는 소기의 성과를 거두기 어려운 일이다. 그런데 낯선 언어로 그 전문적인 학문을 공부한다는 것은 어쩌면 처음부터 한계를 인정하고 시작하는 일인지도 모른다.

중국특성화고등학교 고려해볼 만

또 중국은 우리와는 체제와 이념도 다르다. 학문에 체제와 이념이 무슨 관계가 있을까 싶지만 특히 사회과학에서는 혼돈이 따르게 된다. 그것을 극복하기 위해서는 최소한 중국 근현대사에 대한 사전 이해는 있어야 한다. 중국 역사에 대한 일정한 이해까지 더한다면 더 말할 나위도 없겠지만 우리 역사 공부조차 등한시 되는 실정이니 안타까움에 그쳐야 할 노릇이다.

꿈이 없다는 것은 더욱 문제다. 굳이 이채경 씨의 말을 빌리지 않더라도 우리 청년 대부분이 그러하니 말이다. 언제부터인가 잘 먹고 잘사는 것을 꿈이라고 착각하는 세상이 되어버렸다는 이야기다. 그러나 중국유학의 경우는 분명히 달라야 한다. 무엇보다 기회의 땅이 될 수 있기에 꿈을 가져야 한다는 것이다. 방법은 조금만 고민하면 쉽게 찾을 수 있을지 모른다. 이를 테면 중국특성화고등학교와 같은 것이다.

이제 중국 유학은 도피성이나 막연히 시작하는 것이 아니라 목적과 의지를 가지고 도전할 수 있도록 우리 사회와 국가가 준비해줘야 한다. 고등학교 과정에서부터 중국 유학을 계획한다면, 그래서 중국 언어는 물론 역사와 문화 등을 익숙한 우리 글로 공부하며 이해의 폭을 넓혀간다면, 더하여 3년 과정 동안 최소한 방학 때라도 여러 지역의 학교와 상호방문의 교류를 한다면 저절로 꿈을 찾고, 대학 유학에서도 상당한 성과를 거둘 수 있을 것이다. 방황하고 실패하는 청년을 외면할 것이 아니라 그들에게 먼저 길을 열어주는 것이 국가와 사회의 할 일이 아닌가, 진지하게 고민해야 할 일이다. 덧붙여 지금 우리 유학생들은 중국 노동법의 규정에 묶여 중국기업은 물론 현지 한국기업에의 취업도 원천 봉쇄되어 있는 실정이다. 한국에서 취업해 2년의 경력을 쌓은 이들 중 굳이 다시 중국으로 들어갈 이가 얼마나 될까 생각해보면 알 일이다. 기업과 유학생 모두를 위해 당장 외교당국이 적극 나서야 한다.

앞의 이채경 씨는 부모와 함께하는 유학생활로 자녀들이 소기의 성과를 거둘 수 있게 한 경우이다. 그런데 현실에서는 그런 보호와 동반이 어려운 여건의 이들이 다수이다. 마침 중학생으로 초등학생인 동생과 함께 중국유학을 시작해 보기 드문 성과를 거둔 유학생이 있어 만났다.

화교학교 거쳐 중학교부터 중국에서 공부한 김윤진

2012년 칭화대학에서 신문방송과 법학으로 학사학위를 취득한 김윤진(金倫辰 : 1990년 생)은 2013년부터 베이징대학 국제관계학원에서 외교학을 전공으로 석사과정을 밟고 있다. 그녀의 한 살 아래 남동생 김시환(金時煥)은 베이징의과대학에 재학 중이다. 아주 특별하다고는 할 수 없는 이들 남매를 주목한 것은 그들이 한국에서 초등학교를 졸업하고 중학교부터 중국에서 공부했다는 것과 특히, 부모와 떨어져 그들만의 생활로 여전히 반듯한 성장을 계속하고 있다는 사실 때문이다. 그런데 막상 인터뷰를 시작하고 보니 시작에는 역시 부모가 있었다.

김윤진의 중국과의 인연은 1996년 강릉화교초등학교 입학으로부터 시작된다.

■ 왜 하필 화교학교였나요.

"강릉에서 외국어로 수업 받고, 외국 문화를 익힐 수 있는 학교는 화교학교뿐이었던 걸로 알고 있습니다."

■ 화교(華僑)도 아닌 한국인으로는 입학도 쉽지 않았을 것 같은데요.

칭화대 졸업식에 함께한 김시환, 김윤진, 하현지(왼쪽으로부터), 하동인(오른쪽)

"예, 어려움이 많았다고 들었습니다. 특히 학령아동이 취학을 안 한 셈이니 지역 교육청과 갈등이 심했다고 합니다. 정규 교육 시스템을 벗어났으니 당연한 일이죠. 그래도 어머니가 끝내 관철시켰다고 합니다."

■ 아버지는 어땠나요.

"아버지 성격도 한 번 결심하면 끝까지 관철하는 분이라 어머니와 상의해 결정한 뒤에는 흔들리지 않았다고 합니다."

■ 부모님은 왜 그렇게 남들과 다른 길을 고집했을까요.

"특히 어머니의 교육열이 높은데, 저희 세대는 세계가 무대가 될 거라 생각하시고 가깝고 큰 나라부터 알아가는 길을 찾아주신거죠."

■ 본인은 어땠나요.

"저는 아주 좋았던 걸로 기억합니다. 이미 유치원에서도 영어교육을 받기는 했지만 다른 언어와 문화를 배우는 게 좋았던 것 같습니다. 4학년 여름방학 때는 혼자 타이완(臺灣)으로 가 생활하기도 했고요."

■ 어떻게요.

"당시 아는 언니가 타이완 까오슝(高雄)에서 학교를 다니고 있었는데 방학 때 한번 다녀오는 게 어떻겠냐는 어머니의 권유가 계기가 됐습니다. 저도 두려운 생각은 없었기에 동의했고, 까오슝에서는 두 달 동안 종일제 학원과 컴퓨터학원을 다니며 즐겁게 보냈던 기억이 아직도 생생합니다. 너무 잘 지내고 돌아와 어머니가 섭섭한 생각이 들 정도였다고 들었습니다."

■ 그래도 중학교 유학은 쉽지 않은 결정이었을 것 같은데요.

"부모님이 제 의견을 물었을 때 저는 조금도 망설이지 않았습니다. 이미 초등학교 때부터 졸업하면 유학을 가야겠구나, 생각했으니까요. 의외인 건 동생 시환의 결정이었습니다. 부모님 입장에서는 딸인 저 혼자 유학을 보내기 조심스러운 부분이 있어 그랬겠지만, 아직 초등학교 졸업도 하기 전이었는데 기꺼이 저와 함께 가겠다고 나섰으니까요."

■ 어떤 과정을 거쳐 학교를 결정했나요.

"처음에는 유학원과 상의했는데 한국 학생이 많은 학교를 주로 추천했습니다. 어머니는 한국 학생들이 많은 건 공부하기에 결코 좋은 환경이 아니라 생각하시고 저를 데리고 직접 15개 중학교를 돌아다녔습니다. 그 중에서 저는 톈진(天津)시의 난카이(南開)대학부속중학이 마음에 들었습니다. 특별한 한국 유학생에게 전액장학생의 혜택을 주겠다는 조건도 있었지만 유럽처럼 아름다운 캠퍼스에 빠져서요. 그렇지만 결국 교육은 수도에서 받는 게 좋겠다는 어머니의 생각으로 런민대학부속중학교(이하 런대부중) 중 · 고등학교 6년 과정의 국제반 1기생으로 입학했습니다."

■ 기숙사 생활이었나요.

"아닙니다. 무엇보다 동생 시환이 런대부중 인근에 있는 지질(地質)대학부속초등학교 5학년으로 입학하게 되어 같이 생활하는 게 필요했습니다. 그래서 어머니가 아파트를 하나 얻었습니다."

■ 처음부터 둘이서만 생활했나요.

"처음 1년가량은 어머님이 함께 생활했습니다. 그 뒤부터는 저희끼리 생활했고요."

■ 런대부중에서의 생활은 어땠나요.

"우선 중국 최고의 중학교이니만큼 학생들이 모두 뛰어났습니다. 학업능력은 물론이고, 품성까지 대부분 명문가나 재력가 집안의 자녀답게 모범적이었습니다."

마오쩌둥, 루쉰의 후손도 공부한 런대부속중학교

■ 구체적으로 명문가 자녀를 든다면요.

"마오쩌둥(毛澤東) 주석의 후손도 있었고, 루쉰(魯迅) 선생님의 후손도 있었습니다. 한국의 유명한 재벌가 아들딸들도 있었고요. 그

인민부중 시절의 김윤진

래서인지 한국의 민족사관고등학교나 대원외고와의 교류도 활발했습니다."

■ 이질감 같은 걸 느끼지는 않았나요.

"수업이 끝난 뒤 누가 무슨 차를 타고 가느냐로 재력을 짐작하기는 하지만 기본적으로 다들 겸손했습니다. 게다가 학교 내에서는 모두 체육복을 입고 생활하기 때문에 어떤 신분의 차이로 이질감을 느끼지는 않습니다. 오히려 모두가 우수한 학생이니 서로에게서 배울 것이 많은 점이 좋았습니다."

■ 그때의 동창들과 지금도 연락을 하나요.

"친했던 친구는 여전히 연락하고 그렇지 않았던 친구는 소원하고 그렇습니다. 특별히 다를 건 없습니다. 그래도 지난 해 석사 면접 시험을 보면서는 뿌듯했습니다. 런대부중 출신이라는 사실만으로 면접 교수님이 기대감을 보여주셨고, 합격 후에도 여러 자리에서 외교부에 근무 중인 제자나 친구를 만나면 어디 출신이라며 특별히 소개해주시니까요."

인민부중 시절의 김윤진

■ 학교 성적은 어땠나요.

"런대부중에서는 특별히 등수를 평가하지는 않습니다. 다만 우수반인 실험반과 보통반으로 나누는 데 저는 줄곧 실험반에 속했습니다."

동생 김시환도 누나의 뒤를 이어 런대부중을 졸업했다. 그렇지만 마냥 순조롭기만 한 것은 아니었다. 김윤진은 베이징대 입학시험에서 떨어지고 칭화대에 입학했다.

■ 왜 베이징대 시험은 실패한 건가요.

"국제관계학과와 법학을 지원했는데 아무래도 간절한 마음은 아니었던 것 같습니다. 다행히 시험날짜가 달라 뒤이어 칭화대 입학시험을 칠 수 있었는데 무난히 합격했습니다."

■ 칭화대에서의 생활은 어땠나요.

"재미있었습니다. 특히 칭화대는 베이징대와는 다른 자유로움이 있어 좋았습니다. 이를테면 베이징대는 학기별 학점도 정해져 있고 학년별 수업도 정해져 있는데, 칭화대는 1학기 때를 제외하면 학년과 상관없이 어떤 수업이라 들을 수 있고 학점도 자유롭게 신청할 수 있는 점 등입니다. 마음껏 공부하고 '비아' 등 여러 동아리활동도 할 수 있어 큰 밑거름이 되었습니다."

■ 대학교를 졸업하고 또 한 번 엉뚱한 실패를 했죠.

"(웃음) 정말 무슨 징크스 같습니다. 졸업하는 해에 칭화대 신방과에서 석사 공부를 할 생각이었는데 어느 날 보니 이미 접수가 마감되어 시험조차 볼 수 없었습니다. 그래서 1년을 꼬박 놀고 다음 해 베이징대 대학원에 입학했습니다."

■ 1년을 뭘 하며 보냈나요.

"주로 한국에서 가족과 함께 보내기도 했고, 세미나 등 여러 행사를 다니며 제 진로를 모색했습니다. 그런 과정을 거쳐 지금 국제관계학을 선택하게 된 거니 꼭 허비한 시간은 아니라는 생각입니다."

■ 지금의 학교생활은 어떤가요.

"우선은 수업을 따라가기에 벅차 힘든 면이 있습니다. 그렇지만 언론에서나 보던 세계적으로 저명한 교수님들의 직접 지도를 받는 것만으로도 행복합니다."

■ 어린 동생과의 유학생활에서 외로움을 많이 느꼈을 것 같은데요.

"부모님과 전화나 이메일 등으로 매일 소식을 주고받았습니다. 그건 사랑과 관심이기도 했지만 한편 감시의 끈을 놓지 않은 것이기도 했습니다. 감시라고 표현해서 죄송하지만 그게 저희에 대한 기대라는 걸 알았기에 거북하지는 않았고요. 특히 저희 부모님은 특별히 무얼 강요하지 않고 방향을 제시해주는 방식이었습니다. 주변을 보면 부모님의 강요나 무관심으로 억압감만 느끼거나 아무런 자긍심을 갖지 못해 방황하는 유학생들이 많은데 안타깝고, 그럴수록 부모님께 더욱 고마운 마음입니다. 또 한 살 아래이지만 동생과의 많은 토론도 도움이 되었습니다. 동생은 독서를 좋아해 다방면의 책을 가리지 않고 읽는데 나름 자기체계를 형성해 밤새워 토론하는 일이 많았습니다."

■ 아쉬운 부분이 있다면요.

"무엇보다 책을 많이 못 읽은 점입니다. 중국어와 영어도 중요하지만 가장 익숙한 자기 나라 글로 쓴 책을 통해 다방면의 지식을 습득해야 하는데 그걸 놓쳤습니다. 또 중국에서 공부하려면 두 나라의 역사는 기본적으로 꿰뚫어야 했는데 그 점도 부족하고요."

■ 앞으로의 계획과 진로는 어떤가요.

"이전에는 막연히 문화적인 외교활동을 하고 싶다는 생각이었는데 이제는 공적인 외교활동을 하고 싶습니다. 일단은 박사까지 공부할 생각이고요."

겨우 스물 셋 나이에 이처럼 의젓한 인터뷰라니!

성공보다는 실패, 기대보다는 실망이 더 많은 현실에 답답하던 가슴이 단번에 뚫어진 기분이었다. 돌이켜보면 결국 기성세대의 잘못이 컸다는 사실을 절감하게 된다. 교육의 본질은 스스로 꿈을 품어 길을 찾아갈 수 있도록 지원하는 것인데 막연한 성공과 1등만으로 압박해 제대로 된 꿈조차 가져보지 못한 채 엇길로 나가거나 좌절하게 만들어 온 것이 현실이다. 더구나 비집고 들어갈 틈 좁은 우리의 사정에서 중국은 활로이자 기회의 땅이 되기 충분하기에 더욱 많은 인재를 키워야 한다. 물론 학습은 스스로의 몫이다. 그렇지만 무작정 낯선 땅에 내던져놓는 것은 동물의 생존방식이지 인간의 교육 방법은 아니다. 치열한 경쟁사회에서 인재로 양성하기 위해서는 명철한 가이드와 애정 깊은 관심, 적절한 지원이 뒤따라야 한다. 그중 어떤 것은 부모를 비롯한 가족의 몫일 테고 어떤 것은 사회와 국가의 몫일 것이다. 벌써 수교 20년이 넘고 우리 유학생 수가 6만 명을 넘어섰지만, 특히 인재 양성에 관해 만족할만한 성과는 없었다. 시급하고 절실하게 생각해야 할 일이다.

제4장
너무 오랜 역사, 새로운 문화

중국 문화정책 연구의 본산 '문화산업연구원' 탐구

— 중국의 문화정책, '문화가 나라를 부흥하게 하고, 세계를 움직인다'

— 각국의 문화 소재는 전 인류의 공동재산이라는 열린 자세

— 한중 합작 영화 〈이별여행〉은 한중문화협력의 전범(典範)

문화가 산업이 되고, 문화산업이 국가의 얼굴이자 경제의 근간이 되는 세상이다. 잘 만든 영화 한 편이 현대자동차 몇 만 대를 파는 것보다 더 큰 수익을 낸다는 따위의 말은 10년도 훨씬 전에 나온 아득한 이야기이고, 우리는 이미 드라마 〈대장금〉이나 싸이의 〈강남스타일〉 한 곡이 몰고 온 엄청난 파장을 생생하게 체험했다. 이러다가 세계적, 아니 최소한 아시아에서는 최고의 문화강국이 되는 게 아닌가 하는 엿장수 가위질의 꿈을 꾸어보지만 그리 녹록치 않을 것 같다. 무엇보다 우리 곁에 버티고 있는 중국이라는 대국을 생각하지 않을 수 없기 때문이다.

역사의 시간이야 우리도 다를 바 없지만 지대박물(地大博物)로 정리되는 드넓은 땅, 다양한 물산을 바탕으로 한 그들의 문화적 유산은 이미 관광자원으로는 세계가 손꼽기를 주저하지 않는다. 더구나 우리와 달리 오

랜 세월 잘 보존되어 온 역사유적이나, 넓은 땅 곳곳에서 무시로 발굴되는 갖가지 유물은 문화산업의 잠재적 자원으로 그 미래가치는 섣불리 셈하기 어렵다.

문화산업은 이미 세계적 화두가 된 지 오래이다. 당연히 중국도 진작부터 문화산업에 대해 각성하고 미래를 준비하는 중이다. 또한 중국의 문화산업은 엄청난 양의 자원과 그 다양함으로 세계의 주목을 받으며 여러 선진국이 내미는 우호와 협력의 손길에 선택을 고민 중이다. 우리와는 비교할 수 없는 배부른 형국인 것이다. 때마침 박근혜 대통령의 방중과 함께 한중합작영화 〈이별계약〉이 큰 성공을 거두고 있는 터라 중국 문화산업 연구 책임자를 만나보는 것도 의미가 깊을 것 같았다.

문화산업 정책 연구하는 베이징대 문화산업연구원

중국은 지난 1990년대 말 문화산업을 정부차원에서 적극 지원하기로 결정하고, 1999년 10월 베이징(北京)대학에 '문화산업연구소' 를 최초 설립했다. 또한 2001년 '문화산업발전방안' 을 국가발전계획안 15항에 포함하고, 2002년에는 공산당 16대 보고사항으로 '문화산업' 채택했다. 즉 당과 국가의 공식 주요사업으로 규정한 것이다. 이에 따라 2002년 6월 베이징대학 '문화산업연구소' 를 '국가문화산업창신과 발전연구기지(國家文化產業創新與發展研究基地)' 로 지정하고, 2006년 10월에는 '문화산업연구소' 를 '문화산업연구원(이하 문산연)' 으로 승격시켰다.

문산연은 베이징대학교 예술대학(藝術學院)에 소속되어 있다. 문화와 예술의 상관관계를 고려한 배치이다. 그래서 문산연 원장은 예술학원 원

샹용 부위원장

장인 전국정협상무위원(全國政協常務委員) 예랑(葉朗)이 맡고 있고, 실질적 책임자는 2인의 부위원장이다. 그 중 가장 활발하게 활동하고 있는 샹용(向勇) 부위원장을 만났다.

먼저 놀란 건 샹용의 나이다. 1977년생이니 서른여섯 살에 불과한데 중국이라는 거대 국가의 문화산업발전기지와 연구원을 실질적으로 책임지고 있는 것이다. 약력을 들여다보니 베이징대에서 철학과 경제학 복수전공으로 학사를 마친 뒤, 예술학과 관리학으로 석·박사를 했다. 영국 케임브리지대학과 런던 메트로폴리탄대학에서 방문교수를 지내기도 했으며, 중국 국가 지원 애니메이션 산업발전부 및 유엔무역개발협의회(UNCTAD), 베이징 한국문화원 등 여러 곳에 관련 직함을 가지고 활동 중이니 다소 이해가 되기는 하지만, 우리네 상식으로는 여전히 놀랍다.

■ 스촨(四川)성 출신이군요.

“예, 스촨성 동북쪽 충칭(重慶)시와 인접한 쉬엔한(宣漢)현에서 태어나 고등학교 때까지 살았습니다. 중국에서는 보통 한 지역에서 3대를 살아야 그 지역 사람이라고 하는데, 저의 경우는 할아버지 때부터 쉬엔한에서 살았으니 스촨 사람이라 말해도 무방합니다.”

■ 지금은 베이징에서 살고 있는데.

“하하, 현재 호구(戶口)는 베이징이지만 19살에 왔으니 온전히 베이징사람이라 하기는 어렵습니다. 한 지역 사람이 되려면 법률적 신분뿐 아니라 그 지방의 언어, 생활습관, 공동체의식을 지니고 가치관이나 생활습관이 지역화되어야죠. 베이징에서 태어난 제 아이는 훗날 다를 수 있겠지요.”

■ 고등학교 때까지 살던 고향과 베이징의 문화는 아무래도 차이가 있을 텐데요.

“그렇죠. 스촨은 전형적으로 파(巴)와 촉(蜀) 문화가 지배하는 지역입니다. 파(巴) 문화는 호방하고 거침이 없는 것이 온화하고 돈후한 촉(蜀) 문화와는 다른 점이죠. 또 사천문화는 산싱두이(三星堆) 문화나 진사(金沙) 문화 같이 중원 지역과는 아주 다른 문화가 바탕이고요. 그렇지만 중국은 일찍부터 이민문화에 포용적이었습니다. 역사상 여러 차례 대규모 이민정책이 있었고, 각 지역 소수민족의 문화도 다양하니까요. 하지만 이런 중국문화의 포용성이 근대에 와서 편협적이고 경직되어가는 점은 안타깝습니다.”

■ 어떤 사유로든 다른 문화가 밀려들면 기존문화와 마찰이 있을 텐데요.

"당연한 일입니다. 그렇지만 마찰은 소통으로 해소될 수 있으며, 그 소통으로 융합된 또 다른 문화를 만들어내기도 합니다. 우리 중국에서는 그러한 과정을 거치는 과정에 아무래도 중원문화가 우월했기에 주맥(主脈)이 되고 기타 소수민족 문화는 지맥이 되었습니다."

■ 문산연의 업무에는 그런 소수민족의 문화보호도 포함되나요.

"그렇습니다. 지역발전에 있어 다양한 문화와 창의가 갈수록 중요한 역할을 하니까요."

1970년대까지만 해도 '황허(黃河)문명'으로 일컬어지던 중국 문명은 1980년대에 들어서며 슬그머니 '중화(中華)문명'으로 바뀌었다. 속작(粟作) 농업을 근간으로 한 황허문명이 중국 역사의 시작이고 본류라 믿어왔는데, 상하이 인근 허무타오(河姆渡)에서 발견된 더 오래된 도작(稻作) 농업의 유적이나 북방지역의 홍산(紅山)문화, 특히 1970년대 이후 스촨지역에서 발견된 산싱두이나 진사문화는 더 이상 황허문명만을 내세우기 어려운 여건을 만든 까닭이다. 그렇지만 그러한 다양하고 독특한 문화의 존재는 중국 문화산업의 지평을 더욱 넓혀주는 바탕이 될 것이다.

중국 문화정책, 젊은 지식인 의견 중시

■ 우선 국가 차원의 문화산업연구기지가 대학에 소속되어 있다는 점이 특별합니다.

"중국 정부는 이전과 달리 문화뿐 아니라 사회 각 분야에서 젊은 지식인층의 학술참여는 물론 지식정책까지 결정할 수 있도록 지지하고 있으며 지식인층과 전문인들의 의견을 갈수록 중시하고 있습

문산연과 연구기지 현판

니다. 개혁개방 이후 중국 정부는 고등교육기관에 이미 여러 국가급 연구기관을 설치했고 이들은 중앙정부의 정책결정에 중요한 역할을 담당해 왔습니다. 지역 실천에서부터 국가전략을 세우는 데까지 이런 지식인층의 노력 없이는 중국의 문화산업 발전도 없습니다. 그래서 문산연은 자긍심을 갖고 국가 지식 창고로서의 역할에 임하고 있습니다. 중국 문화산업의 발전에 박차를 가하며 문화부흥을 위해 일조하고자 합니다."

■ 문산연은 '문화가 나라를 부흥하게 하고, 세계를 움직이게 한다(文化可以興國, 文化推動世界)' 를 모토로 내세우고 있는데 그 의미는 무엇인가요.

"이는 문화입국(文化立國)의 한 개념으로서, '중국 국가브랜드전략' 과 '대문화경제설(大文化經濟說)' 의 실천적 강령입니다. 21세기 중국 부흥의 염원과 새로운 사상을 내포하고 있습니다."

■ 문산연의 주요업무는 어떤 것인가요.

"첫 번째는 국가 문화산업에 관한 이론을 연구 정립하고 중앙정부의 정책을 마련하는 것입니다. 두 번째는 문화산업의 인재양성인데 학사, 석사, 박사는 물론 실무전문가 양성에도 노력하고 있습니다. 세 번째는 지방의 문화산업발전을 촉진할 수 있도록 문화산업을 기획하는 것이며, 네 번째는 여러 창의실험실을 통해 문화상품을 개발하는 등 문화산업의 인큐베이터 역할을 하는 것입니다."

■ 문화산업의 인큐베이터 역할을 구체적으로 설명해준다면.

"문산연은 '미래영도문화창의대회(未來領導文化大賽)'를 개최해서 청소년들이 문화적 창의력을 응용해 창업하는 데 도움을 주고 있습니다. 또 그러한 문화소재를 개발한 사람과 파트너가 될 산업주체를 연결해 상품으로 생산 가능하도록 하는 일도 합니다. 실제로 영화, 오페라, 연극은 물론 도자기 등 창의적 디자인 상품을 공동 개발한 바 있습니다. 다만 시장 배급 부분에 있어서는 기업이 참여토록 주선하고, 우리는 정책 및 기획, 브랜드 관리, 문화 및 디자인 관련 자문을 제공해줍니다. 그러니까 문화가치 및 문화자본을 창출해내는 역할인 거죠."

■ 이런 연구기지는 베이징대 문산연이 유일한가요.

"아닙니다. 상하이자오퉁(上海交通)대학도 '국가문화산업창신과발전연구기지'로 지정되어 있습니다.

■ 중국은 지난 5천 년 역사에서 상당히 오랫동안 인류 문화의 주도적 역할을 했는데, 현재 중국 문화의 위상을 비교하면 어떤가요.

"총체적으로 중국의 역사 발전은 3단계를 거쳤습니다. 1차는 진한(秦漢) 시기였는데, 그때는 진의 통일에 따라 법치와 더불어 문자 · 도량형 등 제도상의 변혁을 이루었고, 한대에 들어서는 군사상의 변혁을 이루었죠. 2차는 성당(盛唐) 시기인데, 타문화를 배척하지 않는 포용정신으로 문화부흥을 이룬 진정한 굴기의 시대였습니다. 그래서 상상력 풍부한 중국인들의 말을 빌리자면 중국은 언제라도 그 시절로 되돌아가 문화적 부흥을 이루는 것이 진정한 굴기라고 하는데, 저도 일정부분 동의하는 바입니다. 세 번째는 명(明) 나라 때인데, 동아프리카 지역까지 항로를 개척한 '정화(鄭和)의 대원정' 같은 시도도 있었지만 결국은 중앙집권체제로 굳혀지며 군사·경제상의 굴기를 이루는 데 그치고 말았습니다. 그 뒤로는 청(淸) 나라 강희제(康熙帝) 시대를 끝으로 쇠퇴의 길로 들어섰는데, 이는 중화민족의 쇠퇴이자 농경문명의 쇠퇴이기도 합니다."

■ 서양 문명의 일방적인 주도가 시작된 것이었죠.

"그렇습니다. 18세기 산업혁명을 통해 기술 및 생산력의 획기적 발전을 이뤘고 이를 바탕으로 아시아를 추월한 거죠. 그전까지만 해도 유럽의 빼어난 문화적 유물에는 중국문화, 동양문화의 영향이 스며들어 있었는데 말입니다. 아무튼 중국은 특히 아편전쟁 이후 문화가치가 바닥으로 떨어지며 그 간격을 좁히기 위해 노력한다는 것이 오히려 5천 년 문화와 역사에 흠집만 내고 말았습니다."

사실상 맥이 끊겨버린 중국 문화

■ 가장 큰 까닭은 무엇이었을까요.

"그런 낙후의 원인을 과학을 등한시 하고 윤리만 강조한 유가(儒家) 등 중국문화의 보수성과 폐쇄성으로만 돌린 때문입니다. 그로 인해 기존 문화에 대한 전면적인 부정이 시작됐고, 그것은 20세기에 들어와 5 · 4운동, 문화대혁명으로까지 이어졌습니다. 당시 우리는 중국 전통문화에 대한 철저한 비판을 통해 그 죄악의 뿌리를 송두리째 뽑으려 했습니다. 후에 중국 낙후의 근본 원인은 제도와 정부통치 상의 모순에 있다는 것을 알게 되었습니다. 그래서 덩샤오핑이 개혁 · 개방을 제기하게 된 것입니다. 결국 그런 시간을 거치며 사실상 중국 문화는 맥이 끊어지고 말았습니다."

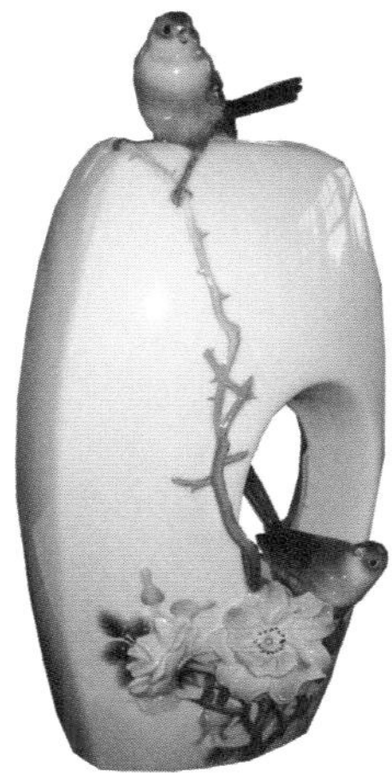

문산연에서 디자인한 입체미를 살린 도자기 작품들

■ 현재는 어떤가요.

"중국 문화는 반드시 계승되어야 한다, 문화는 계속 누적되어지는 것이지 부정하여 재탄생되는 것이 아니다, 라는 점에는 대부분 의견이 일치합니다. 다만 무엇을 계승하고 전승해야 하는가에 대해서는 논쟁이 있습니다. 또한 서양 문화의 영향과 충격을 받고 있는 현 상황에서 어떻게 자신감을 되찾느냐 하는 것도 중요한 과제입니다. 하지만 진정으로 중국 문화를 이해하는 사람은 일부 지식층을 제외하고는 그리 많지 않은 게 솔직한 현실입니다. 또 한 가지, 많은 문화자원들이 지식으로만 답습되어 전수되어지는 데만 그치고, 생활방식으로 스며들지 못하는 것이 안타깝습니다. 문화는 지식이 아니라 일종의 사람들의 생활방식입니다. 그래서 중국의 전통문화를 현대 중국인들에게 어떻게 접목시켜 흡수토록 하느냐는 것이 가장 중요한 과제입니다."

■ 미국이나 유럽 등과 비교했을 때 중국의 문화적 가치는 무엇이라고 생각합니까.

"문화는 지리 환경 역사 등 다방면의 영향을 받는 것이기에 민족이나 국가마다 다를 수밖에 없습니다. 그러니 어느 것의 우열을 가린다는 것은 어불성설이지만 우리 중국 문화에는 분명 우수한 부분이 있습니다. 그것은 유가에서 말하는 인의(仁義)나 화합, 도가(道家)의 사람과 자연의 관계 등입니다. 또 불교는 인간 심신의 문제를 중시합니다. 이런 '천인합일(天人合一)' '도법자연(道法自然)' '중생평등(衆生平等)'의 사상들은 자연을 정복하고 경쟁을 강조하는 서양문화로서는 대신할 수 없는 우수한 문화입니다. 실제로 서양 철학자 하이데거도 서양의 철학적 사고방식을 동양적 사고방식으로 전환해야 한다고 언급한 바 있습니다."

■ 현재 중국 문화가 가지는 세계적 위상은 어느 정도라고 보는지.

"사견입니다만, 아직까지 완전하고 체계적이며 모두가 신복(信服)할 만한 일련의 문화주장이나 가치이념은 없다고 생각합니다. 그 이유는 현재 중국의 정치구조나 집권당 이념의 이론방식이 우리의 순수한 전통문화와 완전히 일치하는 것은 아니기 때문입니다. 또한 세계적으로 공산당이 집권한 국가들에 대한 부정적인 평가도 아마 그 한 이유가 될 겁니다. 이러한 요소들로 인해 중국 전체 문화가 세계적으로 인정받지 못하는 상황에 놓이게 된 게 아닌가 생각합니다."

■ 향후 중국이 세계적으로 문화를 선도할 수 있는 가치를 만드는 것도 문산연의 업무에 포함되나요.

"당연합니다. 우리의 최대 희망이죠. 20세기 베이징대의 주요 사명이 서양에서 과학 민주 등의 선진 이념을 들여와 중국의 사회 경제 발전을 추진토록 한 것이었다면, 21세기의 사명은 서양에 중국 문화를 제대로 보여주는 것입니다. 이것은 중국의 굴기 노선을 세계에 소개해 세계가 함께 공유할 수 있도록 돕고자 하는 뜻입니다. 그래서 문산연은 현재 유네스코(UNESCO)나 유엔무역개발협의회 등 국제조직이나 국제고등교육기관, 과학연구기관과 긴밀한 협력 관계를 유지하고 있습니다."

중국 문화의 근본정신은 '인'

■ 중국이 세계적으로 문화적 위상을 가진다면 그 근본정신이 무엇이 될까요.

"'인(仁)'이라 할 것입니다. '인'의 기치 하에 '의(義)' '예(禮)' '지(智)' '신(信)'과 조화롭게 융합하는 것입니다."

■ 성당 시기뿐 아니라 세계 역사 속에 문화가 융성할 때는 그 기본정신은 포용이었습니다. 특히 중국의 문화에는 '장독문화'라고 일컬어지는 부분이 있던데요.

"그렇습니다. 저는 진정으로 자신감 있는 문화는 포용문화라고 생각하는데, 장독문화같이 외래문화를 스스럼없이 받아들일 뿐 아니라 자신의 문화와 융합하여 새로운 것을 창조해내는 것입니다. 인도에서 들어온 불교가 중국에서 선종(禪宗)으로 발전한 것이 그 가장 좋은 예입니다. 사실 1978년 중국이 개혁 · 개방을 추진한 정신도 그것입니다. 이전에는 선진 기술이든 제도이든 대외의 것에 대해 맹목적인 숭배 아니면 저항을 했는데 그것은 진정한 포용의 상태가 아니었습니다. 그렇지만 1978년 개방의 근본정신은 '겸수병축(兼修幷蓄 : 여러 학문을 두루 섭렵하여 이로운 것을 취한다)' 이었습니다. 즉 장독 문화의 포용정신이었지요. 그 부분에서는 한국이나 일본도 아주 잘하고 있다고 봅니다."

■ 요즘 거리에 '애국(愛國)' '후덕(厚德)' '포용(包容)' '창신(創新)'의 '베이징정신(北京精神)' 이 많이 내걸려 있더군요.

"사실 그 여덟 자가 과연 '베이징정신' 을 대표하는가, 논쟁이 많습니다. 저는 개인적으로는 크게 인정하지 않는 편입니다. 시민정신이란 시민들의 몸에서 배어나와 골목골목 묻어 있어야 한다고 생각합니다. 베이징대 교장을 지낸 저명한 시인 후스(胡適)는 중국 사람은 문자를 숭배한다는 말을 했습니다. 그렇지만 구호를 문자로 써서 벽에 걸어놓는다고 모든 사람들이 실천하는 것은 아닙니다. 다만 개괄적으로 모종의 의미는 있습니다. 문자로 숭배하는 그 자체가 핵심가치를 인정하는 본보기이기는 하니까요."

한중 합작 첫걸음 〈이별여행〉

상용은 2009년 베이징대학 중문과 교수였던 실존인물을 주제로 한 영

문화산업연구기지

화 〈멍얼동(孟二冬)〉을 제작 출품하여, 공산당 중앙선전부에서 우수 문화관련 작품을 대상으로 제정한 '오개일공정상(五個一工程獎)'을 수상한 바 있다.

멍얼동은 1994년 베이징대 교수로 임용된 뒤, 병마 속에서도 학문 연구와 학생 교육에만 전념하다가 2006년, 병상에서도 석사연구생 논문을 심사하고 학생의 논문 낭송을 들으며 눈을 감은 이다. 그의 죽음은 베이징대는 물론 중국 사회에 커다란 감동을 주었고, 그의 장례식에는 당시 국가주석 후진타오(胡錦濤)가 직접 화환을 보내기도 했다. 영화 〈멍얼동〉은 2009년 국가 영화관리국 지정 추천영화로 등극하기도 했다.

■ 〈뮬란〉〈쿵푸 판다〉 등 중국 문화를 소재로 미국이 제작하여 세계적은 큰 반향을 일으킨 영화를 보는 소회는 어떤가요.

"모든 국가는 저마다의 우수한 문화 소재를 가지고 있지만 결국 그것들은 전 인류 공동의 재산입니다. 한국의 〈대장금〉을 소재로 중국이 다시 영화나 드라마를 만들 수도 있는 일인 거죠. 왜냐하면 드라마 〈대장금〉을 베끼는 것이 아니라 조선시대의 인물 '대장금'을 재해석하는 것이라면 지적재산권에는 아무런 문제가 없기 때문입니다. 미국이 그리스나 이집트 이야기로 영화를 만드는 것과 같은 이치이죠. 그런 측면에서 중국적 소재가 세계에 쓰인다는 것은 오히려 환영할 일이라고 나는 생각합니다. 다만, 그에는 일정한 형식이 요구되는데 3가지를 들겠습니다. 중국을 예로 말하자면 첫 번째는 중국의 형식으로 중국 문화를 전파하는 것입니다. 예를 들면 곤곡(昆曲), 경극(京劇) 등에 어떠한 요소도 가미하지 않고 순수하고 있는 그대로 서양에 전파하는 것이죠. 그러나 가장 민족적인 것이 가장 세계적이기는 하지만 다른 나라 사람들이 이해하지 못한다면 중국의 소재라는 것을 알더라도 결국에는 별 의미가 없을 것입니다. 두 번째는 중국의 소재를 다른 나라의 형식으로 전파하는 것입니다. 〈뮬란〉〈쿵푸 판다〉 같은 것들이죠. 사실 중국에서도 중국대외문화

영화 〈이별계약〉 포스터

그룹(中國對外文化集團)과 상하이SMG신오락(上海SMG新娛樂)이 한국 CJ E&M과 합작으로 〈맘마미아〉 같은 뮤지컬을 만들었습니다. 소재는 다른 나라의 것이지만 형식은 중국의 것이니 나름 의미 있는 일이죠. 세 번째는 세계의 형식으로 세계의 소재를 표현하는 것입니다. 이를테면 중국 전통 소재를 발레 작품으로 만들거나, 셰익스피어의 작품을 중국 형식으로 만드는 것이죠."

실제 중국 영상산업 관계자들을 만나보면 한중 간 합작이 가져올 시너지 효과에 대해서는 수긍하는 바이다. 중국의 경우는 스케일은 크지만 섬세하지 못하고, 일본은 섬세하지만 줄거리가 매끄럽지 못한데, 한국은 우선 스토리를 끌어가는 힘이 탁월할 뿐 아니라 섬세하기까지 해서 세계 시장을 노려볼 만하다는 것이다. 더구나 한중합작으로 파고들 수 있는 중국시장의 크기는 이미 그 자체가 세계시장의 범주에 드니 말이다. 그럼에도 막상 양국의 사업주체가 만나면 먼저 불신의 벽을 내세워 일을 그르치고 마는 경우가 대부분이다. 다행히 이번 〈이별계약〉의 큰 성공은 한 단계 더 나아가는 진전의 계기가 되리라는 기대를 품게 한다.

문화협력은 평화 공존의 발판

■ 그럼 문산연에서는 외국 기업이나 문화산업 관련 단체와 연결해주는 역할도 하는지요.

"물론입니다. 당장 한국문화산업진흥원, 한국문화원 등과 빈번하게 교류하고 있습니다. 각종 문화활동은 물론 자문교류, 기업 간 상호 알선, 정부정책 관련정보 제공 등 다양한 형태입니다. 그밖에도 일본, 영국, 오스트리아, 대만 등 여러 나라의 관련 단체와 협력을 강화하고 있고요."

■ 한국과도 협력관계가 있나요.

"한국문화산업진흥원과 협력 관계로 한국문화산업의 중국시장 개척을 돕는 중국 측 고문을 맡고 있고, 한국아시아문화전당의 프로젝트 기획에도 참여하고 있습니다. 또 한국기업의 중국과의 교류에 필요한 현지 조사 서비스, 중국기업의 해외교류 협력 업무도 진행 중이고요. 그밖에 국내외 공동 포럼을 통한 국제문화산업 인재 양성에서도 좋은 결과를 내고 있습니다."

■ 한중의 앞날을 위해서는 미래의 주역인 청소년 간의 교류도 중요할 것 같은데요.

"네. 아주 중요한 사업이라고 생각합니다. 제가 베이징대 연구생으로 있던 2002년, 정말 의미 있고 가치 있는 프로젝트 '한중미래림(forest future)' 사업에 참가한 바 있습니다. 당시 퇴임하신 주중한국대사님께서 발기하고, 한국기업의 출자를 받아 시행된 그 사업은 한국과 중국에서 각각 50명의 청년을 선발해 내몽고 사막지역에서 나무를 심는 일이었습니다. 지금도 기억에 선명한 아주 의미 있는 일이었죠. 그런 일들도 지속적으로 추진되기를 기대합니다. 특히 앞으로는 환경, 자연생태, 과학 등 인류 공통의 과제를 주제로 미래의 주인인 청년들이 모여 토론하고 실행하는 일들도 문화사업의 주요 과제로 삼아야 할 것입니다."

■ 한국과의 교류에 있어서 특별히 할 말이 있다면요.

"전반적으로 한국과 중국은 수교 이래로 조화롭고 친밀한 관계를 이어왔습니다. 국제사무 상에서 서로 존중해가며 협력을 이끌어왔고 고위층, 정부, 기업 및 학술 교류에 있어서도 긴밀한 유대관계를 형성해왔습니다. 특히 최근 박근혜 대통령의 방중은 한중의 전략적 협력 동반자 관계를 더욱 심화시켰습니다. 물론 한중간 문화산업교류도 빈번히 이루어지고 있고 그 채널도 원활합니다. 다만 그 교류가 이제는 조금 더 구체적이고 심도 깊게, 무엇보다 지속적인 장기화가 필요한데 그 부분은 미흡합니다. 예를 들면 문화산업을 주도할 수 있는 고정적이고 정기적인 포럼이나 그 실행에 필요한 자금지원 등이죠. 지난해, 한중 수교 20주년을 기념하여 한국화가의 전시회를 문산연 주도로 개최한 바 있는데, 미술은 물론 다양한 문화방면에서 양국 간의 교류가 정기화되었으면 합니다. 특히, 현재 베이징대에는 석사 · 박사 과정을 포함해 적지 않은 유학생들이 문화산업을 연구하고 있습니다. 이 학생들은 모두 우수한 전문 교육을 받고 있고, 열정도 남다릅니다. 이런 인재들을 프로젝트 팀원으로 적극 활용하면 한중 문화교류의 사자(使者)로서 본분을 다할 것이라 생각합니다."

샹용 부원장과의 인터뷰에서 가장 기억에 남는 말은 '각국의 문화 소재는 전 인류의 공동재산' 이라는 것이었다. 중국 문화산업 책임자의 편협하지 않은 마음 자세는 수시로 불거지는 갈등을 내포한, 중국을 중심으로 한 주변국의 입장에서는 사뭇 고무적인 일이다. 이쯤에서 우리도 방향을 달리 해보는 것은 어떨까. 첨예하게 부딪히는 부분은 그 부분대로 두고, 미래지향적 사고의 인사들은 그들대로 또 다른 길을 걸어가는 것 말이다. 문화는 초기에는 언뜻 부딪히는 모양새를 나타내기도 하지만 결국은 융합되고 변화되어 새로운 것을 창조하는 힘을 지녔다. 특히 소위 '한류' 로 불리는 우리의 대중문화는 지금 그 강력한 흡인력으로 엄청난 장독이 되어가고 있다. 누가 이기고 지는 승부가 아니라 미래의 화합과 평화를 위해 보다 넓은 마음으로 내미는 손을 잡으려면, 장독 안에서 발효되어 새로운 가치의 위대한 무엇인가를 창조하려면, 먼저는 사소한 이익부터 따지는 소아의 마음을 버려야 하지 않을까싶다.

중국 영화산업, 한류 인재를 부른다

— 중국 박스오피스, 2013년 220억 위안 예상

— 오기환 감독의 〈이별계약(分手合約)〉 2013년 박스오피스 3억 6,000만 위안 기록

— 〈접속〉의 장윤현 감독, 2014년 3월 〈핑안다오(平安島)〉 크랭크 인

— 영화진흥위원회는 베이징사무소 열어 적극 지원

'한류(韓流)'로 불리는 우리 대중문화 열풍이 10여년 이상 중국 대륙을 달구었고, 아직도 일정 부분 지속되고 있는 것은 분명한 사실이다. 그러나 '한류'라는 상찬과 화려함에 비해 실속 면에서는 고개를 갸웃거리지 않을 수 없다. 우선은 지적재산권에 대한 전면적 침해가 원인일 것이다. 음악저작물에 대한 음원 침해는 일상이고, 영화나 드라마 등 시청각물에 대한 2 · 3차 저작권 또한 거의 보호받지 못하고 있는 게 실상이다. 이른바 짝퉁 CD · DVD는 시작이었고, 이제는 인터넷망의 각종 사이트를 통해 무차별, 전면적인 침해가 이루어지고 있다. 또한 앞으로도 한동안 그 완전한 보호를 기대하기는 어려울 것으로 보는 게 옳을 것이다. 그

래서인지 대중문화계 종사자와 리더들 중 상당수는 이제 중국이라면 고개부터 내젓거나 아예 외면하는 경우도 적지 않다. 그러나 중국의 대중문화 시장은 결코 외면하고 포기할 수 없는 드넓은 블루오션이다.

중국 영화시장 매년 30% 성장 예상

미국영화협회(MPAA) 통계에 의하면 2012년 중국 영화 흥행 수입은 170억 7천만 위안(27억 달러, 3조 원)에 달한다. 이는 108억 달러의 미국에는 한참 못 미치지만 24억 달러를 기록한 일본을 제친 세계 2위의 규모이다. 우리나라는 11억 달러 정도이다. 또한 중국 영화시장은 앞으로도 매년 15퍼센트 이상의 가파른 상승세를 보여 2020년경이면 미국 시장을 추월할 것이라는 예상도 있다. 실제 2013년 흥행 수입은 220억 위안에 달해 전년 대비 30퍼센트 가까운 성장세를 나타낼 것으로 예상된다. 이는 소득 상승에 따른 문화적 욕구가 가장 큰 추동력이겠지만, 기본적으로는 14억 인구라는 거대 시장이 부동의 기반이다. 비슷한 문화적 역사를 공유하며 이웃한 우리에게 블루오션이 될 수 있는 여실한 증거인 것이다.

2011년 한국의 대표적 영화사 '명필름'이 제작한 만화영화 〈마당을 나온 암탉〉은 국내 개봉에서 애니메이션 사상 최초로 200만 관객 돌파라는 흥행성과를 거두고, 거대시장 중국 개봉에서도 기대를 걸었다. 그러나 우리 돈 10억 원에도 미치지 못하는 초라한 결과로 끝나고 말았다. 또 2013년 영화사 '덱스터스튜디오'는 중국자본을 투자받아 고릴라가 야구선수로 등장하는 한중합작영화 〈미스터 고〉를 제작한 바 있다. 중국명 〈다밍싱(大明猩)〉으로 개봉된 중국에서의 흥행수입은 7,000만 위안

〈이별계약〉 한국포스터

(약 126억 원) 정도이다.

들리는 소리는 여러 가지이지만 요약하자면 〈마당을 나온 암탉〉의 경우 경험 부족으로 배급 과정에서 이미 실패를 예견할 수 있었던 데다가 관객 수 카운터에서도 불협화음이 있었던 듯하다. 〈미스터 고〉의 경우는 나름 선전하기는 했지만 중국 자본과 배우가 함께한 명실상부한 한중합작이라는 점에서는 단순히 흥행 면으로 보자면 그리 만족스러운 숫자는 아니다. 무엇보다 중국인들에게는 룰(rule)조차 익숙하지 않은 야구라는 주제 자체가 대박과는 거리가 멀었던 것이 아닌가 싶다. 결국 두 영화 모두 중국과는 상관없는 우리만의 돌직구를 던진 셈이다.

안병기 감독의 필선 포스터

반면 2005년 작 〈작업의 정석〉 2009년 작 〈오감도〉 등으로 잘 알려진 오기환 감독은 2013년 중국에서 영화 〈이별계약(分手合約)〉의 메가폰을 잡아 박스오피스 3억 6,000만 위안(약 650억 원)을 기록했다. 또 2008년 작 〈과속스캔들〉 2011년 작 〈써니〉 등으로 유명한 안병기 감독은 2012년 중국 영화 〈필선(筆仙)〉의 메가폰을 잡아 6,000만 위안 이상의 박스오피스를 기록한 것으로 알려졌다. 물론 이들 감독의 활약은 연출을 맡았을 뿐 손익은 온전히 중국 제작사의 것이라는 차이점은 있다.

중국에는 '위에 정책이 있으면 아래에는 대책이 있다(上有政策下有對策)' 는 우스갯소리가 있다. 나쁘게 읽자면 '정책을 비켜가는 꼼수' 라는 뜻이지만 좋게 받아들이자면 '현실의 벽을 헤쳐 나가는 지혜' 이기도 하다. 한국과 중국은 비슷한 문화적 역사를 공유하지만 특히 근현대사에서의 바탕적 차이는 감성의 세세한 부분에까지 영향을 미쳐 만만치 않은 이질감이 존재한다. 블루오션은 분명하지만 여러 제도적 문화적 차이로 인한 벽이 아직은 높다는 것이다. 벽을 넘어갈 수 있는 길은 그런 차이를 극복할 수 있는 지혜를 체득하는 것뿐이다. 오기환, 안병기 감독이 지금 걷고 있는 길도 그 중의 하나라는 생각에 새롭게 도전하고 있는 우리 영화감독 한 사람을 만났다.

중국에서 새로운 활로 찾는 〈접속〉의 장윤현 감독

장윤현(張允炫 1967년생). 1997년 〈접속〉에 뒤이어 1999년 〈텔 미 썸싱〉으로 명성을 높였고, 2007년 〈황진이〉 2012년 〈가비〉 등으로 국내 활동을 계속하던 영화감독이다. 그런 그가 최근 중국을 부지런히 드나들고 있다.

■ 대학에서 영화를 전공한 건가요.

"아닙니다. 대구에서 태어나 서울 대신고를 졸업하고, 한양대 전기공학과에 입학했습니다."

■ 영화감독이 전기공학과 지원자라니 뜻밖입니다.

"음악을 좋아해 내 손으로 명품 오디오를 만들고 싶다는 생각에 1986년 전기공학과를 입학했죠. 그런데 막상 들어가고 나니 시들했습니다. 그래서 일단 1년 동안은 무조건 놀아보자, 생각하고 영화동아리에 들어간 게 계기였습니다. 1987년 1월 박종철 고문치사 사건이 터지면서 세상에 눈을 떠, 6월 항쟁까지 각종 시위현장을 슈퍼8밀리 필름으로 찍어 〈인재를 위하여〉라는 영화를 만들었습니다. 그해 말, 대통령선거 때 '연우무대'에서 상영했는데 호평을 받았습니다. 그때부터 영화 인생으로 돌아서게 된 셈입니다."

■ 영화를 찍자면 돈이 필요했을 텐데, 집안이 넉넉했나 봅니다.

"그렇지는 않습니다. 아버지는 공업진흥청의 일반직 공무원이었습니다. 슈퍼8밀리 필름을 일본에서 현상해오기는 했지만 큰돈이 드는 건 아니었고, 선배들도 함께했으니까요."

■ 본격적인 영화작업은 어떻게 했나요.

장윤현 감독

"1988년 초 '장산곶매' 라는 영화단체를 만들어 광주민주화항쟁 도청사수 이야기를 〈오! 꿈의 나라〉라는 제목으로 만들었는데 꽤 흥행이 돼 돈을 좀 모았습니다. 그걸 밑천으로 1990년에는 금속노조 파업을 다룬 〈파업전야〉를 만들었고요. 그런 모든 작업을 장동홍 감독, 현재 '명필름' 대표인 이은 감독 등과 같이 했습니다."

■ 그래도 영화에 대한 전문적인 공부가 필요했을 것 같은데요.

"1990년 초, 텔레비전 영화프로그램 〈명화극장〉에서 우연히 헝가리 감독 이스트반 자보의 영화 〈메피스토(Mephisto)〉를 보게 되었습니다. 나치시대의 한 연극배우가 저항과 굴복의 과정을 겪으며 자기정체성을 잃어가는 과정을 그린 영화인데, 베를린 스타디움에서 비추는 조명을 따라 꼭두각시처럼 움직이는 마지막 장면은 그야말로 충격이었습니다. 아! 이런 감독에게 영화를 배웠으면, 하는 생각이 들더군요."

■ 헝가리 유학의 동기군요.

"예. 수업은 거의 듣지 않고 영화에만 빠져있었으니 학점도 이미 올 에프(F)였고, 미련을 둘 게 없었습니다. 문제는 병역이었죠. 신체검사를 받았는데 시력이 워낙 나빠 병역면제 처분이 내려지더군요. 다행이라 할 수야 없지만 3년의 시간을 벌었으니 더 망설일 게 없었습니다."

■ 헝가리라면 당시 수교는 했어도 적성국가였을 텐데요.

"주변 사람들 모두가 납북 우려 같은 걸로 위험하다며 반대했죠. 그러나 꼭 헝가리의 이스트반 자보 감독에게 영화를 배우고 싶었습니다. 다행히 학비와 생활비를 포함해도 연간 3,000달러면 충분한 유학비 덕분에 아버지도 승낙하셨어요."

■ 헝가리에서의 유학은 어땠나요.

"일단은 생경한 언어니 어학연수부터 했습니다. 그리고 헝가리국립영화학교에 입학해 이스트반 자보 감독을 찾으니 그분은 독일로 가셨다고 하더군요. 맥이 빠졌지만 입학한 학교이니 일단 공부를 시작했죠. 그런데 제가 서울에서 만들었던 영화를 본 지도교수가 굳이 헝가리에서 공부할 까닭이 없다고 말씀하시더군요. 그렇게 어정쩡한 상태에서 좀 더 공부를 하다가 1993년 귀국했습니다."

■ 졸업을 안 했군요.

"졸업장이 중요한 건 아니니까요."

■ 공부가 필요 없다는 건 무슨 뜻인가요.

"기술적인 부분은 한국도 헝가리에 뒤지지 않았고, 예술성이나 작품성은 감독 개인의 사상과 역량이니 그것은 스스로 성찰해 만들어가야 한다는 뜻이 아니었나 싶습니다."

■ 귀국 후에는 활동이 눈부셨죠.

" '장산곶매' 에 복귀해 처음에는 〈문화유산답사기〉 등 다큐멘터리를 주로 만들었습니다. 고 전태일 열사를 주제로 한 영화를 준비했지만 박광수 감독님과 겹쳐 접었고요. 얼마 뒤 '명필름' 이 창립되며 합류해서 기획과 감독 등을 했는데, 한석규와 전도연 주연의 1997년 작 〈접속〉이 크게 주목을 받았습니다."

■ 소위 말하는 대박이었지요.

"그랬습니다. 다음 작품으로 연출한 한석규와 심은하 주연의 〈텔 미 썸싱〉도 성공했고요. 그 후 독립해서 〈와일드 카드〉 등 몇몇 작품을 직접 제작하다가 2004년 〈썸〉을 제작하면서 그야말로 쫄딱 망했죠 (웃음). 제작사를 접고 〈황진이〉 〈가비〉 등의 감독을 했는데 역시 좋은 성과를 얻지는 못했습니다. 수렁에 빠진 것 같더군요."

송혜교를 주연으로 내세운 〈황진이〉는 175만 관객을 동원했고, 고종황제의 커피 이야기를 다룬 주진모 김소연 주연의 〈가비〉는 30만 관객을 동원하는데 그쳤다.

■ 견디기 쉽지 않았을 것 같습니다.

"왜일까, 깊이 반성해봤습니다. 결국 대중예술에 대한 자만심으로 영화가 잘 안 보였다는 생각이 들더군요. 그래도 영화는 내 인생인데, 새로운 도전을 해보자 각오를 다졌습니다."

■ 그 새로운 도전이 중국 진출인가요.

"그런 셈이죠. 성사되지는 못했지만 이미 2001년에도 상하이 영화사와 합작을 논의한 적이 있었습니다. 물론 그때는 한국 감독으로 중국 영화를 연출하는 건 아니었고요."

〈영웅본색〉 우유선 감독, 한국 감독 중국 진출 권유

■ 2011년 중국 영화계와의 접촉은 어떤 통로였나요.

"영화진흥위원회(이하 영진위)에서 한 · 중영화교류행사를 열며 저를 초대해줬는데 거기서 유명한 홍콩 누아르영화 〈영웅본색〉의 우유선(吳宇森 : 오우삼) 감독을 만났습니다. 그가 제 영화 〈황진이〉를 봤다면서 중국으로 오라고 하더군요. 자신은 미국에서 영화를 찍어봤지만 인종차별과 언어 등의 문제로 엄청난 고충이 있었다, 이제 중국 영화시장도 미국시장만큼 커질 것이다, 중국에는 한국의 역량 있는 감독이 필요하다, 미국에서와 같은 차별은 없을 것이다, 언어도 같은 한자(漢字)권으로 통역을 쓰면 큰 문제될 게 없다, 자신은 한국 영화인을 좋아한다, 등의 고무적인 이야기를 하면서요."

■ 충분히 자극이 되었겠군요.

"예. 처음에는 다큐멘터리영화를 염두에 두다가 그동안 함께했던 스태프들과 같이 도전할 수 있는 길을 찾아야겠다, 생각했습니다."

■ 어떻게 길을 찾았나요.

"2012년 영진위에서 베이징사무소를 열었는데 중국에서 영화작업

중국광전총국

을 원하는 관계자들에게 사무실 편의, 기획안 번역, 멘토링 등의 지원 사업을 합니다. 사무소장은 베이징영화학교에서 공부한 분이고요. 그곳을 통해 중국 영화계의 실질적 모습을 파악하며 구체적 작업을 모색했습니다. 그사이 안병기 감독이 자신의 2004년 작 영화 〈분신사바〉를 아이템으로 공포영화 〈필선〉을 만들어 상당한 성과를 거두었고, 오기환 감독 역시 자신이 감독한 2001년 작 〈선물〉을 중국식으로 리메이크한 〈이별계약〉으로 대박을 터트렸습니다. 우유선 감독의 말이 현실로 입증된 셈인 거죠. 특히 〈이별계약〉 제작에 'CJ E&M'의 중국 현지법인 'CJ차이나'가 참여한 것도 고무적이고요."

■ 장 감독은 어떤 결과가 있나요.

"우선은 'CJ차이나'와 〈핑안다오(平安島)〉〈요쿠러브(優酷 Love)〉 두 편의 영화를 연출하기로 계약했습니다."

■ 어떤 내용인가요.

"〈핑안다오〉는 제가 2004년 제작자로 참여했던 〈알 포인트〉를 콘셉트로 한, 미지의 섬에서 겪게 되는 공포영화입니다. 〈요쿠러브〉는 제 영화 〈접속〉을 모티브로 한 작품인데, '요쿠'는 중국의 유명 인터넷 동영상 사이트 이름입니다. 〈접속〉이 인터넷상의 이메일을 통해 시작된 사랑이라면 〈요쿠러브〉는 동영상 사이트를 통해 시작되는 사랑 이야기인 거죠."

안병기 감독의 〈필선〉은 2013년 〈필선2〉로 연작이 상영되었고, 장 감독의 〈핑안다오〉는 2014년 3월 촬영에 들어갈 예정이다.

■ 중국 영화계 이야기를 들어보죠. 우선 한 · 중 · 일 3국의 영화에는 어떤 차이가 있나요.

"무엇보다 감정선이 다릅니다. 한국은 적당히 숨겨야 하고, 일본은 직접적으로 감정을 드러내지 않는 반면 중국은 직선적입니다. 감추고 숨어 있는 걸 싫어하는 거죠. 대사의 경우도 한국은 일상어로 전달하고, 일본은 말보다는 동작이나 영상으로 전달하는 경우가 많습니다. 이를테면 바람이나 나무의 흔들림 같은 걸로 말이죠. 반면 중국은 현학적이면서 퀄리티가 높은 편입니다. 템포에 있어서는 중국은 느리고, 일본은 중간쯤이라면 한국은 아주 빠르죠. 그 빠른 면이 중국인이 좋아하는 동인이 되고요."

■ 중국 배우의 연기력은 어떻게 평가할 수 있나요.

"우리와 다른 부분이 있습니다. 중국배우의 경우 영화에 어울리지 않는, 차별화되지 않은 과장이 많습니다. 예를 들면 화면이 클로즈업되면 목소리는 오히려 작아져야 관객이 영화에 집중하는데 중국 배우는 그걸 이해하지 못하는 것 같은 경우죠. 물론 그게 연기력 자체를 평가할 수 있는 기준은 아닙니다만."

■ 다른 기술적인 부분도 그리 만족할 수 있을 것 같지는 않은데요.

"전반적으로 체계화되어 있기는 합니다만 촬영과 조명의 기술적인 면은 아직 일정 수준에 미치지 못한 것으로 볼 수 있습니다. 미술도 그리 높은 수준은 아니지만 음악은 선곡의 폭이 넓어 그리 고민하지 않습니다."

박스오피스 커지는 만큼 늘어나는 제작 편수는 한국 영화인에게 기회

■ 스태프의 개별적 역량은 어떤가요.

"우리나라의 경우는 아직도 오직 영화를 하고 싶다는 열망만으로 전념하는 경우가 많습니다. 거기에서 '좋은 작품'을 위해서는 기꺼이 자신을 희생할 수 있다는 예술정신 혹은 사명감과 책임감이 나오지만 부정확한 도제식 전수가 지속되기도 합니다. 반면 중국은 우선 돈을 추구하는, 훨씬 더 직업적인 자세로 사명감과 책임감은 덜하지만 프로를 지향하는 전문가가 나옵니다. 벌써 조감독이나 프로듀서의 경우 연봉 2억 원 이상을 유지하는 이들도 적지 않습니다. 그러니 실력 있는 스태프의 경우 1, 2년을 기다려야 같이 일할 수 있는 경우도 있습니다."

중국의 최신 영화관

■ 그런 스태프들은 어떻게 교육을 받나요.

"영화관련 대학에서 체계적으로 수업을 받고 현장에서 경험을 쌓은 사람들이죠."

■ 우리와는 계약조건도 다르겠군요.

"예, 우리는 보통 작품별로 일괄계약을 합니다. 그러나 중국의 스태프들은 대부분 회차 계약입니다. 영화 한편을 몇 회의 촬영으로 완성하겠다는 계획으로 계약하는 것이지요. 재미있는 것은 촬영 횟수가 줄어들어 계약한 회차를 다 채우지 못하면 다음 영화에서 그만큼의 회차를 메워준다는 겁니다. 계산에서는 철저한 거죠."

■ 재미있네요. 제작 여건은 어떤가요.

"자본가적 입장이 굉장히 강하다고 해야 할까요, 좋은 영화를 잘 만들기 위해서는 많은 돈을 들여야 한다는 의식은 미약합니다. 그렇지만 가능성보다는 기회가 많다는 점에서는 긍정적입니다."

■ 기회가 많다는 건 어떤 뜻인가요.

"박스오피스가 커지는 만큼 그 수요를 감당할 공급이 따라야 한다는 거죠. 뒷받침할 자본의 규모도 크고요."

■ 외국 감독으로 연출하는 데 가장 큰 어려움은 역시 언어 문제이겠군요.

"물론 언어적 어려움도 있습니다. 섬세한 감정을 표현하기 위한 음성 톤이나 제스처, 그밖에도 여러 세밀한 부분에서 통역만으로 완전한 의사소통을 하기는 어려우니까요. 하지만 가장 큰 어려움은 콘텐츠 개발에서의 한계입니다."

중국 정부의 규제 방법은 등급제가 아닌 상영 '가부'

■ 규제를 말하는 건가요.

"등급제가 아닌 상영 가부만 결정하는 데 따르는 문제라고 할 수 있죠."

답변이 조심스러워진다. 직접 관련 기관을 상대해야 하는 그의 입장이 이해된다.

중국에서는 국가신문출판광전총국(國家新聞出版光電總局)이라는 국가기관이 모든 언론 및 전파매체를 통제한다. 영화의 경우 시놉시스에서부터 대본까지 사전검열 대상이다. 전체 10개 항도 되지 않는 포괄적 규정이 있는 것으로 알려진다. 이를테면 '사회질서에 위배되는' '미풍양속을 해치는' 등과 같은 규정이다. 애매모호할수록 자의적 해석이 가능하다는 것은 우리도 이미 겪어온 바이다.

■ 탈출구는 없을까요.

"인터넷을 통한 드라마와 영화시장이 넓어지고 있고, 모바일 등 다양한 수단이 속속 시장을 만들어내고 있으니 탈출구가 될 수 있지 않을까 생각합니다."

■ 영화관 사정은 어떻든가요.

"첨단시설의 상영관이 빠른 속도로 늘어나고 있어 아주 고무적입니다. 그에 따라 관객 또한 기하급수적으로 늘어날 것으로 전망되고요."

■ 만화영화의 가능성은 어떻게 봅니까.

"우리와 마찬가지로 중국 역시 애니메이션의 상업적 가능성에 기대를 걸고 국가적 차원에서 지원합니다. 그러나 역량 면에서는 의문이 듭니다. 특히 애니메이션의 경우는 기획 단계부터 장기적 기간이 소요되는데, 중국의 자본 투자자는 빠른 결과를 요구합니다. 게다가 콘텐츠 개발이라는 측면에 있어서도 다양한 자유성이 필요한데 한계가 있어 보입니다."

■ 한국 연기자에 대한 중국 영화인의 평은 어떤가요.

"연기력 등 여러 면에서 대체적으로 긍정적입니다. 그러나 언어 면이나 중국 관객과의 감정 교류 면에서는 대만 배우가 더 선호되는 편입니다."

■ 한중 간 공동제작의 성공 가능성은 어느 정도인가요.

"제작에 관한 법적 규제도 규제지만 일단 공동제작에 대해서는 긍적적이지 않습니다. 정서 등 여러 면에서 아직은 두 나라가 함께 배급할 수 있는 작품을 만들기 어렵기 때문입니다. 차라리 한국기업이 중국 콘텐츠를 개발해 세계시장에 내놓을 수 있는 중국영화를 만드는 게 나을 겁니다."

■ 좋아하는 중국 감독은 누군가요.

"역시 중국 영화예술의 거장이라 할 수 있는 장이머우(張藝謨)와 〈패왕별희(覇王別姬)〉의 첸카이거(陳凱歌) 감독을 들 수 있겠지요. 첸카이거 감독의 최근작 〈수색(搜索)〉도 아주 인상적이었습니다."

한류는 지속될 것

■ 한류는 지속될 수 있을 것으로 예상하나요.

"저는 긍정적인 시각입니다. 정서적 공감대도 있지만 대중문화의 소비성이란 체제나 이념과 상관없이 지속되고 확산되는 것이니까요."

■ 개인적으로 소망하는 영화는 어떤 것인가요.

"역사를 영화로 만들고 싶은 게 오랜 꿈입니다. 특히 한국과 중국, 공동의 역사 이야기를 다루고 싶습니다."

지금까지의 한국 영화 발전은 오직 영화만을 꿈꾸며 '좋은 작품'을 위해서는 기꺼이 모든 것을 바칠 수 있다는 '미친 열정'의 개인들이 만들어낸 성과였다고 평가할 만하다. 지원이라는 이름으로 국가가 나서기도 했지만 그 안에는 정권과 선전을 위한 규제의 칼날이 숨어 있었고, 바람직하지 않은 잡음과 추문을 일으켜 영화인들을 혼란에 빠트리기도 했다. 물론 일부 영화인들 중에는 그런 권력과 결탁한 이들도 있었지만 결코 다수는 아니었고 그들은 스스로 도태되어 갔다. 민주화의 물결과 함께 권력을 비판할 수 있게 되자 이번에는 자본이 손을 내밀었다. 꿈을 작품으로 만들 수 있는 자본에 목말랐던 영화인들은 환호하며 그 손을 잡았다. 그러나 자본은 냉혹했다. 규제에 못지않은 수익이라는 계산이 그것이었다. 더구나 점점 커져가는 시장을 가운데 둔 거대자본 간의 다툼은 순진한 영화인들의 입지를 더욱 좁혀갔다. 기회와 활로를 모색하던 그들에게 마침내 중국이라는 거대시장이 다가왔다. 그러나 지금까지의 '맨땅에 헤딩' 정신만으로는 도전이 불가능하거나 헛발질의 빈손에 그치기 십상인 시장이다. 다행히 영진위에서 베이징사무소를 열어 그들을 지원하러 나섰다. 든든한 원군이 되어줄 책임자를 만났다.

한국영화진흥공사 베이징 사무소장 김필정

김필정(1974년생) 수석대표 역시 영화에 미친(?) 당찬 여자이다.

■ 언제부터 영화에 빠졌나요.

"고향인 강원도 태백시에서의 초등학교 시절부터요."

■ 조숙했네요.

"현실이 그랬어요. 그때까지도 탄광이 활황이어서 광부들 작업복을 판매하던 부모님은 종일 시장에 나가 있었어요. 내성적인 성격이었던 저는 학교에서 돌아오면 케이블 텔레비전에서 나오는 영화나 비디오를 보며 집안에만 틀어박혀 있었고요. 점점 영화가 좋아

영진위 베이징사무소

지니 방학 때는 아예 집밖으로 나가지 않을 정도로 자폐적이 되어 때로는 어머니가 일부러 저를 밖으로 데려나갈 정도였어요. 세상과 단절되었던 거죠. 친구가 없었던 건 물론이고요."

■ 영화의 무엇이 그렇게 좋았나요.

"권선징악, 사랑 등 세상의 진실이 전부 영화 속에 있는 것 같았어요."

■ 세상의 진실은 사람과의 관계에서 찾아야 하는 거 아닌가요.

"중학교부터 서울에서 다녔는데 그때 친구를 사귀며 사교적이 되었지만 그 또한 같이 영화를 보러 다니는 게 계기가 되었어요."

■ 모든 게 영화로 연결되는군요.

"그랬어요. 아마 영화를 싫어했으면 친구로 사귀지도 않았을 거예요 (웃음)."

김필정 베이징사무소장

■ 영화공부는 어떻게 했나요.

"그사이 아버지는 돌아가셨고, 어머니는 딸이라도 자식이 하는 일에는 무조건적으로 지원하시는 분이니 영화에 빠져 살던 제가 대학에서 영화를 전공하는 건 당연한 일로 여겼어요. 그렇게 서울예대 영화과를 들어가 연출을 공부하고, 1996년 베이징으로 들어와 어학을 연수한 뒤 1997년 베이징전영학원(北京電影學院)에 입학했어요."

■ 왜 하필 중국이었나요.

"고등학교 시절부터 홍콩영화광이었어요. 심지어는 대학 재학 중 홍콩과 대만에 가서 영화와 관련된 학교 등을 찾아보기도 했으니까요. 그런데 대만과 홍콩의 영화학교는 그렇게 체계적이지 않은 것 같아서 중국을 선택한 거죠."

■ 베이징전영학원에서의 학업은 어땠나요.

"기대보다 좋지 않았어요. 특히 차별이 심했어요. 중국 학생들에게는 35밀리 카메라로 영화를 찍도록 하면서 외국인에게는 겨우 개인용 비디오카메라를 장비로 내줬으니까요."

■ 한국으로 돌아오지 그랬어요.

"처음 1년은 중국영화사(中國映畵史)를 공부했고, 다음 해에는

1993년 〈향혼녀(香魂女)〉로 베를린영화제 금곰상을 받은 셰페이(謝飛) 감독으로부터 지도를 받을 수 있어 1년을 더 버텼어요. 그러고는 학교를 때려치웠지요 (웃음). 그럼에도 중국을 떠나지 않은 건 베이징의 놀라운 예술정신 때문이었어요."

사라지지 않은 베이징의 예술정신

■ 베이징의 예술정신?

"예. 일반적으로 공산주의, 사회주의라면 사상의 억압으로 예술 또한 한계가 있으리라 생각하는데 저 역시 그랬어요. 그런데 막상 영화를 공부하며 접해보니 오히려 우리보다 더 자유로운 정신으로 활동하는 예술가들이 많아 문화적 충격이 컸습니다."

■ 구체적으로 어떤 예술 활동이었나요.

"이를테면 전위미술, 록(Rock) 음악 같은 것들이었는데 예술계 전반에 소수이지만 자유를 구가하려는 사람들이 있었어요. 특히 로커들의 경우, 그때까지 우리나라는 서방의 음악을 그대로 들여와 즐기는 정도였는데 그들은 자신들의 록 음악을 만들어 연주하고 즐길 정도였어요. 그래서 그들의 세계를 다큐멘터리로 찍으려고 열심히 쫓아다녔는데 완성하지는 못했어요."

■ 공개적인 활동이었나요.

"그게 정부의 묵인인지 지하활동이었는지 잘 모르겠지만 라이브 클럽, 개인 화실, 집 등에서 모여서 활동하고 토론하는데 큰 문제는 없었던 것 같아요."

■ 90년대 중국의 소위 '전위예술' 들을 보면 억눌림에 대한 반항이 지나쳐 눈살이 찌푸려지기도 하던데요.

"그렇죠. 문화대혁명이라는 극단의 상황을 겪었고, 개혁 · 개방 이후에도 사회주의라는 체제상 일정한 한계가 있었을 테니까요. 그로 인해 일부는 눈살 찌푸려지는 것도 있었지만 그건 예술 발전의 과정으로 봐야겠죠. 가장 좋았던 건 낭만이랄까, 돈 없이도 예술을 할 수 있다는 기운과 정신이 있다는 것이었어요."

■ 그런 예술정신은 어디에서 나오는 걸까요.

"수천 년 장구한 역사 속의 문화와 예술 전통이죠. 문혁과 같은 극단적 상황이 오면 잠시 숨을 죽이기는 해도 예술정신 자체가 끊어지는 것은 아니니까요. 그래서 아직 많이 세련되지 않았고 구체적 스킬에서도 부족한 면이 있지만 무궁무진한 콘텐츠의 가능성은 경쟁력의 바탕이 되죠."

■ 록 음악에 관한 다큐멘터리를 접은 뒤에는 뭘 했나요.

"당시 자장커 감독이 지하영화, 즉 독립영화를 찍고 있었는데 저는 그 자장커 감독을 다큐멘터리로 만들려고 좇아다녔어요. 열악한 환경에서 엄청 고생만 하고 또 완성은 못했지만요."

1970년생인 자장커(賈樟柯)는 베이징전영학원 문학과를 나온 중국 영화 제6세대(1989년 톈안먼 사건 이후)의 대표적 감독이다. 김필정 소장의 목격대로 주로 지하영화를 만들다가, 2004년 영화 〈세계(世界)〉로 공식 데뷔했다. 2006년 영화 〈스틸 라이프(중국명 : 三峽好人)〉로 베네치아영화제 황금사자상을 수상했고, 2013년 영화 〈천주정(天注定)〉으로 칸영화제 각

본상을 수상했다. 다큐멘터리적 사실성과 영화적 미학이 어우러진 그의 영화는 폭력성을 통해 현실의 문제점을 고발하는 주제가 주를 이룬다.

■ 한국영화와 인연이 있었다고요.

"예. 그렇게 한창 중국에서 고전하고 있던 2000년, 김성수 감독님의 영화 〈무사〉를 중국에서 촬영하며 통역 및 연출부 제의가 들어와 참여했어요. 촬영이 끝나고 귀국했고요."

한국으로 돌아온 그녀는 2001년부터 영화사 '나비픽처스'에 근무하며 자신의 영화를 준비했다. 연출을 공부했으니 당초부터 감독이 꿈이었고, 1930년대 상하이를 배경으로 한 가족드라마가 머릿속에 든 영화였다. 하지만 2006년 '나비픽처스'의 영화 〈중천 : 조동호 감독, 정우성 김태희 주연〉이 흥행에 실패하며 그녀의 꿈도 일단 접어야했다.

■ 실망이 컸겠군요.

"영화판에서야 흔히 있는 일인 걸요. 그리고 2007년 박유환 감독과 결혼해 3, 4년 전업주부를 했어요."

■ 영화에 미련은 없었나요.

"포기한 건 아니었어요. 아이를 출산했으니 엄마의 역할을 다하는 게 우선이었던 거죠."

한중 인재의 합작으로 중국 콘텐츠의 스토리텔링화 필요

■ 중국과는 어떻게 다시 인연이 이어졌나요.

"2010년 영진위에서 중국사무소장을 공채한다기에 응시했고 제가 된 거죠."

영진위 사무소에서 제작회의 중인 영화인들

■ 영진위 베이징사무소 주 업무는 뭔가요.

"한국영화 홍보, 필름비즈니스센터 역할, 스태프 컨설팅 등 영화 전반에 관한 일이죠. 중국 광전총국과 우리 영진위 공동으로 여러 행사를 열기도 하고요."

■ 성과는 있나요.

"구체적인 수치로 말할 수는 없지만 나름 성과가 크다고 생각해요. 우선 한국의 좁은 시장에서 부대끼던 역량 있는 감독과 스태프들이 중국영화에서 능력을 발휘하는데 여러 뒷바라지를 한 것이 뿌듯해요. 중국에서는 교육과정 등의 여건으로 아직은 실력 있는 스태프가 많이 부족해요. 그래서 영화를 공부하기 위해 한국에서 유학 중인 학생들도 많고요. 또 중국에서는 외부 인재에 대한 거부감

없이 굉장히 적극적이에요. 할리우드는 물론 세계 어떤 나라의 인재라도 받아들인다는 자세죠. 저는 한중간에 지금 이뤄지고 있는 이런 교류가 양국 인재의 합작으로 중국 콘텐츠의 제대로 된 스토리화를 곧 이뤄낼 거라고 봐요. 그렇게 두 나라의 역량이 결합하면 중국과 한국 시장이 아니라 세계시장에서 할리우드를 뛰어넘는 날도 그리 멀지 않으리라 생각하고요."

■ 감독이나 스태프의 진출 과정에 계약상의 문제가 일어날 소지도 있을 텐데요.

"예, 그래서 저희 베이징사무소는 한국계를 비롯한 중국 로펌과의 계약으로 감독 배우 스태프의 계약은 물론이고 영화관련 각종 저작권 계약에도 법률 지원을 해주고 있어요. 2012년부터는 영화 후반작업과 관련된 법률지원은 물론 계약 알선도 해주고요."

■ 한중합작 영화산업의 미래가 과연 밝기만 할까요.

"저는 밝다고 봐요. 우선은 기회가 많다는 점을 들 수 있습니다. 예를 들어 2013년 기준으로 중국에서 제작된 영화가 900여 편에 달하는 것으로 알려집니다. 물론 그게 모두 극장에서 상영되는 건 아닙니다. 흥행 가능성이 없으면 여지없이 외면당해 사장(死藏)되고 말죠. 그렇지만 그처럼 제작 편수가 많다는 것 자체가 역량 있는 우리 관계자들에게는 넓은 시장이 되는 겁니다. 또 14억 인구는 관객층 개발의 여지가 풍부하다는 이야기이기도 합니다. 하나 예를 들자면 2013년 〈소시대(小時代)〉라는 영화가 개봉됐는데 철저하게 10, 20대 여성 감성코드에 맞춘 영화였어요. 처음에는 다들 중국 10대가 무슨 영화를, 하는 부정적인 시각이었는데 이게 무려 7억 위안의 박스오피스를 기록해 모두가 놀랐어요. 그처럼 중국에는 아직 영화관으로 선뜻 발길을 돌리지 않는 잠재된 관객층이 어마어마하기에, 어떤 감성 코드로 어떤 관객층을 공략하느냐에 따라 엄청난 성공을 예약할 수 있다는 거죠. 제가 잘 아는 '차이나필름' 부대표 장창(張强) 씨는 '중국과 한국 영화인이 지혜와 기량을 모아 동양적 판타지를 잘 살린 영화를 만들어낸다면 단숨에 할리우드를 뛰어넘어 세계시장에 뿌리 내릴 수 있을 것이다' 라는 말을 해요. 저도 그 이야기에 전적으로 동감하고, 우리가 지향해야할 바라고 생각하고 있어요."

■ 한중합작 영화의 지금까지 실제적 성과는 어떤가요.

"가장 큰 성공을 거둔 〈이별계약〉은 더 말할 것도 없고, 〈미스터 고〉의 경우도 국내에서는 이런저런 말들이 있지만 야구라는 중국인에게 생경한 주제로 그만한 박스오피스를 기록한 건 나름 의미 있는 큰 성공이라고 봐요. 다만 〈마당을 나온 암탉〉의 경우는 배급 시기 등 여러 면에서 문제가 있어 성과를 거두지 못했는데, 가장 큰 원인은 역량이 부족한 배급사와 계약한 때문이에요. 이제 우리 베이징사무소가 있으니 앞으로 그런 시행착오는 거의 없을 거라고 봐요."

■ 중국과의 문화산업에서는 항상 저작권보호가 문제로 대두되는데 어떻게 보나요.

"기본적으로 문제가 크다는 점에는 동의해요. 그런데 다른 면으로도 좀 생각해봤으면 좋겠어요. 사실 그동안 불법 복제된 영상물 유통이 저작권은 엄청나게 침탈했지만 그를 통해 한국 영상물에 대한 인지도와 평가가 엄청나게 높아졌다는 점은 분명히 있어요. 어쨌거나 한중간의 연간 저작권 시장이 이제 9,000만 위안에 이를 정도로 커졌는데, 앞으로도 점점 커져갈 거예요. 너무 우리 기준의 산술만 생각해서 큰 시장을 잃어버리는 우는 없었으면 해요."

한국인의 감성, 콘텐츠 다양화로 세계시장 열 수 있어

지금 세계가 열광하는 한류 열풍은 결코 우연한 행운이 아니다. 격랑의 그 긴 역사에서 단 한 번도 단절되지 않고 이어져 내려온 유구한 문화 전통과 우리 민족만의 개성이 어우러져 빚어낸 그야말로 수천 년의 결실이다. 우스개처럼 들릴 수도 있지만 중국은 사람이 무술로 하늘을 날아다니고 하루에 천리를 달리는 천리마와 같은 거대한 스케일의 소재는 잘 만들어내도 디테일에서는 아주 약하다. 반면 일본은 감정의 표현 등 섬세한 부분에는 강하지만 거대한 스케일에서는 약하다. 그들 두 나라 사이에 있는 한국은 지나친 과장은 배제된 제법 큰 스케일의 스토리텔링도 매끄럽고, 디테일에서도 이제는 상당한 진전을 이루었다는 것이 동아시아 문화 관계자들로부터 자주 듣는 평이다. 실제로 중국에서 제작된 100부작 분량의 역사 다큐멘터리나 드라마를 끝까지 볼라치면 깊은 인내심이 우선 요구된다. 일본에서 출간되는 역사 관련 서적을 보면 특정 인물이나 사건에 대한 세밀한 추적과 분석에는 탁월하지만 통사(通史)에 있어서는 쉽사리 머리가 끄덕여지지 않는다. 오늘 우리 한류의 성공은 바로 그런 양

〈미스터고〉 중국판 포스터

극의 차이를 뛰어넘은 결과인 것이기에 쉽게 사그라지지 않을, 우리의 노력 여하에 따라서는 아주 오랫동안 이어가고 영원히 발전시켜 나갈 수 있는 자산이다.

문제는 덩치와 시장이다. 한 · 중 · 일 3국은 크게 다르지 않은 시간의 역사를 가졌다. 문화의 교류 또한 왕성해 뿌리를 추적하면 그 또한 비슷하다. 특히 중국의 경우 방대한 영토와 수많은 인종이 어우러져 만들어 낸 역사 속 문화 콘텐츠는 우리의 상상을 뛰어넘는다. 아무리 비슷한 시간의 역사를 가졌어도 우리처럼 넓지 않은 영토에서, 더구나 백의민족

운운의 염결주의에 억눌려진 상상력으로는 한계가 있을 수밖에 없다. 우리는 먼저 그 점을 분명히 인정해야 하고, 극복해야 한다. 다행히 무궁한 콘텐츠를 가진 중국이 우리에게 동참과 동행을 손짓하고 있다. 게다가 우리의 좁은 시장은 인재의 조기 퇴진을 강요하고 있는 게 부인할 수 없는 현실이다. 아무리 뛰어난 인재라도 빛의 속도로 바뀌는 세태에 즉응하기란 불가능하다. 불후의 명작, 1천만 명 관객동원의 찬사도 하룻밤 자고나면 잊히고, 하루아침에 바뀐 트랜드를 좇아갈 수 있는 상품이 우선이기 때문이다.

그들은 내몰린 퇴물이 아니었다. 열린 안목의 시간과 자본과 시장에 목마른 잊힌 용들이었다. 다행히 중국 영화계가 그들에게 동참과 동행의 손을 내밀고 있다. 좁은 시장을 벗어나 14억 넓은 시장으로의 진출 기회이고, 그것을 바탕으로 세계시장으로 나아갈 위대한 첫걸음인 것이다. 다행히 영진위에서도 그런 이들의 성공을 뒷받침하기 위해 베이징사무소를 열어 적극적인 지원에 나서고 있다. 다양한 콘텐츠에 대한 자유로운 영혼으로의 접근과 잠재된 발군의 재능을 다시 깨운다면 새로운 한류의 빛을 볼 날이 금세일 것이라 기대한다.

'짱(臟:더럽고), 난(亂:어지럽고), 쉬(虛:허망한)'의 세상에서도 사랑은 희망이다

— '미술시장의 블랙홀'로 불리며 세계 경매시장 흔드는 중국

— 중국 모든 골동 및 미술품 경매에서 진위 판단의 책임은 구매자가 져

— 한 점에 수십억 원을 호가하던 현대 예술작품, 거품 빠지자 가격 유지 위해 작가가 스스로 고가에 매입하기도

중국이 수천 년 동안 동아시아의 맹주로 군림할 수 있었던 기본적인 힘은 드넓은 영토와 다른 주변 국가를 압도하는 인구에 있었다. 그런데 넓은 영토와 각기 다른 성향의 수많은 인구를 하나로 아우르고 유지할 수 있는 바탕은 무엇보다 문화적 역량일 것이다.

흔히 '문명' 또는 '문화'라 불리는 그것들은 인간의 삶을 나아지게 하는 진보적 궤적이기도 하지만 다른 한편으로는 망각되어 사라져버릴 수 있는 과거와의 고리가 되어 하나의 공동체를 유지하고 지속할 수 있게 했다. 유적, 유물과 같은 유형의 유산들이 그렇고, 전래된 풍속과 같은 무형의 것들도 간과할 수 없는 고리이다. 그렇지만 무엇보다 또렷하게 '문명'과 '문화'를 증거하고, 높은 자긍심과 함께 과거를 향수하며 이어

지게 한 것은 빼어난 예술적 성과로 시공을 초월해 인류의 사랑을 받아온 유산들이다.

인류 역사에 굵직한 획을 그은 많은 나라에서 문화재 도굴이나 예술품 복제는 흔히 자행된 일이었다. 까닭은 물론 탐욕과 경제적 이익의 추구였다. 국가 간의 전쟁에서 파생되는 문화재 약탈도 뒤늦게는 '인류의 유산 보호' '예술의 사랑' 등 그럴듯한 명분을 둘러대지만 결국은 그 가치에 대한 탐욕이 빚어낸 도둑질이었음을 부인할 수 없기에 말이다.

춘추시대부터 도굴과 복제 자행되어온 중국

중국에서 자행되어온 도굴과 복제는 더욱 특별하다. 이미 전국시대(기원전 475~221) 노나라 학자 좌구명(左丘明)이 공자의 『춘추』를 재해석한 『좌전(左傳) : 춘추좌씨전(春秋左氏傳)』에, 당시 강대국이던 제(齊)나라에서 약소국 노(魯)나라에 청동 정(鼎 : 솥)을 내놓으라 하자 위품을 만들어줬고, 이를 제나라에서 감정해 알았다는 기록이 있을 정도이다. 물론 앞의 사례는 특별한 경우이고, 고대로부터 도굴과 복제는 역시 일확천금적인 이익의 추구가 가장 큰 목적이었다. 하지만 세계적으로 그 유례를 찾아볼 수 없을 정도로 성행해온 도굴, 특히 복제는 달리 생각하면 예술에 대한 높은 심미안과 깊은 애정을 보여주는 바로미터이기도 할 것이다. 그만큼의 수요가 있었기에 범죄적 행위임에도 성행했을 테니 말이다. 또한 그것은 중국 문화예술품의 높은 수준을 말해주는 방증이기도 할 것이다. 그렇다면 오늘의 상황은 어떠할까?

공안에서 예술인이 된 지아팅펑

지아팅펑(賈廷峰, 48)은 중국 문화부예술품평가위원회(文化部藝術品評價委員會) 지정도서인 『예술수장(藝術收藏)』 편집인과 베이징중보국제경매주식회사(北京中博國際拍賣有限公司) 집행이사 및 예술총감독을 거쳐, 지금은 타이중예술가연합회(泰中藝術家聯合會) 고급예술고문 및 독일 DCKD예술센터 예술총고문 등을 맡고 있는 중국 예술품감정과 경매계의 큰손이다. 그를 베이징의 대표적인 미술거리 다싼즈(大山子) 798예술가에 있는 화랑 타이허예술공간(太和藝術空間)에서 만났다. 화랑 대표이기도 한 그의 이력이 뜻밖이었다.

■ 미술이나 유물 감정에 관한 정규교육을 받은 적은 없는 것 같군요.

"나는 문화대혁명(1966~1976) 직전인 1964년 안후이(安徽)성에서 태어났는데, 지주였던 아버지는 혁명의 광풍으로 고난과 가난의 수렁에 빠졌으니 변변한 정규교육을 받을 수가 없었죠. 혁명이 끝나고 난 뒤에도 먹고사는 게 우선이었으니 농사를 짓기도 하고 선원으로 배를 타기도 했고요. 그러다가 공산당에 입당해 공안(경찰)을 했었는데, 당 청년학교에서 정규교육 비슷한 공부를 한 게 전부인 셈입니다."

■ 공산당 청년학교에서 전문적인 예술교육을 하지는 않았을 텐데, 경매와 미술계 일은 언제부터 했는지요.

"1990년대 초, 하이난다오(海南島) 하이커우시(海口市)에서 열린 중국서화경매장에 경매일을 하는 친구를 도와주러 갔다가 매력을 느껴, 아예 공안을 그만두고 시작했습니다."

지아팅펑. 중국 미술품 경매계의 큰손으로 한중 미술교류에도 관심을 기울여볼 생각이 있단다

■ 예술적인 관심으로요.

"아닙니다. 처음에는 순전히 돈이 되겠다는 생각이었습니다. 그런데 생각해보면 아버지의 영향이 있었던 것 같아요. 어릴 적 아버지는 문혁 와중에 낮에 그 힘든 노동일을 하고서도 집에 돌아오면 어두운 호롱불 아래에서 서예를 했어요. 고통과 상실감에 대한 정신적 위안이었던 거죠. 나도 비록 청년시절이기는 했지만 돈을 벌고 공안 일을 하면서도 공허감이 컸어요. 그런데 예술계통의 일을 하면서는 그런 공허감을 느끼지 않게 되더군요."

■ 그렇더라도 공안에서 예술시장으로의 전업이라니 만만치 않았을 것 같습니다. 특히 미술품 감정은 쉽지 않았을 텐데요.

"예술품 감정은 일정부분 체계적인 교육도 필요하지만 많은 유물

1년 사이에 7배의 수익을 올려준
허자잉의 〈구채강녀〉

을 직접 접해보는 게 가장 좋은 방법이더군요. 저도 처음에는 정교한 복제품들로 인해 혹독한 대가를 치렀습니다. 그렇지만 손해를 본만큼 더욱 치밀하게 유물을 들여다보고 분석하게 되니 눈을 뜨는 시간이 줄어들더군요. 그렇더라도 여전히 완벽하지는 않아 조심하고 또 조심합니다."

왕희지 모사본이 50억 원에 팔리기도

감정에 관해서는 중국 청동기 감정의 최고권위자로 인정받는 중국문자박물관장 리쉐친(李學勤 : 79)박사나 도자기 감정의 일인자로 알려진 리훼이빙(李輝柄 : 79) 베이징고궁박물원 연구원도 경험의 안목을 최우선으로 내세운 바 있다.

그가 경매에 적극 참여하던 시기, 하루 동안 그 혼자서 매입하는 예술품이 무려 우리 돈 30억 원에 이르는 것을 필자가 직접 목격한 바도 있다. 하지만 중국 경매시장에서 작품의 진위에 대한 판단은 철저히 구매자의 책임이다. 즉 구매 후 작품이 위작으로 판명 나더라도 경매회사는 아무런 책임도 지지 않는다는 것이다.

■ 다른 대부분 나라에서는 작품의 진위에 대한 책임을 경매 주최가 집니다.

2013년 1월 6일 베이징에서 열린 미술품 경매회. 이른 아침부터 경매장은 열기가 가득했다

"그런가요? 하지만 중국에서 경매는 예술의 영역이기 때문에 법률의 개입을 허락하지 않습니다. 예술의 가치 판단에 법률이 개입한다면 그때부터 예술은 그 지고한 가치를 잃고 일상의 영역이기 되는 것이지요. 2012년, 홍콩의 크리스티 경매에서 중국의 서성(書聖)으로 불리는 동진(東晋)시대 서예가 왕희지(王羲之, 307~365)의 서첩 〈매지첩(妹之帖)〉 모사본이 약 500만 달러(약 50억 원)의 낙찰 예상가로 세상을 놀라게 한 바 있습니다. 그런 경우를 단순히 진위의 잣대로만 판단한다면 말 자체가 안 되는 일이지요. 하지만 왕희지의 글씨가 워낙 드문데다 모사본이지만 그 예술적 향취를 느낄 수 있는 수작이니 국제적으로도 그만한 가치를 부여받는 것입니다. 우리 중국에서는 예로부터 각종 청동기 등 여러 빼어난 유물과 예술품의 위

작이 많이 있었는데 때로는 그것들이 사라진 역사와 유물에 대한 증거가 되어주기도 했죠."

■ 그렇더라도 복제품이나 위작은 역사와 예술에 대한 모욕이라 해야 할 텐데요.

"물론입니다. 내가 말하는 것은 특별한 경우에는 그 순기능도 있다는 것일 뿐입니다. 몇 년 전, 저도 경매시장의 질서를 흔드는 위작의 유통을 막고 예술에 대한 순수한 관심과 사랑을 넓히기 위해, '우디지아!(無低價 : 최소 금액 없이) 바오전지!(保眞迹 : 가짜 상품 없이)라는 슬로건을 내걸고 경매를 주최하기도 했습니다."

■ 어떤 의미인가요.

"예술을 사랑하는 모든 사람들이 편안한 마음으로 참여할 수 있도록 몇 백 위안으로 시작되는 작품도 경매시장에서 다루고, 위작으로 판명되는 작품에 대해서는 전액 환불해주는 것이었습니다. 그 후로 대부분의 경매에서 1천 위안(약 17만 5천 원)에서 시작되는 작품들도 다루게 되었지만 20년 경력의 저도 몇몇 작품이 뒤늦게 위작으로 판명되는 바람에 엄청난 손실을 봤습니다. 그래도 후회는 없습니다. 그건 상업적 이익에 눈멀어 윤리도덕이 상실된 경매시장에 내 나름대로 희망의 씨를 뿌린 거니까요."

앤디 워홀 · 피카소 그림값 뛰어넘는 경우 수두룩

실제 지난 1월 6일 베이징에서 열린 한 미술품경매장에서 여러 무명작가의 작품이 1천 위안으로 경매를 시작하는 장면을 목격할 수 있었다.

경매장 뒤편에 마련된 큰 손들의 자리. 전화로 실구매자의 지시를 받으며 부지런히 번호판을 들어올리더니 순식간에 30배로 작품값을 뛰게했다. 생생한 요지경의 현장이었다

그렇지만 어떤 작품의 경우는 응찰자 두 사람의 경쟁으로 순식간에 30배인 3만 위안(약 525만 원)까지 치솟아 낙찰되는 어이없는 장면이 연출되기도 했다.

■ 단 몇 분 만에 30배까지 치솟는 과잉은 여전히 이해하기 어렵습니다.

"아직도 예술품 경매를 주식시장쯤으로 여기는 사람들이 많아요. 모든 게 급작스런 경제성장에 따른 거품 때문이지요. 하지만 한때라고 봐요. 사람이 조작으로 유지할 수 있는 한계는 뻔합니다. 머지않아 정상적인 시장 질서를 회복해 합리적인 모습을 보이게 되리라 단언합니다."

■ 많은 손실을 봤는데, 요즘도 경매를 주관하나요.

"반드시 손실 때문은 아니지만 요즘은 주관하기보다는 응찰을 하지요. 어쨌거나 예술은 내가 밥을 먹을 수 있게 해줬고, 무엇보다 정신세계를 만족시켜 주니까요. 김 작가도 내 조언을 받아 참여 해봐요. 큰돈은 몰라도 제법 짭짤한 수익을 올릴 수 있을 테니까요. (웃음)"

그가 예를 들어서 보여준, 중국의 대표적 인물전문화가 허자잉(何家英 55) 톈진(天津)미술대학 교수의 2005년 작 〈구채강녀(九寨羌女 : 구채구의 강족 여자)〉는 65만 위안에 매입해 1년 뒤 7배의 수익을 보았다고 한다.

■ 기왕 거품 이야기가 나왔으니, 한동안 중국 미술품에 대한 고가 행진이 하늘 높은 줄 몰랐는데 어떤 생각인가요.

"한 마디로 말하자면 '짱(臟), 난(亂), 쉬(虛)' 라고 할 수 있죠. 더럽고, 어지럽고, 공허하다는 뜻입니다. 특히 몇몇 현대 화가의 작품을 중심으로, 돈에 눈이 멀어 미친 듯이 질서를 어지럽혔으니 언젠가 거품이 빠지면 허망하겠지요. 그래서 이즈음에는 다시 골동품과 중국 전통화 쪽으로 관심이 모아지고 있습니다."

북송 시대의 서예가 황정견(黃庭堅)의 작품 〈지주명(砥柱銘)〉 3억 9천만 위안(약 680억 원), 청(清) 건륭제(乾隆帝) 시대의 호로병 모양 도자기 〈만수연연(萬壽連延)〉 약 370억 원…… 최근 몇 년 사이에 경매된 중국 고미술품과 골동품 중 입을 벌어지게 하는 가격의 작품들이다. 근대라고 별반 다르지 않다. 치바이스(齊白石 : 1860~1957)의 1946년 작 〈송백고립도(松柏高立圖)〉 4억 2,550만 위안(약 740억 원), 쉬베이훙(徐悲

鴻 : 1895~1953)의 〈너의 채찍을 내려놓아라〉 약 86억 원, 심지어 장다첸(張大千 : 1899~1983)의 경우는 2011년 그의 작품 전체 경매가가 5억 5,453만 달러에 달해, 3억 2,588만 달러의 앤디 워홀이나 3억 1,469만 달러의 피카소를 훌쩍 뛰어넘기도 했다. 현대 화가도 별반 뒤처지지 않는다. 장샤오강(張曉剛), 왕광이(王廣義), 웨민쥔(岳敏君), 팡리준(方力鈞) 등 현재 왕성하게 활동하고 있는 작가들의 작품 한 점이 무려 100억 원을 뛰어넘은 적도 있다. 과연 중국을 '미술시장의 블랙홀'이라 하는 평가가 무색하지 않은 일이기는 하지만 어쩐지 불안하다.

■ 특히 현대 작가들의 작품은 아무리 잘 봐줘도 정상의 범주를 벗어난 과도한 평가를 받고 있는 듯싶습니다.

"처음에는 정치적 억압의 시대를 지나며 그 반동으로 일어난 미술 풍이었으니 미술사적 측면에서도 나름 의미가 있었고 주목받을 만했죠. 하지만 그 주목이 돈으로 이어지자 많은 사람들이 그런 풍을 모방하기 시작했고, 그것을 부추겨 이익을 도모하는 사람들이 생겨나니 과한 정도를 넘어 엄청난 거품이 끼었죠. 하지만 그건 결국 한때에 지나지 않을 거고, 이미 그러한 징조가 나타나고 있습니다."

■ 심지어는 자신의 작품 값이 떨어지는 것을 우려해 작가 스스로 자신의 작품을 고가로 구입해 가격을 유지하려는 시도도 있었더군요.

"하지만 그런 모습이 중국 예술의 전부는 아닙니다. 중국 예술은 역사가 깊고 수준도 세계 최고를 꾸준히 유지해왔습니다. 그것의 바탕은 무엇보다 예술을 사랑하는 수많은 애호가에 있습니다. 과

함과 거품의 원인이기도 하지요. 어찌 생각하면 시장 바닥에서 버젓이 모작 그림이 활개치고 있는 것도 그만큼 예술을 사랑하는 사람이 많아 수요가 있기 때문일 테죠. 그렇게 애호가가 많은 만큼 바른 정신의 작가군 역시 매우 넓습니다. 그들은 저마다 자신의 예술세계를 탐구하고 구축하여 세계의 인정을 받아왔고, 받고 있습니다."

쉬빙, 차이궈치앙 등이 기대주

베이징에 있는 전통의 골동품 거리 판자위엔(潘家園)은 2013년 연초의 매운 칼바람 속에서도 여전히 사람들로 북적거렸다. 그곳 미술품 가게에는 장샤오강, 웨민준 등 성세를 누리는 화가들의 위작 역시 버젓이 진열되어 있었고 구매하려 기웃거리는 사람들도 적지 않았다. 관광객으로 보이는 서양인도 있었지만 대부분은 중국인이었다. 사방 1미터 크기가 조금 못되는 웨민준 등의 작품 가격을 물어보니 한 점당 100위안을 달라고 한다. 흥정을 하면 얼마간 깎아줄 눈치도 보인다, 100위안이면 우리 돈 17,500원 정도인데 캔버스와 물감 값이나 될지 걱정스러운 지경이다.

영하 10도를 더 내려간 날씨에도, 판자위엔 시장에서 싸구려 미술품이지만 마음에 드는 작품을 고르는 애호가의 눈길은 진지하다

그런데도 작품 수준은 제대로 전시해두면 어지간한 애호가는 깜빡 속아 넘어가기 십상일 정도이다. 형편 어려운 미술대학생들의 아르바이트 작품도 제법 있다니 그만큼 기본기를 갖춘 화가군의 폭이 넓다는 반증이기도 할 것이다.

■ 희망을 걸만한 작가를 꼽는다면요.

"베이징 중앙미술학원 판화과를 졸업하고 미국에서 활동했던 쉬빙(徐冰), 상하이(上海)희극학원 무대미술과에서 공부하고 1995년부터 미국에 거주하며 예술 활동을 하고 있는 차이궈치앙(蔡國强) 같은 이들이죠. 그들을 보면 중국 예술과 예술가가 뛰어나지 않은 게 아니라 중국 예술의 체제와 생태가 우수한 예술가의 성장을 제한하고 있다는 생각을 떨칠 수 없습니다."

■ 소수 작가들에게 편중된 관심과 집중은 다른 작가들의 창작욕을 꺾는 등 문제가 될 것 같습니다.

"물론이지요. 그런 면에서도 중국의 문화 예술이 다시 르네상스기에 들어가려면 아직도 많은 시간과 노력이 필요하지만 결코 불가능한 것은 아니고 그리 오래 걸리지도 않으리라 자신합니다."

1955년생인 쉬빙은 천안문 사태 이후 미국으로 건너가 활동한 설치미술가로, 1999년 미국 문화계 최고의 상인 MacArthur Award를 수상했다. 2008년 귀국한 이후로는 모교인 중앙미술학원 대학원 부원장으로 재직하며, 문자를 형상화하는 작업에 몰두하고 있는 주목받는 차세대 작가이다. 차이궈치앙은 1957년생으로 1980년대 중반부터 중국의 발명품인 화약으로 작품 활동을 해 2001년 상하이 APEC, 2008년 베이징 올림픽, 2009년 중국 국경절 60주년 등 주요행사에서 불꽃공연을 디자인하거나 총감독했다. 서방에서는 '차이궈치앙 회오리'가 불고 있다는 평가가 나올 정도로 주목받는 그는 2012년 미국 국가예술훈장을 수상하기도 했다.

798예술거리의 변화한 모습

거품도 일종의 실력이다. 주목해 띄울 만한 대상이 있고 거품을 일으킬 역량이 있어야 하기 때문이다. 개혁·개방 이후 멈추지 않는 경제성장은 그 역량일 것이고, 서방에서 먼저 주목받기 시작한 몇몇 작가가 그 대상이 되는 셈이다. 그러나 거품의 이면에는 그 엄청난 포말의 그림자에 가리고 허망함에 짓눌려 시들어가거나 아파하는 이들이 있다. 지금 중국의 많은 화가들이 그들일 것이다.

몇 년 전까지만 해도 798예술가에 전시되는 많은 작품들은 무심코 찾아간 관람객의 눈살을 찌푸리게 하기 일쑤였다. 뒤틀리다 못해 학대를 넘어서 인간의 신체를 난자한 듯한 작품이나, 무작정 벗기고 보자는 듯한 에로틱하지도 않은 노출 작품들 때문이었다. 그것들은 도저히 억눌렸던 정치에 대한 반동만으로는 이해할 수 없는, 아무래도 무엇인가에 대한 막연한 추종인 듯 보여 뒷맛이 씁쓸하기까지 했다. 그럴 때, 그 거리의 한 작은 옷가게에 걸린 유화 몇 점은 허탈한 가슴을 위로하며 따스한 기운을 불어넣어줬다. 추상화이니 딱히 무엇을 그렸는지는 알 수 없었지만 밝고 따스한 느낌의 색조와 전체적으로 포근함을 주는 분위기가 그랬다. 그런데 그 그림들에도 불편한 가시가 숨어 있었다. 헬리콥터며 전차 등 각종 전쟁무기들이 보일 듯 말 듯 그려진 것이었다. 한 점 사고 싶은데 무기가 거슬리니 없애달라고 요청해 봤다. 하지만 화가는 단번에 고개를 가로저었다. 꼴통! 속으로 중얼거렸지만 한참이 흐른 뒤 기어이 양귀비(楊貴妃)를 다양하게 그린 소품 중 한 점을 몇 백 위안을 주고 샀었다.

판자위엔 거리의 웨민준 등의 모작품. 그래도 작가의 이름은 복제하지 않아 위작의 시비는 피해간다

이번 글을 쓰면서 그를 떠올려 만날 약속을 잡은 뒤, 조금 일찍 서둘러 그의 아내와 먼저 인터뷰를 시작했다. 솔직히 결코 헌헌장부는 못되는데다 그림도 별반 팔리는 않는 것 같은 화가에 비해 옷가게를 하는 그의 아내는 예쁜데다 너무 밝기까지 하니…… 그렇다고 다른 사심이 있은 건 아니니 절대 오해는 없기를.

■ 어! 아이를 가졌네요, 축하해요.

"예, 둘째에요."

■ 한족(漢族)의 경우는 한 자녀만 둘 수 있잖아요.

"생긴 생명인데 나아야죠."

■ 두 자녀로 인한 벌금은 각오하셨다는 뜻인가요.

"어쩔 수 없죠, 뭐."

리춘휘 화가 부부. 부인은 패션모델로도 활동하고 있다

■ 7년 전인가 처음 봤을 때는 가게가 조그마하더니 그동안 장사를 잘 된 모양이네요.

"운이 좋았는지 798거리에 옷과 차(茶), 각종 장식용 소품을 파는 가게를 3개로 늘릴 수 있었어요, 회사도 하나 설립했고요."

그리고 보니 넓어진 가게에는 그녀가 직접 의류 모델이 된 사진과 그녀에 관한 기사가 실린 패션 및 여성잡지가 여러 권 놓여 있었다.

그녀 왕홍쥐엔(王紅娟)은 1981년 후베이(湖北)성 우한(武漢)시 출생이다. 20살에 같은 우한 출신의 1974년생 리춘휘(李春輝)를 만나 3년 간 교제한 뒤, 2005년 결혼하고 이듬해 베이징으로 올라와 798예술가에 자리를 잡았다. 지금은 직영하는 매장 3곳과 더불어 베이징창밍문화전파주식회사(北京創銘文化傳播有限公司)를 설립해 패션, 차, 그림 등의 각종 문화 사업을 체계적으로 규모 있게 하고 있다.

옷가게 하며 화가 남편 뒷바라지

■ 남편은 어떻게 만났나요.

"친구 소개팅에 따라 나갔는데 남편이 저를 다음날 작업실로 초대해 만나게 됐어요."

■ 그때 리 화가의 여건은 괜찮았나요.

"아니에요. 역시 화가인 가난한 아버지의 아들이었는데 무슨 여건이 좋았겠어요, 그런데 그림은 잘 모르지만 다락방 같은 그의 작업실에서 작품들을 보며 색조가 아주 마음에 들었어요. 그래서 3년을 사귀다가 결혼하고, 얼마 뒤 베이징으로 올라와 798예술가에 자리를 잡았죠."

■ 하필 798예술가에 자리를 잡은 건 역시 남편의 미술활동 때문인가요.

"그럼요. 우리 두 사람의 고향인 우한보다는 베이징에 있어야 뭔가를 이룰 수 있을 것 같았기에 아예 이곳 미술거리로 온 거죠."

■ 아무래도 우한에서 수도인 베이징으로 옮겨 자리를 잡으려면 경제적으로 부담이 컸을 것 같은데요.

"남편은 계속 그림만 그렸지만, 저는 유치원 교사를 거쳐 직접 유치원을 경영했었기에 부족하지만 돈을 마련할 수 있었어요. 그런데 역시 물가의 차이가 있으니 아주 작은 가게와 주거공간만 구했는데도 더는 여력이 없어 남편의 작업공간을 제대로 마련해주지 못해 안타까웠어요. 조금 지나 변두리 지하실에 작업실을 마련하기는 했

왕홍쥐엔의 3번째 옷가게.
나름 798예술가 요지의 명소다

지만…….
(그녀는 여전히 못내 안타까운 표정이었다)."

■ 그 후로도 집안의 경제적 활동은 전부 부인이 한 건가요.

"남편은 그림을 그려야 하니까요."

■ 그림이 좀 팔리기는 했나요.

"간간히 팔렸는데 중국인보다는 주로 외국인들이 사갔어요. 사방 1.2미터 크기의 그림 한 점을 8만 위안(약 1,400만 원) 받은 게 최고가였고요."

■ 옷가게에 전시해서 판매한 건가요, 아니면 전시회에서.

"그동안 개인전은 한 번 열었고, 몇 차례 단체전에 참가했는데 역시 상설전시장인 (웃음) 옷가게보다는 전시회 때 큰 작품이 팔리더군요."

■ 경제적으로 여유를 갖게 된 건 주로 부인의 노력인 것 같은데, 능력이 있어도 역시 힘은 들 텐데 남편에게 서운함 같은 건 없나요.

"저는 여전히 남편의 그림을 사랑해요. 화가로서 아직 크게 빛을 발하지 못한 건 미술계의 잘못된 풍토 때문이지 남편의 능력 탓은 아니라고 생각해요. 지금도 여전히 미안한 건 제 사업의 규모가 커지면서 남편에게 작품에 몰두할 시간을 좀 더 많이 주지 못한다는 거예요."

리춘휘, "인간의 모순이 작품 주제"

이 억세게 운 좋은, 호박을 넝쿨째 잡은 리춘휘 화가가 뒤늦게 느긋한 걸음으로 약속장소인 아내의 가게에 들어왔다. 하지만 중국 미술의 한복판인 798예술가의 북적거림에 눌렸는지 주눅 든 기운이 느껴진다.

■ 화가의 길을 걷게 된 특별한 계기가 있었나요.

"화가로서 그다지 성공하지 못한 아버지는 어려운 살림에도 어릴 적부터 저에게 미술도구를 사다 주셨고, 저는 당연히 화가가 내 길이라고 생각했던 거죠."

■ 후회가 들 때는 없나요.

"없어요. 설령 제가 화가로써 아주 성공하지 못할지라도 후회하지 않을 거고요."

■ 당신의 작품 세계는 어떤 건가요.

"20대에는 어렵게 자란 환경 때문에 주로 욕망을 표현했어요. 그런데 지금은 인간의 모순을 제 작품의 주제로 삼고 있어요."

■ 구체적으로는요.

"인간의 선한 이면에 잠재된 악함, 사랑의 반대편에 숨어 있는 미움, 화려함 뒤에 감춰진 더러움…… 뭐 그런 것들이죠."

■ 내가 당신 작품을 처음 봤을 때 말한 무기도 그런 의미였나요.

"그때는 열망이 강할 때였는데 꿈에 가까워지지 못하는 절망감의 표현이 무기였던 거죠. 그렇지만 요즘은 많은 것에 만족하고 행복하니 미래지향적이 돼요."

■ 당신의 최근작 중 일종의 〈가족〉 연작이 되는 작품들이 아주 따뜻

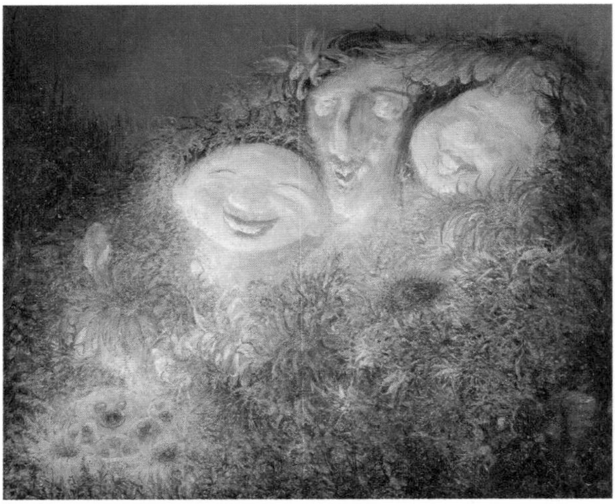

리춘휘의 연작 중 '귀가'. 그의 가족을 그린 듯한 행복이 관람객에게도 그대로 전해진다

하게 느껴지는군요.

"남편은 자신의 생각이나 감정을 있는 그대로 진실하게 표현해요. 또 처음 느낌대로 색조가 좋고, 색깔을 자유자재로 가지고 놀 수 있는 능력이 있다고 생각해요. 사람들도 그런 점을 좋아하는 것 같고요."

〈만찬〉〈스마일(Smile)〉〈면대면(面對面 : Face to Face)〉〈귀가(回家)〉 등으로 이어지는 일련의 그의 연작들은 관람객에게 잔잔한 미소와 푸근함을 안겨주는 작품들이다. 질문에 대답을 대신한 아내에게 다시 물었다.

"비싼 그림값은 부동산 중개업을 보는 듯"

■ 남편에게 불만은 없나요.

"아주 고집이 세다는 게 불만이긴 하지만 그게 화가의 길을 걸어가는 밑바탕인데 어떡하겠어요."

■ 남편의 성공에 대한 바람 같은 건 있겠죠.

"아내로서 당연히 남편의 성공을 바라죠. 하지만 모든 일에는 시기가 있으니 급하게 생각하지는 않아요. '순기자연(順其自然 : 『장자』에 어원을 둔, 자연스럽게 흘러가는 대로 내버려둔다는 뜻)'이라고 하잖아요. 그렇지만 화가로서 성공하는 것과 돈을 많이 버는 것은 다른 것이라고 생각해요. 돈에 대해서는 '무소위(無所謂 : 상관없다는 뜻으로 타이완(臺灣)의 인기가수 주샤오텐(朱孝天)의 노래 제목으로도 유명하다)'라는 게 우리들 생각이에요."

볼수록 대견하고 아름다운 부부다. 그렇지만 화가의 마음을 상할 수 있는 질문이라고 거스를 수는 없는 노릇이다.

■ 798예술가에서 수시로 접하게 되는, 한 점에 수억 위안을 호가하는 화가들의 작품을 보면 어떤 생각이 들어요.

"방지산(房地產 : 부동산 중개업)을 보는 것 같아요. 예술이 아니라 탐욕을 훤히 드러내는 투기장 같은. 그러니 재테크 목적이 아니라면 굳이 관심둘 것도 없고, 그마저도 이제는 때늦은 것 같더군요."

■ 그래도 화가로서 한 번쯤은 그런 호사를 누려보고 싶은 생각이 들 것도 같은데요.

"다행히 아내 덕분에 큰 어려움을 겪지도 않았지만 아무리 가난해도 내 신념을 내다팔 생각은 없었어요. 그리고 그런 화풍은 내게 맞지도 않고요. 나는 현실과 지나치게 동떨어진, 난해한 어려움으로 주목받고 싶은 생각은 없어요. 모두가 같지는 않더라도 누구나 이해하고 공감할 수 있는 세계를 그리고 싶은 거지요."

리춘휘 작품의 예술성을 평가할 능력은 내게 없다. 그렇지만 지아팅펑이 자신하는, 중국 예술의 르네상스를 반드시 열어낼 폭넓은 화가군이 무엇을 지칭하는지는 알 것 같다. 천민자본주의의 활개 속에 예술시장마저 미쳐 날뛰지만, 그래도 바른 세상의 희망은 어딘가에는 있는 것이다. 무엇보다 큰 힘은, 소중한 것은 역시 지고지순한 사랑이라는 걸 확인한 건 새해의 가장 큰 행복이었다.

3,000년의 잠에서 깨어난 황금 유물을 찾아서

— "나는 오랑캐가 아니다" 역사를 기록하고 간직하지 못한 이들의 비애

— 중국 북방의 황금문화, 고대 서방문화와 연결

— 중국판 '트로이 문명'인 싼싱두이 문화

'역사란 무엇인가?' E.H.카가 쓴 그 유명한 명저를 말하려는 것이 아니다. 그저 먹고사는 것이 우선인 사람들에게 그런 류의 질문이 과연 얼마나 가슴에 닿을까 하는 생각이 들었다. 더구나, 얼마간 오점이 있기는 하지만 그 공과에 대한 공정하고 냉정한 인정과 비판도 없어 무작정 부정하고 지워버리려 드는 세력이 판치는 세상은 두렵다. 그래서 중국 역사에서 오랫동안 변방의 오랑캐로 업심 당하거나, 아예 희미한 기억조차 없이 사라졌다가 수천 년 만에 불쑥 모습을 드러내 세상을 경악케 한 특별한 증거품의 현장을 찾아봤다.

베이징의 골동품 시장에서 첫 발견된 북방문화

'동이(東夷)' '서융(西戎)' '남만(南蠻)' '북적(北狄)' 고대 중국 역사

에서 사방을 에워싸고 있던 이민족을 오랑캐라 폄하해 부르던 이름이다. 그중에서 동이는 우리 민족과 관련이 깊고, 남만은 간간히 존재감을 드러내기는 했지만 비교적 조용히 중원문화권에 흡수된 것으로 보아도 될 것이다. 서융과 북적은 좀 복잡하다.

북적은 귀방(鬼方), 융적(戎狄) 등으로도 불렸는데 뒷날에는 서융과 더불어 융으로 불리다가 흉노로 이어져 오랫동안 중원세력의 북쪽 경계를 넘나들었다. 세세히 논할 수 있는 지면 사정이 아니라 한 마디로 하자면 인류역사상 가장 대단한 건축물이라는 만리장성의 실제적 주인공은 그들이었다. 심지어 훗날에는 철옹성이라 여긴 만리장성을 넘어 아예 대륙 전체를 집어삼켜 주인이 되기도 했다. 하지만 그들은 오직 중국의 사서(史書)에만 기록되어 여전히 오랑캐라는 오명의 이름을 달고 있다.

내몽고자치구(內蒙古自治區) 어얼둬스(鄂爾多斯)청동기박물관장 왕즈하오(王志浩, 54세)는 어얼둬스시 출신으로 몽고족이다. 지린(吉林)대학에서 고고학을 전공하고 어얼둬스유적 발굴 등 줄곧 중국 북방지역 고고문물 발굴에 종사했다. 박물관에 도착하니 한국에서 공부하고 지금은 자치구 성도(省都)인 후허하오터(呼和浩特) 내몽고박물관에서 근무하는 그의 딸이 함께 기다리고 있었다.

■ 따님이 한국에서 학교를 다녔군요.

"예, 전남대학교에서 공부했습니다. 다시 석 · 박사 공부를 위해 한국에 갈지도 모르겠고요. 저도 한국에 학술토론회 참석차 방문한 적이 있습니다."

■ 한국에 대한 인상은 어땠나요.

어얼둬스청동기박물관장 왕즈하오

"진지한 학술토론이 인상 깊었고 우호적 감정이 깊습니다."

농경 환경에서 사막으로 바뀐 어얼둬스 지역

■ 중국 북방, 특히 어얼둬스 지역의 청동기 역사는 어떤가요.

"중원 지역 청동기 역사는 약 4천 년 가량 되는데, 어얼둬스 지역의 청동기는 상(商)나라 시기에 시작되어 약 3천 년 정도인 것으로 조사되고 있습니다. 20세기 초 베이징 골동품시장에서 북방지역 청동기가 처음 발견되었을 때, 대부분 학자는 그 무렵 발견된 앙소문화 유적과 함께 서방 소아시아에서 중앙아시아를 거쳐 중국으로 전해져온 문명으로 알았습니다. 그러나 발견된 청동기를 역추적하는 과정에서 어얼둬스 지역이 그 출처임을 알게 됐고, 체계적 발굴이 이어졌습니다."

앙소(仰韶)문화는 1921년 허난(河南)성 앙소촌에서 발견된 채도(彩陶)를 중심으로 한 황허 유역 신석기문화를 말한다. 당시 발견을 주도한 이는 스웨덴 지질학자 안데르센이었는데, 앞서 서구의 채도문화를 접했던 그는 당연히 서방에서 전파된 것으로 여겼다. 하지만 조사결과 앙소 유물의 시기가 더 오래되어 자생적 문화로 판명되었다. 역사의 소홀함은 여차 그런 오류를 낳게도 하는 것이다.

■ 어얼둬스를 비롯한 북방 청동기는 황허 유역 청동기와는 다른 특징이 있지 않나요.

"그렇습니다. 북방 청동기는 황허 유역과는 다른, 시베리아 및 중앙아시아 청동기와 유사한 점이 많아 그 궤를 같이 하는 것으로 학계의 의견이 일치합니다. 그렇다고 중국 북방의 청동기가 서방의 영향을 받은 것은 아닙니다. 발견된 유물의 연대가 서방보다 더 오래된 것들이 많기에 확실한 사실입니다. 또 한(漢)나라 이후 철기문화는 중원과 유사해 그 영향을 받은 것으로 봐야 합니다."

■ 연관되는 문화는 누가 먼저라기보다는 서로 영향을 주고받았다고 봐야 하지 않을까요.

"그렇지요. 스키타이를 비롯해 신장(新疆), 중국 북방을 포함한 유라시아 초원지대의 문명은 서로 영향을 주고받았지요."

■ 어얼둬스 지역에도 신석기문화가 있지 않나요.

"예, 어얼둬스신석기유적은 세계적으로 잘 알려져 있는 바와 같습니다. 그밖에도 일대의 고대 유적지는 약 1천여 곳에 이르는 것으로 조사되었는데, 그 중 신석기유적이 대략 4분의 1가량 차지합니다."

■ 신석기시대 어얼둬스유적을 보면 농경의 흔적도 있어 지금과는 기후 차이가 있었던 듯합니다.

"당시에는 숲이 무성하고 농경에 적합한 기후였던 게 맞습니다. 그 후 차갑고 건조한 기후로 변화되며 점점 사막화된 거죠."

■ 중국의 오지를 다녀보면 생존에 불리한 척박한 환경으로 바뀌었음에도 여전히 머물러 힘겨운 삶을 이어가는 사람들이 많습니다. 도대체 왜 보다 나은 환경을 찾아 떠나지 않는 걸까요.

"그 문제는 우리가 깊이 탐구해야 할 과제입니다. 어얼둬스 사람들도 일부는 환경의 변화에 따라 중원으로 이주했습니다. 그런데 많은 민족이 어울려 사는 중원에서는 아무래도 갈등이 있었을 겁니다. 결국 그들 중 일부는 다시 돌아왔지요."

■ 결국 융화될 수 없어 독자성을 유지한 것인가요.

"반드시 그렇게 말할 건 아닙니다. 어얼둬스 지역은 흥미로운 곳입니다. 지반이 안정되어 한 번도 지진이 일어난 적이 없습니다. 또 삼면은 산이고 남으로는 황허가 흘러 나름 안정적인 삶을 유지할 수 있었습니다, 그래서 농업에서 목축업으로 생산방식을 바꾸었고, 나중에는 유목으로 이어진 겁니다."

■ 사서에 따르면 주(周)나라 때 지금의 베이징 인근에 연(燕)이라는 제후국을 두어 북방 세력을 경계하게 했습니다. 오랑캐라 부르면서요.

"갑골문에 따르면 '융'은 '전쟁'과 '북방민족'을 의미합니다. 과거에는 보수적이고 낙후된 관념으로 인해 그랬습니다. 그렇지만

전국시대 융족의 전차 복원도

1949년 신중국 이후, 의식의 개선과 더불어 여러 고고학적 증명들이 늘어나면서 황허문화, 창장문화, 북방초원문화 등을 아울러 중화문명으로 지칭합니다."

중국 역사학자와의 대화는 언제나 이처럼 중화문명, 중화민족으로 귀결된다. 어쩔 수 없기도 하지만 이번 주제는 역사 그 자체이기에 민감한 질문은 삼갔다.

문자가 없던 북방민족

■ 북방민족의 고유한 문자나 사서는 없었나요.

"한대 이후 돌궐이나 말갈 등은 고유문자가 있었지만, 그 이전 북방민족의 문자와 관련된 유물은 발견된 바 없습니다. 기록도 중원민족의 사서에만 기록되어 있을 뿐 고대 북방민족의 사서는 전해지는 것이 없고요."

'오랑캐'의 사전적 의미는 '미개하고 야만스러운 종족'이다. 그러나 오랑캐로 칭해진 그들도 농경을 했고, 기후의 변화에 따라 삶의 수단을

맹수를 형상화한
북방민족의 장식품

변화시켰다. 초기에는 변화된 자연환경에 목축으로 대응했고, 더 척박해진 다음에는 유목으로 삶을 영위했다. 정착할 수 없었기에 말을 길들여 이동 수단으로 삼았고, 불안정한 여건에서 생존의 가능성을 높이기 위해 청동기의 칼날을 벼려 강력한 전투력을 유지했다. 그렇다고 예술을 등한시한 것도 아니었다. 지배층은 황금장식으로 권위를 높이며 예술적 승화를 이루었고, 전사(戰士)의 청동무기에는 익숙하고 수호적 의미를 담은 각종 동물 문양을 조각했다.

전술도 빼어났다. 기동력 빠른 준마와 날렵한 전차로 쏜살같이 달려들어 필요한 것들을 얻은 뒤에는 바람처럼 사라져 초원 저 깊은 곳으로, 육중한 전차 따위로는 감히 접근조차 할 수 없는 고원으로 사라졌다. 오죽했으면 상나라 왕조는 융과 같은 계열의 강(羌)족을 증오해 그들을 노예로 삼고 제사의 제물로 썼을까. 하지만 그들의 약탈은 곡물과 같은 생존을 위해 반드시 필요한 것들을 구하기 위한 어쩔 수 없는 방편이었다.

결코 세상 누구로부터도 '오랑캐'로 여겨질 만큼 미개하고 야만스러운 종족이 아니었다. 가지지 않은 것은 오직 문자와 사서뿐이었다. 어쩌

북방 흉노족의 황금왕관

면 그마저도 이동이 잦은 생활 탓에 어쩔 수 없었는지 모른다. 하지만 그들에게도 역사의 기억은 있었을 것이다. 다만 구전되는 과정에 하나씩 기억에서 사라지고, 특히 부끄럽거나 감추고 싶은 역사는 서둘러 잊었을 것이다. 남들이 칭하는 '오랑캐'라는 치욕의 이름도 그렇게 잊으려했겠지만, 결국 기록한 사서와 당당히 대응한 사서의 부존재는 영원히 그 오명을 벗을 수 없게 한 것이다. 역사의 의미가 새삼 두렵지 않은가? 그런데 그보다 더한, 아주 희미한 기억조차 없이 사라져버린 찬란한 황금문명도 있었다.

벽돌공장 노동자가 발견한 삼성퇴(三星堆) 문화

쓰촨(四川)성은 예로부터 땅이 비옥해 모든 물산이 있다는 '천부지토(天府之土)'로 불렀다. 게다가 사방이 높은 산으로 둘러싸인 분지로 외부로부터의 침입이 용이치 않아 안정된 삶을 영위할 수 있었다. 당연히 문명의 꽃이 피지 않을 리 없었다. 사마천의 『사기(史記)』에 따르면 하(夏)나라를 개국한 우(禹)가 임금이 되기 전 치수(治水)에 나섰을 때, 양주(梁州)라는 이름으로 사천성 일원을 개척한 것으로 되어있지만 아무래도 온전히 믿을 바는 못 되고, 진(秦)이 처음으로 중국을 통일하면서 중

삼성퇴박물관장 왕쥐중(우측)과 돤유 교수

원 역사에 편입된 것으로 보는 게 옳을 것이다.

아무튼 그 쓰촨성 성도(成都)평원의 청두시 인근 광한(廣漢)시 삼성퇴(三星堆)에서, 1986년 7월 18일 벽돌공장 노동자에 의해 한 점의 옥장(玉璋)이 발견된 것을 시작으로, 인류 역사상 지금껏 보고 듣지 못한 화려한 황금과 청동기 유물이 무더기로 쏟아져 나와 세상을 놀라게 했다. 이른바 삼성퇴 황금유물이었다.

삼성퇴박물관장 왕쥐중(王居中, 43세)은 하남성 출신으로 쓰촨대학 역사학과를 졸업했다. 인터뷰 요청에 대학 선배이자 쓰촨사범대 파촉연구센터 돤유(段渝, 60세) 교수와 함께 기다리고 있었다.

■ 삼성퇴 유물은 중국은 물론 세계적으로도 특별한 독창성을 띱니다. 그에 대한 연구 결과는 어떤가요.

"그렇습니다. 황금가면, 청동인상(青銅人像), 청동신수(青銅神樹) 등 삼성퇴 유물의 많은 부분은 고고학상 유래를 찾기 어려운 독창성을 지니고 있습니다. 이는 중원문화와도 분명히 다른 독립적 문화임을 말해주는 것이지만 일부 유물은 중원문화와 유사한 부분이 있어 시기에 따라 교류가 있었음을 보여주기도 합니다. 특히 주조기술 면에서 서방은 두드려 제련한 청동조각을 연결해 만드는데 반해, 삼성퇴를 포함한 중국 청동기는 청동을 녹여 거푸집에 부어 주조하는 방식이므로 서방의 기술이 전해진 것으로 볼 수 없습니다."

■ 대표적인 황금가면, 청동인두상(青銅人頭像), 청동신수 등의 용도는 무엇인가요.

"대부분 제사에 쓰인 기물입니다. 중원문화에서는 제사를 지내도 우상숭배는 없었습니다. 현재는 관우, 장비 같은 상징적 인물상이 있지만 고대에는 그렇지 않았다는 거죠. 『논어』에 따르면 '제여재 제신여신재(祭如在祭神如神在)' 즉, '선조에 제사 지낼 때는 마치 신령이 앞에 계신 듯이 하였다' 라 하여 어떤 인물상을 만들지 않았습니다. 반면 삼성퇴에서는 상징적 인물을 기물로 만들어 제사지냈습니다. 이는 중원문화와는 완연히 다른, 오히려 서방의 메소포타미아나 수메르 문명과 유사합니다."

전설 속의 나라 고촉국(古蜀國)

■ 서방문화의 영향을 받은 건가요.

"그렇지 않습니다. 우상을 숭배하는 것이 유사하다는 겁니다. 이집

황금마스크를 쓴 청동인두상(삼성퇴)

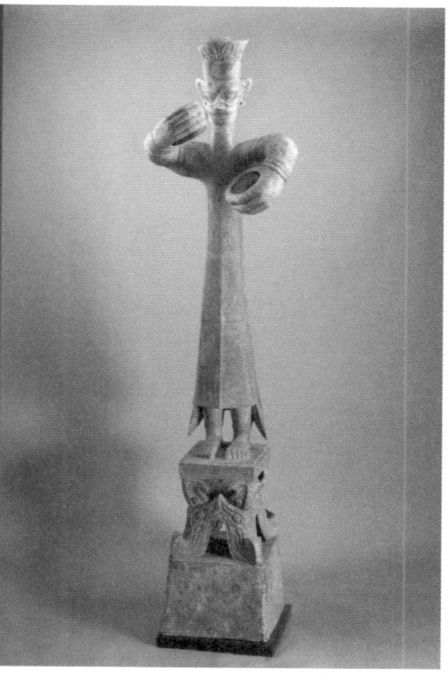

청동입인상(삼성퇴)

트나 아테네, 수메르문명 등에도 황금가면이나 청동전신상 등이 있지만 그것들은 구체적인 인물의 조형입니다. 반면 삼성퇴는 상징적인 조형이지요. 삼성퇴만의 독자 문명으로 보는 게 옳습니다."

■ 쓰촨은 동쪽의 중원보다는 남쪽의 윈난(雲南), 서북쪽 시장(西藏 : 티베트), 칭하이(靑海)성 등과 교통이 수월합니다. 고대에 그쪽 길을 통한 교류가 있지 않았을까요.

"예. 고대로부터 시장, 칭하이, 신장, 깐수(甘肅)성과 연결되는 교통로가 있었습니다. 그러나 삼성퇴 유물에 그 방면의 영향은 찾아볼 수 없습니다. 또 남쪽의 윈난은 청동기문화의 탄생이 비교적 늦습니다. 춘추전국시대에서야 비로소 나타났죠. 삼성퇴 문화에 영

삼성퇴 유물에서 발견된 문자로 추정되는 부호들

향을 줄 수 있는 여건이 아니었습니다."

■ 그럼 삼성퇴 문화의 독자성은 어떻게 봐야 하나요.

"쓰촨지역은 고대로부터 종교적 성향이 강했던 것으로 생각됩니다. 후대의 일이지만 동한(東漢)시대에 탄생한 도교의 발원지도 쓰촨이었습니다. 그것은 중국 어느 지역보다 종교적 전통이 깊어 신흥 종교가 뿌리내리기 좋은 여건이기 때문이었을 겁니다."

■ 여러 황금 유물과 청동기를 제작한 자원의 생산지는 어디인가요.

"윈난 지역에 금광이 있었고 금사강(金沙江) 유역에서 사금이 생산되었습니다. 청동의 원료인 구리, 주석 등의 광산도 쓰촨 서남쪽과 윈난 지역에 있었고요."

■ 윈난성이라면 청두시에서 1천 킬로미터 전후되는 거리입니다. 그곳까지 통치권이 미쳤다는 건가요.

"황금과 구리 등은 고대로부터 귀중품이었습니다. 그런 귀중품을 대량으로 생산하여 확보하고 운반하려면 당연히 통치권이 미쳤을 거라 봅니다. 당시로서는 쓰촨성과 윈난성을 아우르는 거대 왕국

전시된 눈이 튀어나온 청동면구(삼성퇴)

이었다고 볼 수밖에 없는 것이지요."

■ 관련된 기록이 사서에 있나요.

"고촉국(古蜀國)에 관한 대표적인 고서로는 『촉왕본기(蜀王本紀)』를 들 수 있는데 지금은 소실되어 존재하지 않습니다. 그러나 청나라 시기 엄가균(嚴可均)이 저술한 『전상고삼대진한삼국육조문(全上古三代秦漢三國六朝文)』의 촉왕본기를 인용한 부분에서 그 근거를 찾아볼 수 있습니다. 동진(東晋) 시대 상거(常璩)가 쓴 『화양국지(華陽國志)』 등에도 고촉국에 대한 기록이 있습니다."

■ 구체적인 내용은 어떤가요.

"고촉국을 세운 이는 잠총(蠶叢)이고, 2대 백관(栢灌)과 3대 어부(魚鳧)를 이은 4대 두우(杜宇)왕 때 삼성퇴에서 지금의 청두시로 도

읍을 옮긴 것을 추정할 수 있는 내용입니다. 특히 『화양국지』에 따르면 잠총은 눈이 불룩 튀어나왔다고 전하는데 발견된 유물 중에 튀어나온 두 눈을 상징적으로 형상화한 청동기 기물이 있습니다."

한족의 기원은 중원의 화하족

■ 촉 지역의 고대문화는 보돈(寶墩)문화, 삼성퇴문화, 청두의 금사(金沙)문화로 이어진 것인가요.

"일반적으로 그렇게 봅니다만 확정할 수는 없습니다. 보돈은 시기적으로 앞섭니다만 금사의 경우는 거대 왕국인 삼성퇴에 부속되었던 것으로 볼 수도 있습니다."

■ 문자는 있었나요.

"현재까지 발견된 유물에 7개의 부호가 있는데 문자였던 것으로 봅니다만 그것만으로는 어떤 의미인지 해석이 불가능합니다."

■ 고대 중국 서남부를 아우른 삼성퇴문화가 어떻게 3천 년이 넘는 세월 동안 그처럼 까마득히 잊혔을까요. 기이하지 않나요.

"저는 기이하게 생각하지 않습니다. 중국 창장 유역의 여러 문화도 그렇고, 서방이나 남미 제국의 여러 문명도 그런 경우가 많지 않습니까. 중요한 것은 한(漢)민족의 형성입니다. 현재 중국인의 90퍼센트 이상이 한족인데 이 점은 중국이 대제국을 이루는데 큰 역할을 했습니다. 또한 한민족은 중원의 화하(華夏)족이 형성된 이후 주변 다른 민족과의 융합으로 이루어진 전(全)민족입니다."

■ 삼성퇴 유물의 해외 전시 상황은 어떤가요.

"유럽을 비롯한 세계 여러 나라에서 흥분과 성황을 이끌어냈습니다. 금년 가을부터는 금사 유물과 함께 1년간 미국에서 전시되고요. 한국에서는 아직 기회가 없었습니다."

사라지고 잊혔던 문화에 대한 답변이 뜻밖이었다. 어쩌면 중화민족의 주류가 화하족인 사실이 중요하지 한 지역의 잃어버린 문화는 다시 찾은 것으로 충분하다는 생각인지도 모르겠다.

청두 시내 한 가운데에 있는 금사 유적지는 삼성퇴와 시기상 맞물리는 부분도 있지만 고촉국의 마지막 왕도였던 것은 분명해 보인다. 그러나 금사문화는 나름대로 또 다른 특징을 나타낸다. 금사박물관장 왕이(王毅, 50세)는 쓰촨성 출신으로 쓰촨대학에서 고고학을 공부하고 현재 청두박물원 원장과 청두문물고고연구소 소장을 겸임하고 있는 전문가이다. 그를 만나봤다.

■ 금사유적 발굴에 직접 참여했나요.

"예, 발굴 초기부터 참여했습니다. 수천 년의 역사가 하나의 문물에 응고되었다가 부활하는 순간인데, 고고학자로서 그런 발굴에 참여하는 것은 최고의 행운이고 영광이죠."

■ 금사 유물은 삼성퇴와 그 궤를 같이하면서도 다른 특징을 나타냅니다. 어떤가요.

"우선 삼성퇴의 청동입인상(青銅立人像)은 전체 높이 260.8센티미터 중에 사람 부분만 172센티미터에 달해 실제 크기임을 짐작할 수 있고, 청동신수는 그 높이가 무려 396센티미터에 달하는 등 많은 유물이 장대합니다. 반면 금사 유물은 크기 면에서 훨씬 소형화되었습

금사유적지 앞에선 왕이 관장

니다. 또 청동인두상의 경우도 삼성퇴의 것은 머리 부분이 수평으로 잘려 있지만 금사 유물은 온전한 두상입니다. 황금마스크도 양식이 다르고요. 가장 특별한 것은 태양신조(太陽神鳥) 금형입니다."

■ 그처럼 변화된 까닭은 무엇인가요.

"당시의 제사는 국가의 최고 기물을 매장하는 방식이었던 것으로 짐작되는데, 삼성퇴의 경우는 왕조가 교체될 무렵 이전 왕조의 종묘 기물을 그대로 가져다가 자신의 조상에게 제사지낸 것으로 봅니다. 반면 금사는 빈번하게 있는 제사에 지나치게 사치스럽지 않은 것으로 전문 기물을 만들어 사용한 것으로 생각됩니다. 또 이는 단순한 심미적, 예술적 변화가 아니라 어떤 상황과 환경의 변화를 구현한 것으로 추측하고 있습니다."

학계가 외면했던 고촉국 전설

■ 혹시 유물의 크기 차이가 종교적 숭배에서 인간 중심으로 전화(轉化)되는 문명화과정으로 볼 수는 없을까요.

"일리는 있습니다. 그러나 저는 대형의 삼성퇴 문물과 금사의 소형화가 두 문명 간 근본적인 형태상 변화였다고 보지는 않습니다."

■ 삼성퇴와 금사 두 문화는 완전히 잊혔다가 3천 년 만에 불현듯 나타났습니다. 왜 그처럼 빛나는 문화가 망각되었을까요.

"전설로 전해지는 이야기가 있었지만 누구도 그걸 믿지는 않았습니다."

■ 어떤 전설인가요.

"주로 『화양국지』에 근거한 이야기인데, 대략 '서남지방에 강대한 나라가 있었고 성도평원에 큰 도성이 있었다. 그 나라를 고촉국이라고 하는데 왕은 두우였다. 두우는 농업을 발전시키는데 큰 공적이 있었다. 그런데 유능한 신하의 천하절색 부인과 사랑에 빠져 나라를 내놓으니 훗날 그 원통함에 죽어서 두견새가 되었다' 는 내용입니다. 그렇지만 그런 이야기는 누구도 믿지 않았죠. 심지어는 제가 대학에서 공부할 때, 스승님도 그런 전설은 꾸며낸 거짓이야기이니 믿을 것도 연구할 가치도 없다고 했습니다. 고대 쓰촨문화는 중원문화에 비해 미개하고 황량하며 낙후된 문화라고 생각해 문화차생론(文化次生論)이란 말까지 나왔었고, 쓰촨문화의 흥기는 진나라에 의한 위대한 중국 통일 이후라고 여겼습니다."

■ 어쨌든 두 문화의 독자성이 완연한데 중원이나 다른 지역과의 교류

흔적은 없나요.

"일부 청동유물에서는 중원문화와 교류한 흔적이 있습니다만 시기적으로 각기 다르다고 봐야 할 겁니다. 황금을 사용한 전통은 서아시아와 유사한데 권력의 지팡이(權杖)나 왕관의 형태는 다른 점이 있습니다. 또 금사에서 발견되는 조재껍질은 산지가 동지나해인 것이 확실하니 남쪽 등 여러 루트로 교류가 있었을 겁니다."

■ 독자적인 문자나 사서는 없었나요.

"문자가 아주 없었다고는 보지 않습니다. 다만 기록하거나 형상화하는 방법이 중원과 달랐던 것으로 추정합니다. 예를 들면 금사 지역에서는 조개에, 서남지역에서는 나뭇잎에 글을 새겨놓았던 것으로 추측하는데 아무래도 보존성이 떨어지니 사멸된 것으로 봐야겠지요."

■ 역사 기록이라는 것이 참 중요하군요.

"예, 중원문화의 한자체계는 아주 정교하죠. 결국 쓰촨 지역의 고촉국과, 고촉국의 조상은 삼황오제(三皇五帝)시대의 전욱(顓頊)이라는 등의 이야기는 기록으로 전해진 『화양국지』 등에 따를 수밖에 없는 것이지요."

■ 촉문화를 한 마디로 하자면 어떤 특성인가요.

"한두 마디로 문화 전체를 이해시키기는 어렵습니다만 개방과 포용성을 들 수 있습니다. 우리는 과거 독자성을 지닌 삼성퇴와 금사문화를 접하며 그 문명에 대한 평가가 극단적인 때가 있었습니다. 즉, 황허문명과 대조적인 시각으로 대했던 것이지요. 하지만 그것

금사 유적의 황금마스크

은 오류였습니다. 문화에 있어서는 전쟁은 없고 융합만이 존재합니다. 서로 다른 문화들은 충돌할 때 비로소 창조성이 발현된다는 뜻입니다. 그래서 고고학자들이 문명을 바라보는 시각은 정치가들과는 다릅니다. 다시 말하자면 중국에서 황허문명과 창장문명은 서로 대립한 것이 아니라 상호 보완하며 발전하는 과정에서 문명의 부흥을 이뤄냈다는 것입니다."

역사를 부인하는 자에게 미래는 없다

■ 한국이나 일본과의 학술적 교류 상황은 어떤가요.

"중일간의 교류는 감소하고 있는 추세이지만 중한간의 교류는 늘어가고 있습니다."

■ 두 나라와 학술교류에서의 특징은 어떤가요.

"일본의 경우는 자신들 문화의 기원과 뿌리를 찾는데 집중하는 특성을 가졌고 여러 시기, 특히 중일전쟁 시기 약탈 등의 방법으로 많은 유물과 문헌자료를 가져가 기초가 탄탄하고 학문적 깊이도 깊습니다. 반면 한국은 우호적 감정은 깊지만 학문적 연구수준에서는 아직 일본에 미치지 못하는 것 같습니다."

황금과 거대 청동기를 자유자재로 다루고 그 많은 자원을 먼 곳에서 조달해올 수 있는 능력을 가진 거대한 왕국이 있었다. 그런 왕국이 어떤 이유에서 건 역사 속에서 완전히 사라졌다가 3천 년이 지나 그 모습을 드러낸 것이다. 물론 인류 역사상 명멸한 나라는 수없이 많다. 갑작스런 자연재해로 그리된 경우도 있지만 대부분은 전쟁 등과 같이 다른 상대에 의한 멸망이었다. 그러나 멸망과 사라짐은 분명히 다르다. 비록 적에게 패해 멸했을 지라도 그 역사가 전해지는 이들은 언젠가는 다시 자신들의 역사를 이어갈 수 있는 희망이 있다. 그렇지만 역사를 간직하지 않은 이들은 그것으로 영원히 멸해지고 마는 것이다.

촉으로 불리는 쓰촨성 지역은 지금도 나름의 독특한 문화적 특성을 유지하고 있다. 도교와 불교가 융성한 종교적 성향이 그렇고 문학과 미술 등 예술적 성취에서도 특별하다. 그것은 결코 단순히 지역적 특성에 기인한 것으로 볼 수만은 없다. 지역성 특성과 더불어 아주 오래전부터 무의식중에 전해져오거나 DNA로 물려진 어떤 인자가 한몫했을 수도 있는 일이다. 그것이 역사의 또 다른 의미와 가치일지도 모를 일이다.

우리에게는 당당하고 자랑할 수 있는 장구한 역사가 있다. 그러나 지난 얼마동안 우리는 우리 역사의 폄훼에 기를 쓰는 세력이 있었고 다수는 그에 대해 수수방관만 했다. 심지어는 아직 그 공과를 판단하기에도 이른 시점에 부끄러운 역사라며 두부모 자르듯 잘라내자는 이들도 있었다. 자랑스러운 역사만 역사일까? 부끄러운 역사는 또 그대로 거울이 되는 것이 역사의 진정한 의미이지 않은가. 중국의 역사를 공부하며 너무 두렵고 부끄러워 교훈으로 삼았으면 싶은 마음이다.

높은 중국, 낮은 중국

초판 1쇄 : 2014년 3월 27일

지은이 : 김정현
펴낸이 : 박경미
펴낸곳 : 도서출판 황금물고기

등록일자 : 2003년 12월 5일
등록번호 : 제 2013-000213호
주소 : 서울시 마포구 모래내로 83, 한올빌딩 6층
전화 : 02 · 326 · 3336
팩스 : 02 · 325 · 3339
E-mail : baumbook@hanmail.net

ISBN 978 – 89 – 94154 – 27 – 5 03810